Susanne Fröhlich

Treuepunkte

Roman

Krüger Verlag

Erschienen im Krüger Verlag,
einem Unternehmen der S. Fischer Verlag GmbH
© S. Fischer Verlag GmbH, Frankfurt am Main 2006
Satz: Pinkuin Satz und Datentechnik, Berlin
Druck und Einband: Clausen & Bosse, Leck
Printed in Germany 2006
ISBN-13: 978-3-8105-0670-2
ISBN-10: 3-8105-0670-2

Für alle Frauen in meiner Familie:
Meine Mama
Meine Oma
Und natürlich für meine Schwestern, Kathrin und Julia,
die beide sehr genau wissen, dass Familie etwas Schönes,
aber auch verdammt Anstrengendes ist.
Und wie immer natürlich auch für meine Kinder –
Charlotte und Robert
Ich liebe euch alle

1

Die Karte ist voll. Lauter kleine blau-weiße Klebepünkt-
chen. Ein erhebendes Gefühl. Und welch ein Anblick.
Endlich! Nach monatelangem emsigem Sammeln und eif-
rigem Einkleben kommt jetzt der lang ersehnte Moment.
Mit der vollgeklebten Karte in der Hand fühle ich mich wie
die Klassenbeste vor der Lieblingslehrerin. Ja, auf mich ist
Verlass! Ich bin ein treuer Mensch, eine treue Kundin. Fast
schon verwunderlich, dass die Tankstelle kein Feuerwerk
veranstaltet oder nicht zumindest einen Tusch spielt.

Jetzt wird sie, die Frau an der Tankstellenkasse, mir
gleich den wohlverdienten Preis für mein vorbildliches
Verhalten überreichen. Von wegen.

Ich wollte die Pulsuhr und bekomme den Picknickrucksack. Ein Picknickrucksack. Etwas, was der Mensch nun
wahrlich nicht braucht. Und das auch noch in Schwarz-
Gelb. Was denken sich diese Tankstellenbonusprogramm-
erfinder eigentlich? Bin ich vielleicht Biene Majas Cousine oder Fanclubmitglied bei Borussia Dortmund? Aber
Treuepunkte kann man eben nur da einlösen, wo man sie
her hat. Das ist das Grunddilemma. Wie herrlich wäre es,
mit den Tankstellentreuepunkten zu Dior zu schlendern
und sich mal richtig gehen zu lassen. Oder zu Hermes.
Oder wenigstens zu Hennes und Mauritz. Aber so geht
es nun mal nicht.

Eine Ehe ist ein bisschen wie eine Tankstelle. Erst ist
man überwältigt vom grandiosen Angebot und der per-

manenten Öffnungszeit. Doch je häufiger man hingeht und je besser man sich auskennt, umso ernüchterter wird man. Viel ist eben nicht alles. Und irgendwann ist auch das größte Angebot überschaubar und genau das, was man will, ist nicht zu haben. Will man es vielleicht gerade deswegen, weil man weiß, dass man es hier nicht bekommen kann? Ist das vielleicht die deutlichste Parallele zur Ehe? Will man auch hier genau das, was man nicht bekommen kann, weil der Partner es sozusagen nicht im Sortiment hat und es im schlimmsten Fall auch nie hatte?

Es gibt verschiedene Tankstellen. So wie es auch verschiedene Ehemänner gibt. Große, mit Ausmaßen wie die von Mega-Supermärkten. Kleine, friemelige, die immer noch so aussehen wie früher – an schlecht beleuchteten Landstraßen gelegen ohne frische Brötchen und schnieke Cappuccinomaschinen, dafür aber mit Truckerkost wie »Pralle Möpse« und Zigaretten. Im Endeffekt spielt das aber keine Rolle. Wenn ich mich nach prallen Möpsen sehne, nutzt mir auch der tollste Cappuccino nichts. Denn wer sich nach prallen Möpsen verzehrt, lässt sich kaum durch einen Cappuccino ruhigstellen. Jedes Angebot ist begrenzt, egal, wie vielfältig es zu Beginn scheint. Was heißt das übertragen auf die Ehe? Gibt es keine Ausnahme, keine Überraschung? Wahrscheinlich nicht. Denn letztlich ist eine Tankstelle eine Tankstelle und ein Ehemann ein Ehemann. Da helfen auch kein Bonusprogramm und keine Treuepunktesammelkarte – was nützt einem ein Picknickrucksack, wenn man keinen braucht?

Muss man sich damit abfinden, dass man eben nicht alles haben kann, was man will? Und was ist eigentlich mit meiner ganz persönlichen Tankstelle? Meinem Mann?

Er ist wie er ist. Das ist gut und schlecht. Gut, weil es angenehm ist zu wissen, wie jemand ist. Wie er reagiert, was er in den nächsten zehn Sekunden tun wird. Berechenbar eben. Schlecht, weil damit alles, was mit Überraschung zu tun hat, wegfällt. Und wo keine Überraschung ist, kommt ganz schnell die große lähmende Langeweile angekrochen, unaufhaltsam wie Lava, und je mehr Langeweile da ist, umso mehr sucht man nach Abwechslung und der tollen Überraschung.

Aber – weder ein Mann noch eine Tankstelle sind Wunschkonzerte. Das Leben ist ja auch keins. Den Spruch konnte ich nie leiden, aber, das muss man ihm lassen, an ihm ist was dran. Die Amis sagen: »What you see is what you get«, und so ist es auch. Was will uns dieser Satz sagen: Augen auf beim Männerkauf?

»Sie könne aach die Bademantel habe, wenn se noch dreizehn neuneneunzich druffzahle«, bietet mir die Verkäuferin an. Ich glaube, sie hat gesehen, wie enttäuscht ich bin. Aber ich habe schon einen Bademantel, den ich nicht anziehe. Mein Bademantelbedarf ist somit absolut ausreichend gedeckt. Bademäntel gehören zu den Klamotten, die sich wenig zum Objekt der Begierde eignen. Bei Schuhen, Hosen oder Schmuck kann ich maßlos werden. Bademäntel gehören nicht in diese Kategorie. Da bleibt meine Kreditkarte völlig ruhig. Wem soll man so einen Frottémantel auch schon vorführen? Ich könnte ihn natürlich für meinen Mann Christoph mitnehmen.

Da besteht akuter Bedarf. Sein Bademantel sieht echt Mitleid erregend aus. Ich glaube, er hat ihn zum Abitur bekommen. Oder war es sogar schon zur Kommunion? Ursprünglich weiß, hat er jetzt eine eher gräuliche Farbe und wenn man ihn anhat, sieht man aus wie bei einer schlimmen Magen-Darm-Grippe. Außerdem ist er ihm auch ein wenig knapp. Christoph streitet allerdings vehement ab, sich seit dem Abitur figürlich verändert zu haben, und deshalb kann es natürlich nur an meiner Unfähigkeit liegen, das gute Stück richtig zu waschen. Dabei habe ich mittlerweile schon Angst, den Bademantel nur anzufassen, geschweige denn zu waschen, weil der Stoff so mürbe geworden ist, dass er jederzeit reißen kann.

Ich könnte also nett sein und die 13,99 Euro zuzahlen. Könnte. Andererseits sammle ich seit Monaten diese Punkte und habe mir eine Treueprämie mehr als redlich verdient. Bin ich etwa die Mutter Teresa der Bonuspunktesammlerinnen? Bekomme ich für diesen Anfall von Güte und Selbstlosigkeit Zusatztreuepunkte? Komme ich in den Charity-Klub der Tankstelle? Nein. Definitiv nicht. Und vor allem hat Christoph sich diese Prämie zurzeit wahrlich nicht verdient. Aber das ist ein ganz anderes Thema. Kein besonders erfreuliches, um genau zu sein. Soll der doch ruhig weiter in seinem gammeligen Kinderbademäntelchen durch die Gegend laufen.

Ich nehme den schwarz-gelben Picknickrucksack. Willi, hier kommt deine flotte kleine Biene! Ich sammle doch nicht, um dann mit leeren Händen dazustehen. Die Jagd kann wahrlich erquicklicher sein als die Beute. Das immerhin lerne ich jetzt hier an der Kasse. Philosophischer Erkenntnisgewinn an der Tanke. Trotzdem: Ich habe

mir diesen Rucksack verdient. Oder besser gesagt er-
tankt.

Ich werde den Rucksack im Auto lassen, dann kann ich
bei einer akuten Drive-in-Hamburger-Attacke wenigstens stilgerecht auf Plastikgeschirr essen oder im Stau die
Superhausfrau rauskehren. Dem Wartenden im Wagen
vor mir ein Gäbelchen reichen. Und wenn die Kinder
demnächst irgendwas im Auto knabbern wollen, dann
aber bitte mit Teller! Eine gute Hausfrau ist schließlich
auf jede Situation vorbereitet.

Christoph ruft an. Das erste Mal für heute übrigens. Früher, als wir uns gerade kennen gelernt hatten, hat er sich
fast stündlich gemeldet. Manchmal nur um mir zu sagen,
wie wahnsinnig verliebt er ist. In mich! Oder wie sehr
er sich nach mir sehnt. Die Zeiten sind vorbei. Wenn er
heutzutage anruft, dann geht es normalerweise um logis-
tische Fragen. Wer, wann, wo wen abholt oder Ähnliches.
Was will er also jetzt? Mich spontan zum romantischen
Essen einladen oder mir sagen, dass ich die tollste Frau
überhaupt bin? Nein.

»Es wird ein wenig später, die Michels und ich müssen noch was durchsprechen«, sagt mein Mann. Schon
wieder die doofe Michels. Die Frau gehört ja bald zur Familie, so oft wie ihr Name fällt. Was durchsprechen mit
Frau Michels! Aha! Mit Miss Sexbombe aus der Kanzlei.
Der neuen Allzweckwaffe, hochintelligent, Prädikatsexa-
men und dazu noch irre hübsch. Ich habe sie noch nie
gesehen, aber als ich mal gefragt habe, wie die Michels
denn so aussieht, hat mein Mann gesagt: »So wie diese
Angelina Jolie, die vom Brad Pitt.« Frau Michels, oder

11

Michelle, wie sie mein Mann mittlerweile nennt, kommt aus Kanada. Sie spricht fließend Französisch, Englisch, natürlich auch Deutsch, und kommt aus wohlhabender Familie. Ich kenne sie nicht, habe aber auch kein wirkliches Interesse daran, sie kennen zu lernen. Die nervt mich schon so. Ohne dass ich sie je gesprochen habe. Ich finde, es gibt einen Grad an Perfektion, der keinen Raum mehr für Bewunderung lässt. Alles sollte doch bitte im Bereich des Menschlichen bleiben. Hätte sie wenigstens einen fiesen Sprachfehler oder einen kleinen Silberblick oder zumindest O-Beine oder eine Zahnspange, dann könnte ich ein Auge zudrücken. Eine Hasenscharte wäre mir ehrlich gesagt noch lieber. So kann ich sie leider nur hassen. Ich bewahre trotzdem oder gerade deshalb Haltung beim Telefonat und wünsche ganz gelassen ein gutes Gespräch. Man darf eifersüchtig sein, es aber möglichst nicht zeigen. »Eifersucht zeugt von einem schwachen Selbstwertgefühl«, meint mein Mann und auf diese Blöße kann ich sehr gut verzichten. Diese Frau Michels deprimiert mich. »Vielleicht gehen wir noch eine Kleinigkeit essen. Du musst also nicht auf mich warten«, raunt mein Mann noch und verabschiedet sich schnell. Schade. Ich hätte ihm gerne noch den Picknickrucksack angeboten, denn dann könnte er mit Frau Michels ab sofort immer lauschig in der Kanzlei essen – mit Belle Michelle, wie Michelle liebevoll hinter ihrem Rücken von den männlichen Kollegen genannt wird. Solche Frauen gehören wirklich verboten. Sie schwächen die Moral der Basis. Also der Frauen, die wie ich die Fronarbeit leisten: Kinder, Küche und Co.

Gut, dass ich nicht in einem Anfall von Großmut den

Bademantel für meinen Mann genommen habe. Obwohl, sollte er mal mit Belle Michelle in die Sauna wollen (zum Was-Durchsprechen oder so), kann er ja schlecht sein nahezu verwestes Teil anziehen.

Mein Picknickrucksack und ich fahren nach Hause. Wird sicherlich ein toller Abend! Christoph mit Belle Michelle beim lauschigen Abendessen im Restaurant und ich mit zwei Kindern, die Nahrung haben wollen, in die Wanne müssen und garantiert rumzanken.

Ich sammle die Kinder bei den diversen Freunden ein und freue mich auf übermorgen.

Übermorgen gehe ich zum Arbeitsamt, vielmehr zur Agentur für Arbeit. Ich will endlich wieder einen Job. Die Kinder sind, wie man so schön sagt, aus dem Gröbsten raus und ich möchte auch die Chance haben, zu einer Belle Michelle mutieren zu können. Obwohl Belle Andrea schon wesentlich weniger attraktiv und irgendwie auch verdammt affig klingt. Aber mit einem Kollegen (der ganz zufällig haargenau so aussieht wie Brad Pitt!!) abends nochmal was durchsprechen zu müssen, klingt ziemlich reizvoll. Nicht dass ich extrem rachsüchtig wäre, doch allein der Anruf bei Christoph, »du warte nicht, ich muss mit dem schönen Brad noch das eine oder andere klären!« – herrlich.

Bin gespannt, was die Fuzzis von der Agentur für Arbeit mir vorschlagen. Viel erhoffe ich mir nicht. Ich meine, man kennt ja die Berichte aus dem Fernsehen. Die vollen Gänge, die Nummernschalter und die bleichen deprimierten Gesichter der Wartenden. Aber man soll ja nicht verzagen, ohne es überhaupt probiert zu haben.

Die Chancen, eine Anstellung zu finden, sind in meinem Fall sicherlich begrenzt. Ich bin nun mal nur sehr eingeschränkt flexibel. Eingeschränkt flexibel. Gibt's das überhaupt? Ist das nicht ein Widerspruch in sich? Ein Ausschlusskriterium? Aber mit zwei Kindern kann ich nun mal nicht heute in Cottbus und morgen in München sein. Und auch nächtelanges Durcharbeiten scheint nicht kompatibel. Der Hort macht irgendwann zu und die Geduld der Erzieherinnen, was verspätetes Abholen angeht, hält sich in Grenzen. Auf meinen ehemaligen Arbeitgeber, den Sender Rhein-Main-Radio-und-TV, kann ich nicht bauen. Die Fernsehsendung, für die ich gearbeitet habe, »Raten mit Promis«, ist mittlerweile abgesetzt. Die Einschaltquoten waren fast nur noch unter dem Mikroskop sichtbar. Quotenspurenelemente sozusagen. Ich glaube nicht, dass es damit zu tun hatte, dass ich im Team gefehlt habe, aber der Gedanke, dass mein Weggang die Sendung ins Aus katapultiert haben könnte, ist einfach herrlich. Die freiberuflichen Redaktionsmitarbeiter sind entlassen und die wenigen Festangestellten in andere Abteilungen verschoben. Der Moderator, der unsägliche Will Heim, moderiert mittlerweile bei einem Homeshopping-Kanal. Welche Demütigung! Obwohl ich ihn nie mochte, tut er mir doch ein wenig Leid. Ich hätte aus lauter Mitleid fast schon mal ein Sushi-Messerset bei ihm gekauft, konnte mich aber in letzter Minute dann doch noch beherrschen. Vor allem, weil ich zugegebenermaßen eher selten Sushi selbst mache. Ehrlich gesagt nie. Christoph hasst Fisch, und die Kinder zucken schon bei Fischstäbchen zusammen. Von rohem Fisch gar nicht erst zu reden.

Zurück in meine ganz alte Firma will ich einfach nicht

und ich glaube, ich hätte auch nicht wirklich eine Chance. Ich habe einige Jahre in meinem erlernten Beruf als Speditionskauffrau gearbeitet. Nur – die Speditionsbranche kränkelt und von der alten Mannschaft sind schon vier geschasst worden. Es sieht also nicht so aus, als würden die auf mich warten. Andererseits – irgendwo da draußen in der Welt der Arbeitenden muss es doch auch eine Aufgabe für mich geben. Ich versuche, optimistisch zu sein. Nicht grämen, bevor es nicht auch einen Anlass dazu gibt. Vorbeugend pessimistisch zu sein, mag helfen, die spätere Enttäuschung zu mildern, allerdings ist man dann auch vorher schon geknickt und das ist im Großen und Ganzen doch eher furchtbar. Also – vielleicht bin ich ja ab übermorgen wieder eine berufstätige Frau. Wenigstens jetzt will ich mich im Rausch dieser wunderbaren Vorstellung suhlen.

Viel Zeit bleibt mir dafür nicht. Claudia, meine neunjährige Tochter, mittlerweile in der vierten Klasse, und Mark mein Sohn, fast sechs Jahre alt, verlangen mal wieder volle Aufmerksamkeit. Sie streiten sich so dermaßen, dass ich kurz davor bin, das Jugendamt anzurufen, um die beiden abholen zu lassen. Ich schaffe es ohne Jugendamt. Eine Stunde später liegen sie abgefüttert und einigermaßen sauber im Bett. Und nun? Ein weiterer aufregender Abend liegt vor mir!

Ich werde auf Christoph warten. Mal hören, wie es mit Belle Michelle war. Außerdem kann ich ihn durch meine Anwesenheit vielleicht auch sanft daran erinnern, dass er schon eine Frau hat. Sicher ist sicher. Es ist nicht so, dass ich rasend eifersüchtig bin, aber seit Christoph zum Ju-

15

niorpartner in der Anwaltskanzlei Langner aufgestiegen ist, lebt er praktisch in der Kanzlei. Bald werde ich den Kindern Bilder zeigen müssen, damit sie sich wieder erinnern, wie ihr Vater aussieht. Nicht dass sie irgendwann auf der Straße einen wildfremden Kerl anspringen und ekstatisch »Papa« schreien. Christoph ist ein ehrgeiziger Mann – tut all das aber selbstverständlich nur für uns, seine Familie.

Ich gucke die »Supernanny« und bin erstaunt, was es für Kinder gibt. Wo haben die wohl diese Zwergmonster aufgegabelt? Dagegen sind meine ja geradezu wohlerzogen. Immerhin hat mich noch keins angespuckt oder alte Schlampe genannt. Man wird dankbar für kleine Dinge. Ich genehmige mir eine Flasche Wein. Für mich eher ungewöhnlich. So allein vor mich hin zu picheln, macht mir eigentlich keinen Spaß. Aber heute Abend verlangt mein Körper nach Alkohol. Bin gespannt, wann mein Mann sich nach Hause bequemt.

Nach dem dritten Glas Rotwein ist es Viertel nach zehn und kein Christoph weit und breit. Ob ich mal anrufe? Ich meine, er könnte ja einen Unfall gehabt haben oder eine fiese Panne. Vielleicht braucht er Hilfe? Ich wähle seine Handynummer und komme mir schon beim Wählen doof vor. Wie so eine Kontrolltante, typisch eifersüchtige hysterische Ehefrau. Es antwortet seine Mailbox. Ich lege auf. Wie ich das hasse. Nie geht mein Mann an sein Telefon. Wozu hat der überhaupt ein Handy? Wie oft habe ich ihm erklärt, dass ein Handy an sein muss, um seine Funktion zu erfüllen. Ich habe wortreich Horrorszenarien entwickelt: »Stell dir mal vor, ich wäre mit Claudia oder Mark in der Notaufnahme und müsste entscheiden, ob das Bein abgenommen werden soll oder so was Ähnliches. Da wäre es doch sinnvoll, wenn du auch was dazu sagen würdest. Dazu musst du dein Handy aber anmachen.« Er ist durch solche Schilderungen nicht zu erschüttern.

Aber warum hat er jetzt sein Handy aus? Eine Stimme tief in mir drin sagt, dass er an Michelle rumbaggert. Belle Michelle. Versucht gerade, sie in ein Hotelzimmer zu locken, und will dabei selbstverständlich nicht durch häusliche Kontrollanrufe gestört werden. Um diese unsinnige Idee zu vertreiben, trinke ich schnell noch ein Glas Rotwein. Wer weiß, wie die gerade rumfingern? Ich kippe das Zeug runter wie Wasser und hoffe, es ist einer von Christophs guten Weinen. Eine der Flaschen, die erst in drei bis vier Jahren ihr wahres Aroma entwickeln und als Investition für die Zukunft angeschafft wurden. Eine der Flaschen, die ich nicht mal berühren darf. Mein Mann liebt Rotwein. Seine Schätze liegen unten im Keller fein säuberlich in einem eigens dafür angeschafften Weinregal. Christophs Traum ist ein extra Weinkeller. Am besten mit so einem Weinschrank, in dem konstant eine bestimmte Temperatur herrscht. Schnickschnack, meiner Meinung nach. Es gäbe wahrlich Dinge, die wir dringender brauchen könnten. Aber welche Anschaffung wie wichtig ist, darüber waren wir schon immer unterschiedlicher Ansicht.

Noch ein Glas Rotwein später ist es halb zwölf. Ich glaube, der tickt nicht richtig. Wie lange dauert »eben mal was durchsprechen«? Ich könnte ihm ein paar knallen. Der macht sich einen flotten Abend mit Belle Michelle und ich hänge zu Hause rum und schütte mich mit Rotwein zu. Je mehr ich darüber nachdenke, umso saurer werde ich. Meine rationale Seite meldet sich. Ich sollte ins Bett gehen. Die Warterei macht einen ja komplett mürbe. Andererseits – jetzt habe ich so lange ausgeharrt, da möchte ich schon noch sehen, in welchem Zustand mein Ehemann hier einläuft. Und vor allem wann! Einen Telefonversuch mache ich noch. Ich meine, kann ja sein, dass er sich bei meinem letzten Anruf in einem gigantischen Funkloch befunden hat. Die Technik weist durchaus Lücken auf. So sind wir Frauen – suchen immer brav Entschuldigungen für männliches Fehlverhalten. Was sind wir doch für erbärmlich harmoniesüchtige Wesen! Ich wähle und wieder antwortet nur die Mailbox. Diesmal spreche ich drauf. Ich begnüge mich mit einer klaren, knappen Nachricht: »Ruf mich an. Sofort.« Das sollte reichen. Wirklich freundlich war das jetzt nicht, aber immerhin deutlich. Ich hatte eine ähnliche Tonlage wie diese Domina in der Werbung für eine Masochisten-Telefonhotline.

Mittlerweile haben wir Mitternacht. Ich zappe mich durch die Programme. Meine Güte, was läuft nachts für ein Mist. Man hat die Wahl zwischen debilen Quizshows und Werbung für Telefonsexhotlines. Die Flasche Wein ist leer. Eine verzweifelte Moderatorin mit schlechten Extensions (man sieht die Knötchen) redet sich einen Wolf, bietet mehrere Geldpakete für die Lösung einer kinderleichten Aufgabe. Selbst mit meinem rotweindusseligen Kopf springt mich die Antwort geradezu an. Ich habe ja nichts weiter zu tun und wenn ich mal eben ein paar schnelle Euros machen könnte, das wäre doch was. Ich habe noch nie bei einer solchen Quizshow angerufen, aber die Moderatorin fleht ja geradezu darum. Also gut. Ich wähle. Besetzt. Nochmal. Beim dritten Mal habe ich Erfolg. Leider ist nicht die Moderatorin dran, sondern es läuft ein Band. Und das, obwohl zeitgleich die Blondine im Fernsehen bittet und bettelt, man möge sie anrufen. Wo bleibt denn da die Logik? »Püppi, ich ruf doch an, du musst nur drangehen«, denke ich und wähle noch einmal. Auch bei der achten Wahlwiederholung erreiche ich nur das Band. Langsam geht es hier ums Prinzip. Ich lasse mich doch nicht verarschen. Jeder Anruf kostet 49 Cent. Jetzt habe ich schon so viel Geld vertelefoniert, dass ich die Geldpakete auch wirklich brauchen könnte. Aber noch dringender brauche ich mehr Wein. Wenn man erst mal anfängt zu trinken, kann man sich dran gewöhnen. Ich hole mir eine weitere Flasche aus Christophs heiligem Regal. Eine, die echt teuer aussieht, so eine eingestaubte. Ich hoffe, es ist eine wahre Rarität.

Es ist fünf nach halb eins und von Christoph weit und breit keine Spur. Ich rufe ein letztes Mal an, erreiche wieder nur seine bekloppte Ansage und entschließe mich, gemein zu sein – sehr, sehr gemein: »Schatz, ich bin in der Not-aufnahme und weiß nicht, ob das Bein dranbleiben soll. Wo steckst du? Was soll ich tun? Melde dich.« Hä, der wird einen schönen Schreck kriegen. Verdientermaßen. Selbst schuld, wenn er auf keinen meiner Anrufe reagiert. Immer noch quengelt die blöde Blondine im Fernsehen, dass sie keiner anrufe. Zwei Versuche gebe ich mir noch: »Danke für Ihren Anruf.« Na bravo. Scheint der Abend der Anrufbeantworter zu sein. Ich gebe auf. Sowohl bei der Quiztante als auch bei Christoph. Dann halt nicht.

Ich bin saumüde, sogar schon zu müde, um überhaupt

noch aufzustehen. Ich kann ebenso gut hier unten auf dem Sofa ein Nickerchen machen, dann höre ich auch, wenn Christoph heimkommt. Ich schaffe es nicht mal mehr, den Fernseher auszumachen (vom Zähneputzen und Abschminken gar nicht zu reden) und falle abrupt in den Tiefschlaf.

Ich werde wach, weil mich ein rotgesichtiger Kerl rüttelt und schüttelt und dabei wüste Beschimpfungen ausstößt. Ich bin so verpennt, dass ich einen Moment brauche, um zu registrieren, dass es sich hier um meinen Mann handelt, der momentan aber auch eine vage Ähnlichkeit mit Rumpelstilzchen hat. Ich sehe ihn wie durch einen Nebelschleier, was wahrscheinlich daran liegt, dass ich meine Kontaktlinsen zum Schlafen nicht rausgenommen habe. »Lass mich schlafen«, brumme ich ihn an. »Hör mir gefälligst zu«, schreit er auf mich ein. »Du bist doch geisteskrank«, ist der nächste Satz, der in mein Matschhirn vordringt. Geisteskrank, das geht nun aber langsam zu weit. Ich setze mich auf und starre ihn an. »Was regst du dich denn auf?«, will ich wissen. Ich meine, wer war denn bis zum frühen Morgen mit Belle Michelle unterwegs? Er oder ich? Das ist mal wieder typisch. Eine altbekannte Kerl-Strategie. Angriff ist die beste Verteidigung. Aber nicht mit mir. Auf dermaßen bekloppte Tricks falle ich in meinem Alter nun wirklich nicht mehr rein. »Reiß dich zusammen und nenne mich nie mehr geisteskrank«, sage ich so ruhig und klar wie nur möglich. »Ich soll mich zusammenreißen?«, tobt mein Mann und schüttelt mich schon wieder, »Geisteskrank wäre ja sogar noch eine Entschuldigung für dein total hysterisches Verhalten.«

Hysterie finde ich fast schlimmer als Geisteskrankheit. Für das eine kann man immerhin nichts. Hysterisch ist ein Lieblingsadjektiv der Männer. Immer wenn ihnen gar nichts mehr einfällt, nennen sie einen hysterisch. »Lass mich erst mal los, und unter uns – wer führt sich denn hier gerade absolut hysterisch auf?«, kontere ich, wie ich finde, extrem geschickt. »Andrea, es langt. Du bist heute wirklich zu weit gegangen.« Er wird auf einmal relativ ruhig und seine Augen sehen aus wie kleine Schlitze, aus denen böse Blitze rausschießen. Richtiggehend unheimlich.

Jetzt werde ich pampig: »Du kommst mitten in der Nacht von einer geschäftlichen Besprechung und schreist mich an? Verkehrte Welt, würde ich sagen. Da meldet sich wohl dein schlechtes Gewissen.« »Meine Liebe, jetzt rede ich«, zischt Christoph wie eine miese Schlange Sekunden vor dem finalen Angriff. »Ich werde dir jetzt mal erzählen, wie ich den Abend verbracht habe. Und dann bist du dran, obwohl ich mir schon vorstellen kann, wie dein Abend so verlaufen ist«, sagt er und schaut mit angewidertem Blick durchs Zimmer, auf den laufenden Fernseher, die leeren Flaschen und den vollgemüllten Couchtisch. Kriege ich jetzt etwa einen Rüffel, weil ich mich erdreistet habe, ein, zwei Fläschchen Wein zu trinken und dann, ohne aufzuräumen einzuschlafen? »Bitte sehr, wenn es dich stört, kannst du es ja wegräumen«, sage ich und bin schon jetzt zutiefst beleidigt und dazu noch stinksauer. »Es geht nicht um den Schweinestall hier«, rümpft Christoph die Nase und hebt demonstrativ eine der leeren Weinflaschen hoch, »darüber reden wir später.« Oh, die Alkoholkontrollpolizei ist da! »Ich bin schon ziemlich groß und kann trinken, was ich will«, fahre ich ihn an.

»Also, Andrea, jetzt hör endlich zu. Ich war mit Michelle und dem Langner im Büro. Dann haben wir uns Pizza kommen lassen, weil es doch mehr Arbeit als gedacht war, diese Mingner-Sache durchzusprechen. Dazu gab's bei uns Mineralwasser, wir haben uns nicht zugeschüttet.« Ich stutze. Einmal wegen der Zugeschüttet-Beleidigung, nur weil ich mal ein paar Gläschen Wein getrunken habe, und dann wieso Langner? Hä? Ich dachte, Christoph und Belle Kotzkuh hätten zusammen den Abend verbracht. »Der Langner war dabei? Wieso hast du das nicht gesagt«, pflaume ich ihn an. Das hätte die Sachlage ja komplett geändert, wenn ich das gewusst hätte. »Was spielt denn das für eine Rolle, wenn ich arbeiten muss? Ist doch egal, wer noch dabeisitzt«, bemerkt mein Mann nur trocken. So eine dumme Äußerung kann wirklich nur ein Mann machen. Natürlich spielt es eine Rolle, wer wo dabei ist. Eine entscheidende Rolle. Hätte ich geahnt, dass der Langner das neue Kanzlei-Turteltäubchenpaar Belle Michelle und Christoph geradezu beaufsichtigt hat, wäre mir das Ganze doch piepegal gewesen. »Andrea, jetzt zum Rest des wirklich demütigenden Abends«, nimmt Christoph einen erneuten Anlauf, »wir haben geackert wie die Tiere und uns, statt essen zu gehen, was kommen lassen. Pizza, um genau zu sein.« »Die gute vom Giovanni?«, will ich schnell wissen. »Nee, und das ist, ehrlich gesagt, für die Geschichte auch absolut nicht relevant«, brummelt Christoph. »Hör mir jetzt zu. Als wir kurz nach Mitternacht fertig waren mit dem Plädoyer für die Mingner – eine echt vertrackte Sache übrigens –, habe ich mein Handy eingeschaltet und deine Nachrichten abgehört. Um es kurz zu machen. Um zwanzig Minuten nach zwölf stand ich in der Notaufnahme. Mit dem Langner, der mich netterweise gefahren hat. Ich war so aufgeregt, dass er meinte: ›In dem Zustand, Herr Kollege, lass ich Sie nicht ans Steuer.‹ Den ganzen Weg ins Krankenhaus war ich fast verrückt vor Sorge. Und dann in der Notaufnahme haben der Langner und ich fast unisono gebrüllt: ›Nicht das Bein abnehmen. Bitte nicht. Warten Sie.‹« Er schnauft laut und deutlich, um dann weiterzumachen: »Wie die uns angeschaut haben in der Notaufnahme. Der Notarzt wollte direkt kleine weiße Jäckchen für uns holen. ›Welches Bein?‹, hat der nur immerzu gefragt. ›Das von meiner Tochter oder meinem Sohn, ich bin mir da nicht sicher‹, habe ich geantwortet. ›Wie, nicht sicher? Welche Tochter, welcher Sohn?‹, hat der Arzt nur verwirrt gefragt. So ging das einige Minuten hin und her, bis klar war, dass überhaupt kein Kind in den letzten Stunden in der Notaufnahme gewesen war. Der Notarzt wollte dann in der Psychiatrie anrufen, um uns einen adäquaten Gesprächspartner zu besorgen. So hat er sich ausgedrückt. Einen adäquaten Gesprächspartner. Für den Langner und mich. Einen Psychiater. Einen Irrenarzt. Es hat bestimmt zehn Minuten gedauert, bis wir das abgebogen hatten. Daraufhin bin ich mit dem Langner in die Uniklinik, weil ich natürlich dachte, ich wäre in der falschen Klinik gewesen. Wir sind gerast und ich habe den ganzen Weg über versucht, dich zu erreichen, aber bei uns war ständig besetzt.« Mir schwant so einiges. Meine Dauertelefonate mit der Quizshowmoderatorin, vielmehr der Bandansage. Christoph macht weiter: »In der Uniklinik wieder kein Kind kurz vorm Beinabnehmen. Um uns zu beruhigen, haben sie dem Langner und mir das einzige Kind vorgeführt, das überhaupt infrage hätte kommen können – ein pickeliger Teenager mit einem Vollrausch, der bei unserm Anblick direkt losgekotzt hat. Ekelhaft. Und keine Spur von meinen Kindern. Ich habe dann meine Eltern angerufen, weil ich dachte, vielleicht wissen die was. Die waren total aus dem Häuschen, hatten aber keine Ahnung. Meine Mutter hätte fast einen Infarkt bekommen.« Er räuspert sich und stöhnt: »Da habe ich dann so langsam begriffen, dass das wohl ein Scherz sein sollte. Kein besonders gelungener übrigens. So was hätte ich dir nicht zugetraut. Andrea, das war der peinlichste Abend meines Lebens. Wie konntest du so was tun? Findest du das witzig? Was meinst du, was der Langner jetzt denkt? Wie der mich angeguckt hat.«

»Na ja«, beginne ich meine Verteidigungsrede, »also, du bist nicht ans Telefon gegangen und es war sehr spät. Und dass der Langner dabei war, wusste ich nicht.« Ich zögere einen Moment. Einen Moment zu lange. »Na und?«, schreit Christoph, »du wusstest doch, dass ich arbeite. Da habe ich mein Handy immer aus. Wenn ich arbeite, telefoniere ich nicht. Hast du das immer noch nicht begriffen! Wie blöd kann man denn sein? Du eifersüchtige Ziege!«

Jetzt langt es. Ich werde mich scheiden lassen. Oder etwas in der Richtung. Aber viel mehr Drohungsspielraum bleibt einem als Ehefrau ja nicht. Was fällt dem Typen eigentlich ein? Schließlich wird man doch als verheiratete Frau gegen Mitternacht mal nachfragen dürfen, wo der Herr Gemahl so steckt. Wie kommt der dazu,

mich eifersüchtige Ziege zu nennen? Arroganter Blödian. Genau das sage ich auch: »Arroganter Blödian.«
»Du solltest eine Therapie machen, so was muss behandelt werden. Du brauchst Hilfe. Das ist ja wohl nicht mehr normal. Das meint die Michelle übrigens auch.«
Dieser Halbsatz ist jetzt das berühmte Tüpfelchen auf dem i. Das meint die Michelle auch! Ich denke, die war gar nicht mehr mit in der Klinik? Kann die neben all ihren anderen Fähigkeiten auch noch hellsehen? Oder hat er sie direkt angerufen, um zu erzählen, was seine Frau für eine Irre ist?

Ich springe von der Couch und stürme in Richtung Treppe. Unser Schlafzimmer liegt im Obergeschoss. Leider gibt's auf dem Weg keine Tür, die ich so richtig zuknallen kann. Schade. Auf der Treppe drehe ich mich nochmal um und schreie theatralisch: »Deine Michelle, die kann mich mal. Die kann mich so dermaßen mal.« Das war sicherlich nicht das Verhalten, welches Beziehungsratgeber in solchen Situationen empfehlen würden, aber sei's drum. Mit wahrer Größe und Nonchalance hat mein Auftreten wahrscheinlich auch wenig zu tun. Egal. Mir doch wurscht. »Von der Michelle könntest du dir die eine oder andere Scheibe abschneiden«, brüllt Christoph zurück und ich hasse beide. Michelle und meinen Mann. »Dann geh doch zu deiner Michelle«, kreische ich, und als er antwortet: »Gute Idee«, bin ich wie versteinert. Wenn er jetzt geht, dann ... Ja, was dann? Renne ich hinterher? Auf keinen Fall. Soll er doch. »Geh doch«, sage ich in sehr bösem Tonfall und starre ihn vom oberen Treppenabsatz aus an. »Okay«, antwortet Christoph, »ganz wie du willst. Ruf an, wenn du wieder bei Sinnen bist.«

Das glaube ich jetzt nicht! Der geht tatsächlich und tut glatt noch so, als wäre das alles meine Idee gewesen. Ich meine, man kann doch so einen kleinen Satz wie, »Dann geh doch zu deiner Michelle«, nicht wirklich ernst nehmen. Er anscheinend schon, denn er nimmt seine Jacke, seine Aktentasche, die schöne cognacfarbene, die er von mir bekommen hat (ein sauteures und wirklich schickes Teil) und läuft Richtung Haustür. Spätestens jetzt sollte ich einlenken. Nicht dass der wirklich die Flatter macht. Andererseits – dann soll er doch. Es gibt ja den schlauen Spruch: Fahrende kann man nicht aufhalten, oder so ähnlich. Während ich noch überlege einzulenken, schlägt er die Haustür demonstrativ zu. Ich höre noch den Motor von Christophs ganzem Stolz, seinem BMW, aufheulen und dann ist Ruhe. Der wird nur zweimal um den Block fahren, beruhige ich mich selbst, der will mich nur kleinkriegen, schocken, das meint der niemals ernst.

Ich warte eine halbe Stunde. So groß sind die Blocks hier eigentlich nicht. Ich gehe zur Tür und schaue auf die nächtliche Szenerie. Kein Geräusch weit und breit. Die Reihenhaussiedlung im Tiefschlaf. Nur ich nicht. Eine verstörte Hausfrau nach einem desaströsen Abend. Nach zehn Minuten wird mir kalt und es ist klar: Er ist weg. Aber wohin bloß? Zu seiner Michelle etwa? Ich könnte mich ohrfeigen. Wieso habe ich nur dermaßen die Beherrschung verloren? Kann es sein, dass ich ihn mit meiner Äußerung direkt dorthin getrieben habe, wo er sowieso hin wollte? Bin ich vielleicht wirklich eine eifersüchtige Ziege? Und wenn ja – hab ich womöglich allen Grund dazu? Wenn die Kinder nicht wären, würde ich eben mal bei Michelle vorbeifahren. Nur um zu gucken, ob sein Auto da irgendwo geparkt ist. Aber ich kann doch schlecht die Kinder mitten in der Nacht allein lassen, oder? Ich meine, an sich haben die beiden einen sehr guten Schlaf. Ich entscheide mich trotzdem gegen den Spionagetrip, nicht zuletzt wegen meines Rotweinkonsums. Stattdessen leere ich noch den kleinen Rest aus der zweiten Flasche und gehe ins Bett. Es nutzt ja nichts, hier rumzusitzen und der Dinge zu harren. Wenn er wiederkommt, werde ich es merken, und wenn nicht, auch.

Werde ich ab morgen allein erziehend sein? Was ist dann mit meinem Job, den ich zwar noch nicht habe, aber so gern hätte? Werden die Kinder psychologische Hilfe brauchen? Was werden meine Eltern zu der Geschichte sagen? Ich könnte heulen. Allerdings mehr aus Wut als aus Verzweiflung. So schnell gibt eine Andrea Schnidt nicht auf, ermahne ich mich.

Das Telefon klingelt. Na also, er besinnt sich und will reumütig zurückkommen. Gut, dass ich nicht angerufen habe. Geduld und Zähigkeit zahlen sich doch aus. Ich stürze aus dem Bett in Richtung Telefon. Ich werde streng, aber doch freundlich sein, und wenn er sich angemessen entschuldigt, werde ich einlenken. Aber es ist nicht Christoph, es sind meine Schwiegereltern. Rudi, mein Schwiegervater ist dran: »Andrea, Herzsche, isch hab uff laut geschaltet, die Inge sitzt nebä mir, sach uns schnell, was macht des Beinsche, wie geht's de Klaane, is alles in Ordnung, brauchst de Hilfe, mir sin komplett abfahrbereit, du musst nur en Wort sache, mer mache uns schlimme Sorsche«, rattert er los. »Werklisch, Andrea, alles is machbar, isch mein, heut gibt's so gute Prothese un so Kinner, die gewöhne sich schnell an so was«, will er mich trösten. Was für ein Mist. Jetzt auch das noch. Meine herzensguten Schwiegereltern sitzen mitten in der Nacht abfahrbereit und klein vor Sorge zu Hause und das nur, weil ich ihren Sohn ein wenig ärgern wollte. »Also«, stammle ich los, »das ist alles irgendwie ein riesiges Missverständnis. Den Kindern geht's gut. Sie schlafen. Mit allen dazugehörigen Beinen. Ohne Prothesen oder so. Geht schnell ins Bett. Wirklich, alles ist in bester Ordnung.« Rudi stockt: »Ja abä de Christoph hat uns doch aagerufe und – also des versteh isch jetzt net. Was is denn eischentlich passiert? Wem fehlt denn überhaupt des Bein?« Aus dem Hintergrund höre ich Inges besorgte Stimme: »Geht's den Kinnern aach werklisch gut?« »Ja Inge«, rufe ich in den Hörer, »es geht ihnen bestens.« »Du willst uns jetzt net nur beruhische, mer vertrache die Wahrheit, aach wenn mer alt sin. Du kannst mit uns offe spreche, Andrea, geb mer ma unsern Bub«, bleibt Rudi hartnäckig. Ihren Bub, Christoph, wollen sie sprechen. Das wird ein wenig schwierig werden. Wo ihr Bub ist, wüsste ich auch zu gern. Wenn ich jetzt gestehe, dass zwar die Kinder noch ihre Beine haben, aber sich mein Mann deswegen aus dem Staub gemacht hat, dann werden die zwei verrückt. »Der schläft schon«, schwindle ich schnell, schließlich möchte ich nicht, dass sich die beiden noch mehr Sorgen machen müssen. »Er schläft, genau wie die Kinder und ich bin auch so gut wie im Bett. Ich melde mich morgen bei euch«, verspreche ich noch. So gern ich die beiden auch mag, jetzt möchte ich sie nur schleunigst loswerden. Nun ist Rudi ein bisschen beleidigt: »Erst macht uns de Christoph ganz verrückt mit seim verquere

Anruf mitte in der Nacht un dann legt der sich mir nix dir nix hin un schläft. Seeleruhisch. Des is net in Ordnung. Wie kann der Bub uns des antun? Es wär doch kaa große Sach gewese, ebe mal dorschzuklingele, um Bescheid zu gebe, dess alles gut is, also des is net in Ordnung.« Ich finde auch gar nichts in Ordnung, rede aber beruhigend auf meine Schwiegereltern ein: »Ich melde mich morgen gleich bei euch, der Christoph braucht doch seinen Schlaf, ihr kennt ihn doch. Er hat es bestimmt nicht böse gemeint.« Das nenne ich Altruismus. Selbstloses Handeln. Was hätte ich jetzt über den Kerl ablästern können, aber gutherzig wie ich bin, nehme ich ihn sogar bei seinen Eltern in Schutz. »Gut, ei ja, wenn werklisch alles in Ordnung is – der Bub soll ja sein Schlaf bekomme«, brummelt Rudi und ich höre Inge im Hintergrund nur, »seltsam is des alles, merkwördische Geschicht. Isch versteh des alles net«, murmeln. Dann wünschen sie mir endlich brav, »Gute Nacht«. Uff, das wäre geschafft.

Ich schlafe unruhig. Träume wirres Zeug von Christoph und Belle Michelle, der in meinem Traum kleine Teufelshörnchen aus ihrem glänzenden Wallehaar herauswachsen und die immerzu fies kichert.

2

Am nächsten Morgen erwache mit einem Wahnsinns-Kater. Auch das noch. Ich dachte, ich hätte guten Wein getrunken! Was für einen Fusel hortet Christoph denn da im Keller? Der kann mir dankbar sein, dass ich den getrunken habe. Mit Müh und Not zaubere ich den Kindern Frühstück, schütte Milch in Cornflakes, und als sie nach ihrem Vater fragen, behaupte ich, er sei schon im Büro. Man soll die Kleinen ja nicht unnötig in Ängste stürzen. Da Christoph wirklich sehr oft am Frühstückstisch fehlt, glauben sie mir sofort. Kinder haben ohnehin keinen Hang zum Argwohn. Nachdem ich beide weggebracht, Schule und Kindergarten abgeklappert habe, fahre ich auf dem schnellsten Weg nach Hause.

Kaum ist die Tür hinter mir ins Schloss gefallen, drücke ich die Taste unseres Anrufbeantworters. Sie leuchtet rot, was bedeutet, dass es Anrufe gegeben hat. Er hat sich besonnen und will sich für sein Fluchtverhalten entschuldigen. Immerhin. Ich muss zugeben, ich bin froh darüber. Erleichtert. Ich habe nicht gerne ernsthaften Streit. Ich bin eine Frau, die es, wie die meisten Frauen, gerne harmonisch hat. Was im Umkehrschluss nicht bedeutet, dass ich konfliktscheu bin, höchstens ein ganz klein bisschen. Der Anrufbeantworter zeigt zwei neue Nachrichten an – eine von gestern Nacht und eine von heute. Ich starte das Band: »Andrea, melde dich, ich stehe in der Notaufnahme und weiß mir nicht zu helfen. Ruf mich bitte

31

an.« Mist, die Nachricht ist mir gestern durch die Lappen gegangen. Christophs Stimme klingt leicht panisch. Die Beingeschichte muss ihm ziemlich zugesetzt haben. War vielleicht doch eine Nummer zu hart. Andererseits – er hätte mich ja vorher mal anrufen können. Wenn er sich gemeldet hätte, wäre ich doch gar nicht so weit gegangen. Und hätte er mir in den letzten Jahren mal zugehört, hätte er die Ironie des Ganzen auch kapiert. Ich meine, habe ich nicht (sogar mehrfach) gesagt: »Bitte mach dein Handy an. Stell dir mal vor, ich wäre in der Notaufnahme und müsste entscheiden, ob das Bein ab muss.« Mit anderen Worten: Selbst schuld. Er hat nur bekommen, was er verdient. Auf sanfte Schubser scheint er nicht zu reagieren. Manche brauchen anscheinend einen richtigen Schlag. Nachricht Nummer zwei ist leider auch nicht die erhoffte. Es sind meine Schwiegereltern, die nach der gestrigen Nacht förmlich nach Aufklärung lechzen. »Ruft ema an, mer verstehe des all net. Mer konnte kaum schlafe gestern.« Sonst nichts. Das war's. Keine aktuelle Nachricht von Christoph. Auch nicht auf meinem Handy.

Was bedeutet das? Hat er schon mit mir abgeschlossen oder ist das der Start eines Wettkampfes? Wer schafft es, wie lange still zu bleiben? So wie unter Kindern: Wer zuerst spricht, hat verloren. Ist ein Anruf allein schon ein Schuldeingeständnis? Ich setze mich auf die Couch und denke nach. Sollte ich mich melden, ganz cool, nur mal fragen, ob er gut geschlafen hat? So, als wäre nichts Besonderes gewesen? Das wäre sehr erwachsen und geradezu vorbildlich. Auf der anderen Seite hat er mich eh schon eifersüchtige Ziege genannt. Wenn ich nur daran denke, könnte ich an die Decke gehen! Eingebildeter Affe. Was glaubt der, wer er eigentlich ist? Der begehrteste Kerl in Hessen? Sollte ich ihn in diesem widersinnigen Vorurteil bestärken? Ich, die eifersüchtige Ziege? Nein, keinesfalls. Ich muss so tun, als wäre es mir total egal, wo er seine Nächte verbringt, auch wenn es in diesem Fall jetzt bedeutet, dass ich einfach Ruhe bewahren muss. Was der kann, kann ich schon lange.

Es klingelt an der Tür. Wieder kein Christoph, sondern meine Nachbarin Anita. Anitas Reihenhaus hängt, wenn man davor steht, links an unserem dran. Ob sie auf einen Kaffee hereinkommen könne, fragt sie. Hoffentlich hat die heute Nacht nichts gehört. Ich sage, »Gerne«, weil bei meinem Kopf heute ein Kaffee nicht schaden kann und Anita sowieso äußerst schwer abzuwimmeln ist. Außerdem, solange Anita hier rumhängt, kann ich mich mit Sicherheit beherrschen, bei Christoph anzurufen. Der müsste doch mittlerweile in der Kanzlei sein. Hoffe ich wenigstens. Wären Anita und ich enger befreundet, könnte ich sie bitten, mal eben in der Kanzlei durchzuklingeln. Nur um zu fragen, ob er da ist. Aber wenn ich sie das frage, muss ich einiges erklären und das geht keinesfalls. In einer Siedlung ein solches Geständnis abzulegen, hätte was von gesellschaftlichem Selbstmord. So was geht rum wie nichts. Vor allem, wenn man Anita sein Herz ausschüttet. Das wiederum weiß ich von Tamara, die im Reihenhaus gegenüber wohnt und die selber auch sehr gerne Neuigkeiten in Umlauf bringt. Natürlich immer unter dem Siegel der Verschwiegenheit. Aber Tamara meint, Anita wäre so was wie ein Klatsch-Multiplikator.

Und tatsächlich. Anita hält sich, während ich einen Kaffee mache, nicht mit langen Vorreden auf: »Hör mal, Andrea«, beginnt sie ihr kleines Verhör, »kann das sein, dass ich heute Nacht Christoph gehört habe? So gegen zwei. Mit quietschenden Reifen ist der weg. Ich war gerade im Bad, wegen meiner Blase, die lässt mir ja neuerdings auch nachts keinerlei Ruhe mehr, wahrscheinlich weil mein Beckenboden schwächelt, also das meint jedenfalls mein Gynäkologe, man muss da so Übungen machen, damit der sich wieder anhebt«, quasselt sie auf mich ein und gibt mir so wertvolle Sekunden zum Überlegen. »Ja, der Christoph, der musste heute Nacht dringend nochmal weg.« Ich mache eine kleine dramatische Pause. Luft holen, nachdenken. »Was war denn los?«, bleibt sie am Thema dran. »Seiner Mutter ging's nicht gut. Er ist in die Notaufnahme gefahren, irgendwas mit dem Bein.« Das war jetzt nicht völlig gelogen. Gut, zeitlich stimmt es nicht ganz, er war vor seiner nächtlichen Abreise in der Notaufnahme und bisher hat seine Mutter jedenfalls noch keinerlei Beinprobleme, aber im Groben könnte man sagen, der Satz hat wahre Elemente. Krankenhaus, Notaufnahme und Bein waren auf jeden Fall nicht geschwindelt. Natürlich ist klar, dass sich Anita mit einer solchen Auskunft nicht bescheiden kann. »Ach, die arme Frau, war es eine Thrombose oder was?«, fragt Anita nach. »Genau«, sage ich und um weiteren Nachfragen vorzubeugen und weil mir so schnell sowieso nichts Besseres einfällt, »es geht ihr schon wieder viel besser. Sie konnte dann wieder heim. Zum Glück. Die arme Inge.«

Das war vorschnell, denn Anita ist fassungslos, »Mit Thrombose lassen die die nach Hause? Also meine Cousine hatte mal eine ganz schlimme Thrombose, die Regina, die Tochter von meiner Tante, der Klara, die hast du mal kennen gelernt, nicht die Regina, sondern die Klara, an Friedhelms vierzigstem Geburtstag war die hier, und die wäre fast gestorben, wegen der Thrombose, ich will dich nicht verrückt machen, aber das erscheint mir doch sehr nachlässig von diesen Krankenhausleuten, dass die deine Schwiegermutter so mir nichts dir nichts einfach entlassen.« Sie macht eine bedeutungsvolle Pause.

»Lebt deine Cousine, diese Klara, noch?«, versuche ich, thematisch neue Gebiete zu erschließen. Ablenkung ist alles. »Meine Tante ist die Klara, meine Cousine heißt Regina, das ist die, die als Kind so schlimme Neurodermitis hatte und, na klar, der geht es bestens, die ist ja auch privat versichert«, nickt Anita, als wäre das eine völlig unsinnige Frage. Eben noch fast gestorben, jetzt selbstverständlich quicklebendig. Durch die Privatversicherung. Anitas Logik ist bestechend und ihre Verwandtschaft ist wahrscheinlich ähnlich zäh wie Anita selbst. »Hat dein Mann da nicht ordentlich Druck gemacht oder warum konnte die gleich wieder gehen? Ich meine, so alte Leute, das kann schnell gehen«, sagt sie mit viel Pathos in der Stimme. »Anita, ich habe sie schon gesprochen, es ist alles gut. Sie haben sie behandelt und Christoph hat alles angemessen überwacht, ich meine, mein Mann ist Jurist, der schaut schon genau hin«, beschließe ich meine kleine Lügengeschichte.

Ich will gar nicht wissen, wohin Christoph heute Nacht genau geschaut hat. Allein bei dem Gedanken erschaudere ich. Aber immerhin – Münchhausen hätte seine Freude an mir. Ich kann besser lügen, als ich gedacht habe. Wenn man einmal anfängt, flutscht es nur so. Das Schöne ist, je mehr man ins Detail geht, umso mehr fängt man an, seinen eigenen Schwachsinn zu glauben. Ich muss dringend daran denken, dass (falls Christoph und ich uns je wieder versöhnen) ich ihm sage, dass seine Mutter an Thrombose leidet. Seit heute Nacht. An der so genannten akuten Kurzzeitthrombose. Ich wende mich Anitas Beckenboden zu, und da Anita über nichts lieber spricht als sich selbst oder wenigstens ihren Mann Friedhelm (übrigens einer der größten Langweiler, den ich je getroffen habe), schaffen wir den Sprung von der vermeintlichen Thrombose zum Beckenboden. Anita führt mir noch schnell zwei Übungen vor, die ich unbedingt auch täglich machen soll. Zur Prophylaxe. Dazu rollt sie sich über unser Parkett (das ehrlich gesagt nur Laminat ist, aber bisher hat es keiner gemerkt!) und atmet sehr laut. Ich beteure, dass es meinem Beckenboden, meinem Wissen nach, prima geht, aber das lässt Anita nicht gelten: »So war es bei mir auch und auf einmal musste ich nachts raus. Mein Gynäkologe hat gleich geahnt, wo das Problem liegt. Er hat mir erklärt, dass das fast alle kriegen. Du musst dich vorsehen.« Sie wiederholt die Übung, schnauft, als wäre sie in der Entbindungsendphase, und hört erst auf, als ich alles nachmache und schwöre, ab heute Abend regelmäßig zu turnen, um vorzubeugen. Obwohl ich, ehrlich gesagt, neben Anitas Beckenboden noch eine andere Ursache für ihre nächtliche Bettflucht nennen könnte. Ich meine, mit einem Friedhelm im Bett wäre ich auch froh, mal raus zu müssen. Anita jedoch ist zufrieden, hat ihre Beckenbodenmission erfüllt und geht.

Aus dem Küchenfenster kann ich sehen, wie sie bei Tamara klingelt. Die Stille-Reihenhaus-Post nimmt ihren

Lauf. Das Ende vom Lied: Tamara steht vierzig Minuten
später vor meiner Tür und erkundigt sich ganz beiläufig
nach Thrombose-Inge. Auch das noch! Ich lüge munter
weiter und obwohl Tamara wesentlich vertrauenswürdi-
ger ist als Anita, komme ich jetzt aus dem Lügenschlamas-
sel nicht mehr raus. Wenn schon lügen, dann wenigstens
standhaft bleiben. Irgendwie werde ich meiner Schwiegermutter Inge schon noch beibringen, dass sie seit heute
Nacht ein Thromboseproblem hat. Schließlich sitzen Inge
und Rudi häufig unsere Kinder und wenn Tamara oder
Anita da mal ihren Weg kreuzen, wäre es doch verdammt
peinlich, wenn Inge völlig ratlos vor ihnen stünde: »Was
för 'ne Thrombose meine Sie denn?« Auweia, so schnell
hat, weiß Gott, noch niemand Thrombose bekommen.

Tamara hat zum Glück nur wenig Zeit und detaillierte
Fragen bleiben mir deswegen erspart. Bevor sie geht,
drückt sie mir noch ein paar recht unansehnliche haut-
farbene Strumpfhosen in die Hand: »Für deine Schwiegermutter. Das sind Thrombosestrümpfe. Die hab ich
noch von meiner Entbindung. Liebe Grüße und gute
Besserung. Man darf so eine Thrombose keinesfalls auf
die leichte Schulter nehmen. Aber das weißt du ja sicher.«
Ich bedanke mich, allerdings eher verhalten. Ich meine,
gebrauchte Strümpfe zu verschenken, dazu gehört schon
Mumm, und dass sie die Strümpfe noch von ihrer Entbindung hat, schockt mich auch ein wenig. Schließlich
ist Tamara Mutter eines knapp zehnjährigen Schulkindes.
Manche Menschen haben wirklich einen Trieb, alles zu
horten. Ich dachte immer, ich sei eine Sammelliese, aber
das toppt ja nun alles. Auf jeden Fall bewundernswert,
wie schnell sie die Dinger gefunden hat.

Ich räume das derangierte Wohnzimmer noch etwas auf, drücke zum fünften Mal an diesem Tag auf dem Anrufbeantworter rum, suche auf meinem Handy nach neuen SMS und bleibe erfolglos. Keine Nachricht. Nirgends. Und das, obwohl ich eindeutig besten Empfang habe und mein Akku komplett geladen ist. Gerade Frauen neigen ja dazu, eher an der Technik als an ihrem Mann zu zweifeln. Hier ist der Fall klar: kein Anruf, keine SMS. Was kann dieser Mann hartnäckig sein. Aber der wird sich wundern. Was Hartnäckigkeit angeht, wird er bald die wahre Meisterin kennen lernen. Das wollen wir doch mal sehen. Das ist jetzt wieder mal so eine prinzipielle Geschichte. Wer hier nämlich zuerst aufgibt, setzt damit ein Zeichen für den Verlauf der gesamten Beziehung.

Ich rufe meine Lesbenfreundin Heike in München an. Allerdings vom Festnetz. Sicherheitshalber. Nicht dass Christoph gerade in dem Moment auf dem Handy durchklingelt, wenn ich mit Heike plaudere. Heike ist die beste Freundin überhaupt. Heike hat immer gute Ideen und kennt sich mit vertrackten Beziehungsgeschichten aus. Sie hört sich geduldig mein Drama an. Die Krankenhaus-Bein-ab-Geschichte findet Heike ein wenig drastisch, aber nicht unlustig. Sie kichert. Jedenfalls sei diese kleine Angelegenheit keinesfalls ein Grund, sich nicht mehr zu melden. Das scheint Christoph augenscheinlich ein wenig anders zu sehen. »Ach Männer«, stöhnt Heike nur, »seit wann haben die Humor?« Da stimme ich ihr absolut zu. Männer lachen schon mal gerne, aber äußerst ungern über sich selbst. Und verarschen lassen die sich schon gar nicht besonders gerne. Was ich wiederum auch verstehen kann.

»Aber was mache ich jetzt?«, bitte ich meine Lieblingsfreundin um Rat. »Ruf ihn an und sag, dass es dir furchtbar Leid tut«, schlägt sie vor. »Das ist die schnellste und
einfachste Variante. Gut, du musst zu Kreuze kriechen
und ein bisschen rumschleimen, aber er wartet sicher
schon auf deinen Anruf und dann ist die Sache erledigt
und alles gut.« Das war nicht die Art Vorschlag, die ich
mir erhofft hatte. Da wäre ich auch allein drauf gekommen. Ich hatte mir schon eine originellere Idee erwartet,
irgendeine Lösung, bei der wir beide, Christoph und
ich, mit hoch erhobenem Kopf davonkommen – oder
doch wenigstens ich. »Heike, streng dich an, das kann
ja wohl nicht dein Ernst sein, dass ich Christoph dermaßen einsülzen soll. So ein Anruf ist doch ein komplettes
Schuldbekenntnis. Ein Eingeständnis. Ich fühle mich
aber eigentlich überhaupt nicht schuldig. Wenn ich das
mache, hat der totales Oberwasser und treibt sich ab
sofort Nacht für Nacht mit dieser doofen Michelle rum,
schon weil er weiß, dass er quasi noch einen gut hat. Das
geht gar nicht. Auf keinen Fall. Außerdem bist du meine
Freundin und nicht Christophs. Oder nur ein bisschen
Christophs. Also bitte.« »Na ja, es ist ja nicht so, dass ich
nicht noch mehr Vorschläge hätte«, meldet sich Heike
wieder zu Wort, »das war jetzt nur die schnelle, unkom-
plizierte Variante. Ich finde ja diese Spielchen bei Paaren
irgendwie albern. Sag doch einfach die Wahrheit. Dass
du vor Eifersucht total sauer warst und deshalb mit allen
Mitteln versucht hast, ihn heimzulocken. Er wird sich geschmeichelt fühlen und dir sofort verzeihen.«

Ich glaube, da läuft was völlig verkehrt. Meine beste
Freundin schlägt mir anscheinend ernsthaft vor, ich solle

mich bei meinem Mann einschmeicheln. Hat die Drogen genommen oder was ist mit der los? Wenn das die Tipps von Heike sind, möchte ich die von meiner Mutter gar nicht erst hören. Was ich da an Bußarbeit aufgelegt bekäme, kann ich mir in etwa vorstellen. Einmal Jakobsweg und zurück – wenigstens mental. »Sag mal, warst du auf einem Beziehungsseminar oder was ist mit dir?«, frage ich sicherheitshalber mal nach. Das wird ja immer doller. Mag sein, dass uneingeschränkte Wahrheit im Beziehungsleben das einzig Vernünftige und Erwachsene ist, aber ich glaube nur bedingt daran. Ohne ein bisschen Geplänkel wird das schnell ein sehr einseitiges Spiel. Und wie solche Spiele ausgehen, weiß man ja. »Also gut, mit Vernunft kommt man bei dir wohl nicht weit«, lenkt Heike lachend ein. »Dann bleibt nur stillhalten. Die Abwartestrategie. Kommen lassen, sagt man im Sport. Mal schauen, was der Gegner auf der Pfanne hat. Ist allerdings nichts für Ungeduldige.« Das kommt meiner Vorstellung schon wesentlich näher. Mehr habe ich bisher ja auch nicht getan. Abgewartet. Somit keine wirklich neue Strategie. »Und wie lange soll ich warten?«, will ich wissen. »Bis er sich rührt«, erklärt Heike sehr pragmatisch. Ich kann nicht behaupten, dass mich dieses Gespräch sehr viel weiter gebracht hat. Irgendwie hätte ich mir von Heike mehr Finesse erwartet.

Komischerweise denken Hetero-Frauen oft, dass es in Frauenbeziehungen, also bei Lesben, sehr viel zivilisierter zugehen müsse. Darüber hat Heike schon oft sehr herzhaft gelacht. »Liebe ist immer eine ziemlich diffizile Angelegenheit, in der mit allen erdenklichen Mitteln gekämpft wird. Bei uns Lesben genauso wie bei euch Heteros.«

Schade – eine ernüchternde Aussage. Ich dachte lange Zeit, dass das Testosteron schuld an den Beziehungsproblemen sei, und habe vor Jahren auch mal kurz überlegt, ob ich mich nicht lieber umorientieren sollte, um diesem Hormon dauerhaft aus dem Weg gehen zu können. »Hetenquatsch«, hat Heike meine Gedankenspiele genannt und ich habe die Idee damals schnell wieder verworfen – allerdings nicht wegen ihrer Aussage, sondern wegen einer extrem östrogengeladenen Daniela, die mich dermaßen angeschmachtet hat, dass sie sich in puncto Nervigkeit vor keinem Mann verstecken musste. Jede Art Hormon-Überdosis scheint schwierig zu sein. Habe mich deshalb auch gleich wieder dem Testosteron zugewandt.

Ich bin leider ein sehr wankelmütiger Mensch. Extrem begeisterungsfähig, aber auch schnell wieder abgekühlt. Ob das eine gute Eigenschaft ist, weiß ich nicht, aber sie macht das Leben leichter. »Könntest du Christoph wenigstens mal im Büro anrufen, nur mal so zum Überprüfen, ob er ganz normal in der Kanzlei ist?«, frage ich zaghaft bei Heike nach. »Wo soll er denn am helllichten Tag sonst sein?«, ist sie ein wenig begriffsstutzig. Das will ich mir im Detail gar nicht ausmalen. In meinem Kopf gibt es zu diesem Thema sehr unschöne Bilder: Belle Michelle und er wälzen sich in wahrscheinlich feinstem Satin (wir haben Biber-Bettwäsche!) und haben beschlossen, nach einer fulminanten Nacht auch den Tag dort zu verbringen, oder so ähnlich. Egal was ich mir vorstelle, Belle Michelle ist merkwürdigerweise immer mit von der Partie. Leicht bekleidet, nur ein paar Strapse und auf den Lippen ein absolut wollüstiges Siegerinnenlächeln. Aber noch ist das Spiel nicht gelaufen, meine liebe Michelle. Da kennst du mich, Andrea Schnidt, aber schlecht. Mag sein, dass Michelle rein optisch ein wenig vor mir liegt, aber ich werde an mir arbeiten. Da gibt's noch Spielraum. Und über die Sache mit den älteren Rechten will ich gar nicht reden. Die bringen einen auch nur äußerst selten weiter. Da haben schon ganz andere Frauen dagesessen und sich die Augen aus dem Kopf geweint – ältere Rechte hin oder her. Und außerdem: meistens waren nicht nur die Rechte älter, sondern auch die Frauen. Ich muss unbedingt klären, wie alt diese Michelle ist. Heike versucht, mich zu beruhigen: »Solange die Männer davon reden, ist doch meistens nichts. Der würde doch nicht andauernd von dieser Michelle schwärmen, wenn da was laufen würde.« Das klingt logisch, ist aber als Regel so alt, dass es sich inzwischen rumgesprochen haben dürfte, und ganz ausgebuffte Kerle könnten ja gerade deswegen viel von einer Frau erzählen, weil sie wissen, dass es dann ganz unverdächtig wirkt. Obwohl – zu solch einer raffinierten Strategie halte ich das Gros der Männer für nicht fähig. »Bleib cool, der ist schneller wieder da, als dir lieb ist. Die kommen doch alle wieder«, redet Heike mit so einem Hauch von Therapeutenton in der Stimme auf mich ein.

Ich merke, dass sie, neben den Standardfloskeln, zu diesem Problem auch keine herausragenden Vorschläge hat.

Also wechsle ich das Thema. »Was macht denn deine Liebste?«, erkundige ich mich. Heike hat, wie Männer gerne sagen, ein Brett von Frau. Eine absolut umwerfende Person. Mit anderen Worten eine Art Michelle, sie heißt aber Lea und hat die längsten Beine, die ich je bei einem

menschlichen Wesen gesehen habe. Was ihre Beine angeht, könnte sie glatt von einer Giraffe abstammen. Unglaublich. Und dieses entzückende Geschöpf, auch noch
erfolgreiche Geschäftsfrau, clever und nett, hat sich die
kleine Heike an Land gezogen. Als Heike mal mit Lea
hier war, auf einer großen Geburtstagsparty für Christoph, haben die Männer fast gesabbert. So eine ist Lea.

»Du wirst es nicht glauben, wir wollen heiraten«, platzt
es aus Heike raus. Ich bin platt. Heiraten? Es ist mir ein
wenig rätselhaft, warum Homos unbedingt den gleichen
Quatsch machen müssen wie Heteros. Ich meine, sicher,
heiraten hat Vorzüge (wenn man sehr lange darüber nach-
denkt) – aber warum will man ohne Kinderwunsch heiraten? Nur damit man sich gegenseitig auf der Intensiv-
station besuchen darf oder was? »Wieso denn heiraten?«,
frage ich vorsichtig nach. »Kriegt ihr dann Ehegatten-
splitting oder was?«, fällt mir eine weitere Variante ein.
»Du bist so unromantisch«, stöhnt Heike, »der schnöde
Mammon hat für uns keine Bedeutung. Wir lieben uns.
Das ist der Grund.« Sie macht eine lange Atempause und
dann bricht es aus ihr heraus: »Und außerdem wollen wir
ein Baby.« Ein Baby. Heike. Die Heike, die mal gesagt
hat, dass diese plärrenden Ungeheuer verboten gehören.
Diese Heike will jetzt ein Baby? Aha, das ist nun wirklich eine Wahnsinns-Neuigkeit. »Glückwunsch«, sage
ich und bin mir nicht sicher, ob das die adäquate Reaktion ist. »Danke«, lacht sie und ergänzt: »Übrigens,
ich brauche dann deine Hilfe. Weil du ja erfahrener mit
dem Thema bist.« Was für ein merkwürdiger Satz. Was
soll das bedeuten? Will sie mich fragen, ob ich das Kind
für sie austrage? Als Leihmutter fungiere? Also, bei aller

43

Freundschaft, beste Freundin hin oder her, ich glaube, das wäre nichts für mich. Schwanger sein, Wasser in den Beinen haben, grauenvolle Wehen und dann, sobald es rausgepresst ist, das Kind abgeben. Das wäre ja so ähnlich, als würde man monatelang strengste Diät halten und jemand anders nimmt ab. »Soll ich das Kind kriegen?«, frage ich leicht konsterniert nach. Ich hoffe, ich klinge nicht zu entsetzt. »Quatsch, das könnten wir ja theoretisch selbst«, beruhigt sie mich. »Wir wollen nicht schwanger sein – weder die Lea noch ich.« Muss ich mir jetzt um die Biologiekenntnisse meiner Lieblingsfreundin Gedanken machen? Ihr vorsichtig mal die kleine Biene-und-Blüten-Geschichte erzählen? Bevor ich nachfragen und ansetzen kann, redet sie schon weiter: »Diese Geschichte mit den Spendersamen und so, die finden wir blöd. Der Hugo würde sich zwar zur Verfügung stellen, aber irgendwie ist uns das nicht recht.« Hugo ist ein enger Vertrauter von Heike, lebt auch in München, hat einen Friseursalon und ist eine Art Vorzeigeschwuler. Er kennt sogar Udo Walz und den Wowereit von Berlin. »Und wie soll das dann gehen?«, wundere ich mich wahrscheinlich ein wenig naiv, aber doch zu Recht. »Wir werden ein Baby adoptieren, so wie der Patrick Lindner und sein Ex-Freund, und damit wir dann nicht so einen Affentanz ums Kind haben, werden wir vorher heiraten. Es soll ja unser Kind sein.«

»Wow«, sage ich, weil mir einfach nichts anderes einfällt. »Das ist ja echt eine Neuigkeit und da hältst du so lange mit hinterm Berg und lässt mich erst den ganzen Christoph-Schlamassel erzählen. Unglaublich. Meine Freundin heiratet.« »Was ist denn daran unglaublich? Meine Freundin – du nämlich – ist doch auch verheiratet. Soll vorkommen in unserem Alter.« Ups, da ist mir ein ziemlicher Fauxpas unterlaufen. Heike ist, was das Lesbenthema angeht, ein klein wenig sensibel. War auch irgendwie doof von mir. »Ich freue mich für euch«, schiebe ich nach und es stimmt auch.

Ich mag die Liebste meiner liebsten Freundin. Sehr sogar. Anfangs war ich ein klitzekleines bisschen eifersüchtig, nach dem Motto: Die nimmt mir meine Freundin weg. Heike hat mich damals beruhigt: »Du bist meine beste Freundin und sie ist meine Loverin. Das sind definitiv zwei Paar Schuhe.« Womit sie, wie so oft, natürlich Recht hatte. Außerdem: Lea tut Heike gut und umgekehrt. Mehr sollte man wohl kaum von einer funktionierenden Beziehung erwarten.

»Wir werden in etwa drei Monaten heiraten. Willst du meine Trauzeugin sein?«, ist Heike schnell wieder versöhnt. »Ich wäre sehr geehrt«, antworte ich und fühle mich auch genau so. Geehrt. Ich sehe mich jetzt schon schluchzend im Standesamt stehen. Ich bin sehr schnell sehr gerührt. Egal ob Hochzeit oder Beerdigung, Andrea Schnidt weint gerne mal.

»Gräm dich nicht wegen deines Kerls, der ist schneller wieder am Platz, als du denkst«, kommt Heike wieder auf unser Eingangsthema zurück. »Hoffe ich doch sehr«, beschließe ich das Gespräch und verspreche, morgen nach dem Arbeitsamt anzurufen und haarklein Bericht zu erstatten. Umgekehrt verspricht sie, in den nächsten Tagen Hochzeitsdetails zu liefern. Was, wann, wie und wo. Ich beteure nochmal, wie toll ich es finde, dass sie heiratet, und wie glücklich mich das macht und dann verabschieden wir uns.

Eine beste Freundin ist etwas Feines. Eine beste Freundin in München ist weit weg. Nicht undankbar werden, Schnidt, ermahne ich mich, andere haben überhaupt keine beste Freundin. Manchmal wäre es trotzdem schön, einfach auf einen Kaffee vorbeigehen zu können. Vor allem in einer Situation wie dieser. Noch immer kein Anruf von Christoph. Sturer Bock. Andererseits hat es so auch Vorteile. Meine Reumütigkeit verwandelt sich zunehmend in Wut. Mist, ich habe vergessen, Heike zu fragen, wie ich ihr bei der Kindergeschichte behilflich sein soll. Ich versuche, schnell nochmal anzurufen. Es meldet sich niemand. Na ja, da muss sich meine Neugier wohl ein wenig gedulden.

Der Vormittag ist rum und ich habe eigentlich nichts getan. In einer halben Stunde muss ich Mark vom Kindergarten abholen und Claudia, meine stolze Viertklässlerin, wird in einer Stunde auf der Matte stehen. Sie läuft von der Schule nach Hause. Viele Mütter holen ihre Töchter mit dem Auto ab. Obwohl die Entfernung nicht der Rede wert ist. Wegen der Gefahren. Ich selbst bin jahrelang zur Schule gelaufen und finde, es schadet Kindern auch nicht. Liest man nicht überall, dass sich die Kleinen mehr bewegen sollten? Natürlich bin ich manchmal im Zweifel, gerade wenn es wieder grausige Schlagzeilen über entführte und missbrauchte Mädchen gegeben hat. Aber ich zweifle auch am lückenlosen Schutzprogramm. Ein Leben ohne Risiko gibt es nun mal nicht. Und Claudia läuft in Gesellschaft. Mit zwei anderen Kindern hier aus der Straße.

Mit Tamaras Sohn Emil zum Beispiel. Dem Hochbe-

gabten. Der leider die erste Klasse zweimal machen musste. Wegen der Hochbegabung, meint Tamara. Er war un-
terfordert und hat sich deswegen verweigert. So kommt
es, dass Emil und Claudia jetzt in einer Klasse sind. Emil
ist ein seltsames Kind. Haut gerne mal zu, zwickt und
kneift, kann aber auf der anderen Seite schwarze Löcher
und Einsteins Relativitätstheorie erklären. Vielleicht färbt
ja ein wenig von seiner Cleverness auf meine Tochter ab.
Claudia ist keins dieser Überfliegerkinder. Gut, wir haben ihren IQ noch nie testen lassen, aber bisher konnte
ich auch keine Zeichen von Hochbegabung ausmachen
und blamieren möchte man sich bei dem Test ja nun auch
nicht. Wie peinlich, man geht mit dem Kind zu einem
Psychologen, weil man meint, es sei hochbegabt, und es
stellt sich heraus, dass es geradeso, mit viel Glück, für
den Durchschnitt reicht. So was will doch niemand wissen. Claudia mag Emil nicht besonders, vor allem, weil er
nahezu andauernd in der Nase bohrt. »Der ist eklig«, sagt
Claudia und hat damit natürlich Recht. Sie will nicht zusammen mit dem Nasenbohrer zur Schule laufen. »Guck
halt nicht hin«, sage ich und, »du musst ihn ja nicht heiraten.« Das Wort heiraten ist für Claudia fast noch ekliger als nasenbohren. Sie schüttelt sich geradezu. Schon
bei dem Gedanken. Bei Mädchen in diesem Alter scheint
die Heiratsabneigung programmiert. Vielleicht eine Art
natürlicher Schutzinstinkt. Aber warum und wann geht
der uns eigentlich verloren?

Aber trotz all ihrer instinktiven Abneigung: Sie läuft mit
Emil. Auch Tamara besteht darauf, dass Emil mit Claudia
läuft. Der ist davon ähnlich begeistert wie meine Tochter,
und so trotten die beiden nebeneinander her wie arme,

stumme Zwangsverheiratete. »Worüber sprecht ihr so, wenn ihr nebeneinander herlauft?«, habe ich mal gefragt und Claudia hat mich angeguckt, als wäre ich eine Wahnsinnige. »Ich rede mit dem Emil nicht«, hat sie gesagt. So als wäre das eine wirklich abartige Idee. »Wenn ich in die neue Schule komme, muss ich dann immer noch mit dem Doofkopf laufen?«, fragt mich Claudia regelmäßig. »Nein, wahrscheinlich nicht«, habe ich ebenso oft geantwortet, denn je nach Schulwahl hat der kleine kluge Emil einen anderen Weg als meine Claudia.

Apropos Schulwahl. Ein absolut heikles Thema, das uns hier an der Mütterfront nahezu rund um die Uhr beschäftigt. Spätestens wenn die Kinder in der dritten Klasse sind, geht es los. »Auf welche Schule wird deine denn gehen?«, heißt es dann oft. Natürlich bin ich mittlerweile auch infiziert und mache mir so meine Gedanken. Man kann sich einfach nicht entziehen. So wie es in der Mode angebliche Must-haves gibt, gehört dieses Thema zu den Must-haves, wenn man Kinder hat.

Hier bei uns am Ort gibt es keine weiterführenden Schulen, wie es so schön heißt. Also müssen die Kinder in Nachbarorte fahren. Mit der S-Bahn oder dem Bus. Was natürlich nicht das Hauptentscheidungskriterium ist. Das wäre vielleicht logisch, aber natürlich viel zu profan. Es geht um die passende Schule fürs Kind. Da ist zunächst die Frage: Haupt-, Realschule oder Gymnasium? Oder vielleicht gleich die Gesamtschule? Kinder bekommen heutzutage eine Empfehlung. Lehrer sagen, welche Schule sie je nach Kind für geeignet halten.

Claudia ist eine ganz gute Schülerin. Keine Überfliegerin, aber solide. Alles Zwei, bis auf Mathe und Religion. Keine Ausrutscher in den Einser-Bereich, aber eben auch keine nach ganz unten. Die Matheschwäche hat sie wahrscheinlich von mir. Ihre Lehrerin meint, sie solle aufs Gymnasium. Damit sind Christoph und ich generell einverstanden. Zum Glück. Sich gegen die Empfehlung des Lehrpersonals zu stellen, kostet Mut. Zu sagen: »Ich finde, mein Kind gehört aufs Gymnasium«, wenn die zuständigen Lehrer für die Realschule plädieren, ist anstrengend. Wenn man das geklärt hat, geht das Gezacker aber erst richtig los.

Welche Schule darf es denn sein? Ich neige in dieser Hinsicht zu einem gewissen Pragmatismus. Warum nicht die auswählen, die am besten erreichbar ist? Wäre das nicht extrem praktisch? Bei uns stehen gleich fünf Schulen zur Auswahl: Ein Mädchengymnasium, ein Gemischtes Gymnasium, ein Humanistisches, die Gesamtschule und die Internationale Schule. Alle sind, jedenfalls theoretisch, gut erreichbar. Das macht die Entscheidung natürlich nicht einfacher.

»Am besten, sie geht dahin, wo auch ihre Freundinnen hingehen, dann fühlt sie sich sicher am wohlsten«, habe ich zu Christoph gesagt. Über solch vermeintliche Naivität kann mein Mann nur den Kopf schütteln: »Hier geht es nicht ums Wohlfühlen, hier geht es um die Zukunft unserer Tochter«, hat er in sehr staatstragendem Ton erklärt und mir dann erläutert, warum eigentlich nur die Internationale Schule infrage kommt. »Bei dem zukünftigen Konkurrenzkampf macht es Sinn, dass unsere Tochter zweisprachig aufwächst.« Es folgte ein kleiner Vortrag zum Thema Globalisierung an und für sich. Ich finde, das ist totaler Quatsch. Schon aus ökonomischen Gründen. Wir können uns diese internationale Schule nicht leisten. Sie kostet 1500 Euro im Monat und dass somit der Rest der Familie nur noch Toastbrot und Nudeln zu sich nehmen könnte, damit Fräulein Tochter auf die Internationale Schule gehen kann, fände ich unzumutbar. Außerdem: Wieso soll das Kind zweisprachig aufwachsen? Das macht Sinn bei Menschen, deren Kinder aus einer Familie kommen, in der von Haus aus zwei Sprachen gesprochen werden. Wenn zum Beispiel die Mutter Engländerin ist oder der Vater Japaner. Aber ich bin aus Hessen und Christoph ebenfalls. Oder wenn Leute vorhaben, nur kurze Zeit in Deutschland zu leben und dann nach Amerika gehen – bei Diplomaten- oder Politikerkindern eben. Oder Kinder von Vorstandsvorsitzenden, die alle zwei Jahre in andere Länder versetzt werden. Für all diese Kinder mag eine Internationale Schule sinnvoll sein. Aber für Claudia? Lernt man in einem normalen Gymnasium nicht auch Englisch?

Christoph war erst nach einem Besuch der Internationalen Schule kuriert. Wir waren am Tag der offenen Tür dort. Christoph ist schon auf dem Parkplatz mit offenem Mund rumgelaufen. Nur monströse Geländewagen, Sportwagen und weit und breit kein Polo, Sharan oder Ford Fiesta. Christophs ganzer Stolz, sein kleiner BMW, wirkte so, als sei er im falschen Film. So wie bei einem Suchbild: Finde den Fehler! Was gehört hier nicht dazu? Richtig: Der einzige Wagen unter 100 000 Euro. Mein Mann sah aus, als würde er gleich eine schlimme Attacke von Sozialneid bekommen. Er war kurz davor, einige Wagen auf dem Parkplatz ehrfurchtsvoll zu streicheln. Und dann die anwesenden Eltern. Alle vom selben Schlag. Schick, behängt mit Statussymbolen, Prada-Täschchen, Tiffanygeschmeide und die Männer in Polo-Ralph-Lauren-Hemden. Eine sehr eindimensionale Welt. Eine Welt, in der Geld keine Rolle, und doch die größte Rolle überhaupt spielt. Als zwei Mütter sich neben mir über ihre Probleme mit den Yachtstellplätzen in Cannes ausgetauscht haben, wusste ich definitiv, dass diese Welt mit unserer Reihenhauswelt nicht kompatibel sein würde. Ich will nicht, dass meine Tochter in einem solchen Umfeld aufwächst, einer Welt, in der Drei-Zimmer-Wohnungen nicht existieren. Wir haben uns relativ schnell und unauffällig vom Schulgelände geschlichen. Christoph war auch ziemlich einsichtig. Vor allem, als ich ihm vorgerechnet habe, was es heißen würde, wenn auch sein Sohn in das Alter für einen Schulwechsel kommt. »Gleiches Recht für alle«, habe ich gesagt und 1500 mal zwei ist nun mal 3000. »Kannst du dreitausend Euro im Monat bezahlen nur für die Schule deiner Kinder?«, habe ich gefragt. »Selbst wenn ich könnte, es ist doch nicht das, was ich mir für meine Kinder wünsche. Das wäre ja so, als würde ein Fußballer nicht unten in der Kreisliga anfangen, sondern direkt in der Ersten Bundesliga. Das kann für die Kinder nicht gut sein«, antwortete Christoph. Wir waren uns einig. Gut so. 3000 Euro gespart. Fantastisch.

Somit bleiben von den fünf Schulen nur noch vier. Das Mädchengymnasium, das Gemischte, das Humanistische und die Gesamtschule. Christoph ist gegen die Gesamtschule. Mag er nicht. »Wenn sie das Zeug fürs Gymnasium hat, warum soll sie dann auf die Gesamtschule, zusammen mit anderen, die nicht das Zeug fürs Gymnasium haben?«, begründet er seine Ablehnung. Argumentativ nicht sehr stark, aber emotional deutlich. Ich bin gegen das Humanistische Gymnasium. Aus ähnlich diffusen Gründen. Ich mag kein Latein. Habe mich schlimm damit rumgequält. Auch dem Altgriechisch kann ich nicht wirklich was abgewinnen. Für die Allgemeinbildung mag beides wunderbar sein, aber ich glaube, man kann auch ohne Latein und Altgriechisch erfolgreich sein. Humanistische Gymnasien liegen im Trend. Sind sehr begehrt. Was aber insgeheim weniger an ihrem Sprachenangebot liegt als vielmehr an einem gewissen Wertekonservatismus. Eltern denken, dass Menschen, die ihre Kinder auf ein Humanistisches Gymnasium schicken, kultivierte Menschen sein müssen. Also gehen sie davon aus, dass es an solchen Schulen ein so genanntes gutes Umfeld gibt. An der These mag was dran sein, aber ein Kind nur deshalb mit Latein und Altgriechisch zu quälen, ist als Preis zu hoch. Finde ich zumindest. Wüssten wir jetzt schon, dass Claudia Theologin werden wollte, wäre die Sachlage natürlich eine andere. Dagegen spricht allerdings ihre drei in Religion. Insofern bleiben nur das Gemischte Gymnasium und die Mädchenschule.

Ich schlage vor, Claudia zu fragen. Schließlich muss sie hingehen. Sie will, zu unserem großen Erstaunen, auf die Mädchenschule. Insgeheim glaube ich, ihre Entscheidung hat damit zu tun, dass sie weiß, da kann der nasenbohrende Emil trotz all seiner Begabung nicht hin. Ob das als Grund für die Schulwahl ausschlaggebend sein sollte, bin ich mir nicht sicher. Man sollte nicht schon im

Alter von knapp zehn seine Entscheidungen von Männern abhängig machen.

Wir beschließen, sowohl die Mädchenschule als auch das Gemischte Staatliche Gymnasium zu besichtigen. Die Mädchenschule ist kleiner. Übersichtlicher. Allerdings auch sehr viel katholischer. Kein Wunder, schließlich ist es eine kirchliche Privatschule. Das lockt mich nicht direkt. Zur Kirche habe ich ein durchaus gespaltenes Verhältnis. Das Papstfrauenbild und meins sind schlicht nicht kompatibel. Auf der Mädchenschule muss man vorsprechen. Die nehmen nicht einfach jeden, der sich anmeldet. Eine Privatschule kann sich ihre Schüler aussuchen. Das Zeugnis muss stimmen und das Kind muss getauft sein.

Immerhin – wir bekommen einen Termin. Beim Direktor. Die Mädchenschule hat einen Kerl als Chef. Auch komisch. Überall nur Frauen und dirigiert werden sie von einem Mann. Aber er ist sympathisch und freundlich. Zunächst jedenfalls. Es gibt ein Kaltgetränk und Kekse. Claudia ist merkwürdig angespannt. »Benimm dich normal, sei nett und dann nimmt der dich auch«, stimme ich meine Tochter auf das so zukunftsweisende Gespräch ein. Auch Mark, unser Sohn, muss mit zum Direktor. Obwohl er – außer er entscheidet sich in den nächsten Jahren spontan für eine Geschlechtsumwandlung – wohl kaum jemals auf diese Schule gehen wird. »Wir möchten die gesamte Familie kennen lernen«, hat die Sekretärin bei der Terminvergabe gesagt. Christoph ist leider verhindert. »Das schafft ihr schon allein«, hat er nur eben lapidar bemerkt, »ich kann doch nicht an

53

einem normalen Arbeitstag nachmittags meine Zeit in irgendeiner Schule verbummeln.« »Wehe, du bist blöd«, meckert Claudia ihren Bruder kurz vor dem Termin an. »Was kriege ich, wenn ich lieb bin?«, handelt er einen Benimmtarif aus. Wie clever für ein Kindergartenkind. Insgesamt allerdings eine groteske Situation. Claudia kämmt sich während der Fahrt zur Schule fast manisch die Haare, als wäre ein Wohlwollen des Direktors nur durch angemessene Fellpflege zu erreichen. Ich trage mein klassischstes Outfit, einen dunkelblauen Hosenanzug mit blauem Blüschen drunter. Wir haben ein Schul-Vorstellungsgespräch und sind, bis auf Mark, nervös, als gehe es um sonst was. Aber: Wenn ich antrete, dann will ich schon auch gerne gewinnen. Selbst hier. Ich möchte, dass dieser Schuldirektor sagt: »Klar kann Ihre Tochter kommen. Selbstverständlich, Frau Schnidt. Es wäre uns eine Ehre.« Dann können wir ja immer noch sagen: »Nee danke. Wir haben es uns anders überlegt.«

Er begrüßt uns und wir nehmen in einer kleinen Sitzecke Platz. Zur Eröffnung fragt er erst mal nach dem Herrn Gemahl. »Arbeit, Arbeit, Arbeit«, antworte ich und um das zu bekräftigen, erzähle ich noch was von einem wichtigen Prozess. Keine Ahnung, ob das stimmt, aber es klingt als Ausrede doch recht gut. Der Direktor, Herr Doktor Leopold Knuschke, zeigt Verständnis. »Na, dann wollen wir mal«, eröffnet er das Einstellungsgespräch.

»Wieso willst du denn hier auf unsere schöne Schule?«, fragt er Claudia. »Weil hier keine Jungen hinkönnen!«, antwortet sie, ohne den Hauch eines Zögerns. Kurz, knapp und präzise. »Magst du denn keine Jungs?«, ist seine Anschlussfrage. »Nein!«, ruft Claudia so laut, dass es sicher auch noch auf dem Schulhof zu hören ist. Ich mische mich ein. Plappere was von Untersuchungen, nach denen Mädchen auf Mädchenschulen besser in Naturwissenschaften sind und ungehemmter und vor allem ungestörter lernen können. Er nickt, kennt die Untersuchungen sicherlich besser als ich und will etwas über unser Verhältnis zur Religion wissen.

»Claudia«, spricht er wieder unsere Tochter an, »geht ihr denn gerne zur Kirche?« Bevor sie antworten kann, ruft ihr Bruder: »Nee. Das ist doof.« Claudia guckt erschrocken, ahnt augenscheinlich, dass das nicht die Antwort ist, die der Herr Doktor Knuschke hören will, und sagt mit leiser Stimme: »Ich würde gerne, aber meine Eltern schlafen immer so lange.« Prima, wie sie den Ball weitergespielt hat. Einen, der fast schon im Aus war. Bravo. Jetzt kann ich sehen, wie ich aus dem Dilemma rauskomme. Schon schaut der Herr Direktor auf mich. Ich lache ein wenig verlegen und merke, wie ich einen roten Kopf bekomme. Wie eine Achtjährige, die beim Schwindeln erwischt wird. »Ha, ha«, versuche ich, charmant die Kurve zu kriegen, »da ist was dran. Wir sind immer so schrecklich müde am Wochenende.« Er mustert mich streng. »Kommt daher auch die Drei in Religion?«, bohrt er weiter. Claudia nickt traurig, wie ein armes Hascherl, dem der wöchentliche Kirchgang von ihren verpennten Eltern standhaft verwehrt wird.

Ich überlege fieberhaft, womit ich hier Eindruck schinden könnte. »Mein Mann war mal Messdiener«, spiele ich einen kleinen vermeintlichen Trumpf aus. Mir fällt sonst nichts ein. Stimmt nicht, jedenfalls hat er noch nie gesagt, dass er einer gewesen sei, aber es wird ja wohl kaum Listen geben, in denen das noch heute zu überprüfen ist. Herr Direktor Knuschke wirkt nicht sehr beeindruckt. Wie ich denn mit der Papstwahl zufrieden bin, möchte er noch wissen. Ich weiß, dass ich schlecht sagen kann, dass es mir relativ egal ist, welcher alte Mann gewonnen hat, habe aber mal irgendwo gelesen, dass die progressiveren Kräfte in der Kirche für einen Südamerikaner plädiert haben. »Ich hätte es auch den Südamerikanern gegönnt«, versuche ich, eine einigermaßen schlaue Antwort zu geben. Die Papstwahl ist wirklich nicht das Terrain, auf dem ich mich wohl fühle. »Ja, das kann man so oder so sehen«, beendet er das Thema schon wieder. Ich glaube, Zustimmung klingt anders.

»Mathematik scheint nicht dein Lieblingsfach zu sein?«, startet er die nächste Fragerunde und schaut Claudia erwartungsvoll an. »Nein«, sagt sie. Sonst ist meine Tochter immer sehr gesprächig, hier beschränkt sie sich aufs Allernötigste. Immerhin sie antwortet. »Sie ist sehr gut in Deutsch«, versuche ich, einen Ausgleich zu schaffen. Meine Güte, was für eine Anbiederei. Am liebsten würde ich sagen: »Na dann halt nicht«, und gehen. Aber ich sehe meine angespannte kleine Tochter und weiß, sie will unbedingt. Also schmeiße ich mich in die Bresche, obwohl ich diese Gesprächsrunde alles andere als gemütlich finde. »Sehr gut in Deutsch, aha«, brummt der Herr Direktor und holt aus einer Mappe Claudias Zeugnis, »ich würde sagen, gut entspricht den Tatsachen.« Oh, was für ein kleinkarierter Affe. Ich will hier raus. Werden wir jetzt auch noch gefragt, ob und wie wir verhüten, oder was?

»Sind Sie sozial tätig?«, erkundigt sich Doktor Knuschke stattdessen. »Ja, also«, versuche ich, Zeit zu gewinnen, »ich spreche nicht gern darüber, weil es ja irgendwie selbstverständlich ist, aber ich kümmere mich um ältere Nachbarn, vor allem Nachbarinnen, und lade sie zum Kaffee ein und so. Oder gehe mit ihnen einkaufen.« Ich hoffe, Anita und Tamara verzeihen mir diese winzige Notlüge. Anita ist ja tatsächlich älter als ich und Tamara auch, jedenfalls ein halbes Jahr. Und ich meine, sie kommen ja oft genug zum Kaffee. Und Nachbarn sind sie auch. Und Einkaufen waren wir auch schon zusammen. Direktor Knuschke wird ja nicht bei uns durch die Straße schlendern und Erkundigungen einziehen. »Gerade ältere Menschen brauchen ja ein wenig Ansprache und menschliche Wärme«, schmücke ich das Ganze noch ein wenig aus. »Es ist also so etwas wie Nachbarschaftshilfe.« Er nickt. Das scheint ihm zu gefallen. Ich bin stolz auf mich. Gut gemacht, Schnidt, denke ich, aber da geht's schon weiter.

»Wären Sie denn auch bereit, Frau Schnidt, sich hier in der Schule einzubringen?« Er blickt erwartungsvoll auf mich. »Soll ich unterrichten?«, frage ich ratlos. Er lächelt. »Nein, da haben wir Fachpersonal, aber in unserem Bistro, der Bibliothek und im Garten können wir jede helfende Hand gut gebrauchen. Die Schulgebühren decken ja nur das Nötigste.« Das fehlt mir noch. Im Schulbistro Brötchen schmieren. Aber solange ich jetzt nichts unterschreiben muss, kann ich ja alles zusagen. Der wird meine Tochter, wenn er sie denn mal aufgenommen hat, wohl nicht wieder der Schule verweisen, nur weil die Mutter nicht regelmäßig im Bistro werkelt. »Mein Mann arbeitet sehr gerne im Garten«, versuche ich mal andere ins Spiel zu bringen. »So, interessant«, antwortet Herr Doktor Knuschke und fährt fort: »Wir garantieren, dass hier keinesfalls Unterricht ausfällt.« Was die Gartenarbeit mit dem Schulausfall zu tun hat, ist mir unklar, aber vielleicht wollte Herr Doktor Knuschke nur einen weiteren Schultrumpf ausspielen. Schließlich kostet die Privatschule ja Schulgebühren und da muss er schon ein bisschen was bieten. »Toll«, sage ich und denke nur, dass mir das als Schülerin nicht sehr gefallen hätte. Garantierter Unterricht. Nie mal eine Stunde, die überraschend ausfällt. Aber als Mutter finde ich es ein gutes Argument für die Schule.

Dann sind wir endlich entlassen. »Wir melden uns! Rufen Sie nicht an, wir sagen Ihnen Bescheid«, sagt Herr Knuschke und Mark sagt: »Können wir jetzt endlich raus?« Taktisch keine kluge Bemerkung, aber durchaus verständlich. Er schnappt sich vom Keksteller noch eine Hand voll Kekse und steuert auf die Tür zu. Natürlich, ohne ordentlich »Auf Wiedersehen« oder Ähnliches zu sagen. Dafür macht meine Tochter einen Knicks vor dem Direktor. Schade, dass ich keinen Fotoapparat zur Hand habe, ich wusste überhaupt nicht, dass Claudia weiß, wie ein Knicks geht. Meine Güte, wie erniedrigend. Das geht nun echt zu weit.

Beim Rausgehen werfe ich einen Blick auf seinen Schreibtisch. Ein riesiges gerahmtes Foto. Nicht etwa die Knuschke-Familie, sondern Herr Direktor Knuschke und der Papst. Na prima, da war meine Südamerikaner-Bemerkung bestimmt sehr nützlich.

Wir fahren in die Eisdiele. Ich finde, wir haben uns eine Belohnung verdient. Claudia will wissen, ob sie jetzt auf die Schule ohne Jungs gehen darf. »Ich weiß es nicht«, sage ich wahrheitsgemäß. »Wenn ich da nicht hin darf, bist du schuld«, jammert sie ihren Bruder an. Ich versuche, alle zu beruhigen: »Niemand ist an irgendwas schuld, viele Mädchen wollen da hin, die können gar nicht alle nehmen. Warten wir es einfach ab.« »Nur weil wir nicht in die Kirche gehen«, motzt Claudia. »Ich will ab jetzt in die Kirche gehen. Damit ich da hin kann.« »Der Papa geht mit dir, wenn du unbedingt willst, und wenn das nicht klappt mit der Schule, gehst du auf die andere Schule.« Sie fängt an zu weinen: »Da will ich nicht hin, da geht der Emil hin und dann muss ich für immer mit dem Emil zur Schule gehen.« »Nein, musst du nicht«, sage ich, weiß zwar nicht, ob das den Tatsachen entspricht, aber jetzt gilt es, erst mal für Entspannung zu sorgen.

Wenige Tage später fahren wir zum Tag der offenen Tür ins Gemischte Gymnasium. Hier geht es um die reine Besichtigung. Wir müssen nicht bei irgendeinem Direktor antreten und Fragen beantworten, was mir vom Prinzip her wesentlich besser gefällt. Ansonsten – alles ähnlich, nur die Schule ist ein wenig größer. »Die andere ist viel schöner«, nölt Claudia. »Diese ist doch auch sehr schön!«, betone ich voller Inbrunst und um einer vermeintlichen Absage der Mädchenschule vorzubauen. Da erspäht Claudia ihr persönliches Grauen: Stevie, Tamaras Mann, Tamara selbst und der hochbegabte Nasenbohrer schlendern über den Schulhof auf uns zu. Tamara winkt. »Na, gefällt es euch auch so gut?«, fragt sie aufgeregt. »Ja,

59

ganz gut«, sage ich und beobachte dabei meine wie versteinert aussehende Tochter. »Und wird der Emil hierher gehen?«, frage ich so beiläufig wie möglich. »Eventuell«, beantwortet Stevie, Emils Vater, meine Frage und Tamara stellt die Gegenfrage: »Und was ist mit Claudia?« Oh, vermintes Gebiet. Ich kann ja schlecht sagen: »Claudia ist alles recht, Hauptsache euer Emil taucht garantiert nicht auch dort auf.« »Je nachdem«, gebe ich eine vage Antwort, die alles offen lässt.

»Wenn der Emil nicht kommt, gehe ich«, zeigt Claudia keinerlei Feingefühl, sondern im Gegenteil beschämende Offenheit. Die ist ja nun wirklich knallhart. Aber Emil sieht kein bisschen verstört aus. Tamara lacht auch nur: »Ja, da geht es dem Emil ähnlich. Er will auch nur dahin, wo eure Tochter nicht hingeht.« »So ein Quatsch«, lacht mein Mann (der mal wieder keine Ahnung hat), »was sich liebt, das neckt sich.« Das sollte wohl zur Auflockerung der Situation beitragen, geht aber gründlich in die Hose. Eine Art Verbalbombe. Manchmal sollte man, wenn man die Lage nicht kennt, lieber einfach mal die Klappe halten. Claudia sieht aus, als würde sie wahlweise gerne ihren Vater töten oder sich direkt an Ort und Stelle übergeben. »Niemals gehe ich dahin, wo der hingeht«, platzt es aus ihr heraus und damit niemand im Unklaren darüber bleibt, wen sie meinen könnte, zeigt sie mit ausgestrecktem Zeigefinger auf Emil. Der nimmt seinen daraufhin wenigstens für einen Moment aus der Nase und deutet auf Claudia: »Mit der blöden Doofkuh gehe ich auch nirgends hin.« Jetzt hat selbst Christoph verstanden, dass es sich bei den beiden augenscheinlich nicht um die große Liebe handelt. »Mal abwarten«, sagt er und haut Stevie jovial auf die Schulter. Nach dem Motto: Das legt sich schon noch, Kumpel, das hat meine Tochter bestimmt nicht so gemeint. Auch Stevie lächelt: »Der Emil ist eigentlich sowieso hier nicht richtig. Wegen dem Begabtsein und so.« Eines ist spätestens jetzt auch deutlich geworden: Von seinem Vater kann Emils immense Hochbegabung nicht kommen. Oder lässt der direkte Vergleich mit Stevie seinen Sohn so schlau wirken? Wie auch immer, ich bin froh, wenn Emils Eltern für ihren Sohn eine andere Schule wählen, denn mein Gefühl sagt mir, dass es mit der Mädchenschule nicht gut aussieht.

Ich habe Recht, obwohl ich diesmal darauf hätte verzichten können. Wegen Claudia. Die Mädchenschule schickt uns eine Absage. Zwei Wochen nach dem Gespräch. Christoph ist zutiefst brüskiert. »Was fällt diesem Kerl bloß ein«, meckert er, als er den Formbrief liest. »Er kann es sich halt aussuchen und da sind ihm Kirchgänger wahrscheinlich lieber. Oder Mädchen, die in Mathe keine Drei haben. Oder Mütter, die Loblieder auf den Papst singen«, zeige ich mich pragmatisch. Christoph ärgert sich, dass er nicht dabei war. Das wiederum ärgert mich. Als wäre ich nicht in der Lage, allein ein Schulbewerbungsgespräch zu führen. Als wäre alles völlig anders gelaufen, wenn er dabei gewesen wäre. Ich habe das Gefühl, mein Mann gibt mir die Schuld. Dass es jemand wagt, sein eigen Fleisch und Blut abzulehnen, scheint ihn extrem zu kränken. Kurz überlege ich, Verena anzurufen. Verenas Mann ist der Bruder vom Konrektor der Schule. Aber Verena gehört nicht zu meinen besten Freundinnen, sie ist eigentlich nicht mehr als eine ehemalige Spielplatzbekannte, die ich nur kennen gelernt habe, weil ihr Sohn Torben meiner Tochter eine Schippe auf den Kopf gehauen hat.

Christoph ist von der Idee, die ich blöderweise laut geäußert habe, sehr angetan. »Ruf an, man muss seine Beziehungen nutzen.« Hätte ich doch bloß nichts gesagt. Wie doof. »Ich kenne die gar nicht gut, das ist mir peinlich«, gestehe ich. Das findet Christoph jetzt wiederum doof. »Was heißt da peinlich, wenn es um unsere Tochter geht, sollte uns nichts peinlich sein.« Er schnauft nachdrücklich und sagt: »Würde ich die kennen, ich wäre schon längst am Telefon.« Die Erläuterung, dass Kennen etwas anderes ist, als mal auf einem Spielplatz aneinander geraten zu sein, erspare ich mir. »Ich mache es morgen«, sage ich, um Zeit zu gewinnen. Ich habe noch nicht mal die Telefonnummer von dieser Verena.

Natürlich könnte ich Thea anrufen, die Mutter von Belinda, einer alten Kindergartenfreundin von Claudia, die sich aber seit einigen Jahren aus den Augen verloren haben. So wie ich Thea. Thea hat ihre Belinda auf die Waldorfschule geschickt. Die normale Grundschule war nichts für Belinda. Hat jedenfalls Thea gemeint. Für die Kinder war das damals ziemlich traurig, für mich allerdings weniger. Thea ist sehr anstrengend. Sie ist eine Supermutter. Eine, die andere das Fürchten lehrt, weil man neben ihr immerzu mickrig wirkt. Egal ob Serviettentechnik, Papier schöpfen, Kostüme nähen – Thea kann's. Neben Thea ist man eine Lusche. Eine 08/15-Mutter. Wenn schon, denn schon, ist Theas Devise. Wer sich entscheidet, für die Kinder da zu sein, der sollte es mit all seinen Kräften und dabei noch über sich hinauswachsen. Das klingt mir zu sehr nach Opferlamm. Zwischen Verwahrlosung und pausenloser Bemutterung gibt's ja noch was. Thea hat nicht ein paar Monate gestillt, sondern Jahre. Würde mich nicht wundern, wenn Belinda noch jetzt heimlich abends einen guten Schluck nimmt. Thea backt nicht einfach Kuchen, sondern gestaltet Teigkunstwerke. Thea macht schlechte Laune. Trotzdem rufe ich sie an. Auch aus Neugier. Eigentlich schade, dass sich die Kinder so lange nicht mehr gesehen haben. Ich könnte Thea zum Kaffee einladen, natürlich mit Belinda, und dann beiläufig mal hören, was Verena so macht. Und natürlich Pius, der Mann von Thea. Der damals ein wenig mit Lydia, der allein stehenden Friseurin, rumgeschäkert hat. Das Letzte, was ich von Thea gehört habe, war, dass sie Zwillinge bekommen hat. Zwei Jungs. Max und Moritz. Und umgezogen sind sie. Näher ran an die Waldorfschule (zwar nur zwei Käffer weiter, aber zwei Käffer sind in einem Mütterkosmos verdammt viel). Allerdings kommt erschwerend hinzu, dass unsere Verbindung nur die Kinder waren. Das ist auf Dauer und bei unterschiedlichen Aufzuchtsvorstellungen nicht genug.

»Ich rufe Thea an und besorge mir die Telefonnummer von Verena« teile ich Christoph mit. Ich habe keine Lust, die nächsten zwanzig Jahre zu hören: »Wenn du nur einen winzigen Anruf getätigt hättest, hätte Claudias Leben sehr anders verlaufen können.« Männer vergessen so manches, mit Vorliebe Jahrestage oder sogar Geburtstage – aber so eine Kleinigkeit, wie den abgelehnten Anruf, könnte der wahrscheinlich noch im fortgeschrittenen Alzheimerzustand abrufen. Kerle haben ein sehr selekti-

63

ves Gedächtnis. Eigentlich könnte natürlich auch er das Telefonat erledigen. Schließlich hat er sich schon um das Vorstellungsgespräch bei Direktor Knuschke gedrückt. Genau das werfe ich ihm jetzt sicherheitshalber auch mal vor. Ein Vater, der sich nicht mal Zeit für so etwas Wichtiges nimmt – das mochte der Knuschke nicht. Entspricht zwar nicht ganz der Wahrheit – ich glaube, es war dem Knuschke ziemlich schnuppe –, aber wenn diese Bemerkung genügt, wenigstens einen Hauch von schlechtem Gewissen bei Christoph hervorzurufen, dann ist es doch prima. Ich habe das Gefühl, unter einem gewissen Zugzwang zu stehen. Ein unangenehmes Gefühl. Schuld wird gleich leichter, wenn man sie teilt.

Ich wähle Theas Nummer. Selbstlos. Erst beim siebenten Klingeln geht sie dran. Im Hintergrund ein Lärm wie bei einem Volksfest. »Wer ist da?«, plärrt sie gegen den immensen Geräuschpegel an. »Die Andrea, Andrea Schnidt«, schreie ich zurück. »Andrea, ja so was. Was willst du denn?«, ist ihre mäßig begeisterte Reaktion. Sie klingt angespannt. »Nur mal so mich melden, mal hören, wie's geht«, starte ich das Gespräch. Ich kann ja schlecht gleich damit rausplatzen, dass ich eigentlich nur eine Telefonnummer brauche und sie mir ansonsten reichlich egal ist. Gewisse Umgangsformen habe ich dann doch. »Sei mir nicht böse«, antwortet sie und das Gebrüll im Hintergrund erinnert an eine bevorstehende Raubtierfütterung, »gerade ist es sehr schlecht. Die Jungs haben die Windpocken und Belinda spinnt rum und nervt alle.« Hat das eben Übermutti Thea gesagt? Wie herrlich! Das hätte es früher niemals gegeben. So despektierlich hätte Thea sich niemals über ihre herzallerliebste Tochter, dieses begabte und außergewöhnliche Kind, geäußert. »Kein Problem«, bekunde ich dann auch sofort Verständnis. »Wann passt es dir denn besser?« »Eigentlich habe ich nur nachts Ruhe, aber da sollte ich wohl besser schlafen, um den nächsten Tag zu überleben«, seufzt sie in den Hörer. Meine Güte, da muss ja eine gigantische Wende stattgefunden haben, jetzt bin ich auf unser Gespräch wirklich gespannt. Sie tut mir Leid, aber insgeheim beruhigt mich ihre Aussage schon. »Entspann dich«, benutze ich ihr früheres Vokabular, »ich melde mich irgendwann morgen.« »Gut«, sagt sie und »tschüs.« Na, das ging aber sehr schnell. Ich komme mir vor wie eine fiese Versicherungstante, die etwa so willkommen ist wie ein Genitalherpes. Aber immerhin kann ich nun sagen: »Ich habe alles getan, was ich tun konnte.« »Morgen bekomme ich die Telefonnummer von der Verena«, teile ich meinem Gatten mit. »Gut«, sagt er nur. Über ein bisschen mehr Ekstase hätte ich mich schon gefreut. Aber immerhin. Wir überlegen gemeinsam, wie wir das Ganze Claudia beibringen können. Er plädiert für die Verzögerungstaktik. »Noch ist Zeit, man sollte sie nicht unnötig aufregen.« Weil ich auch wenig Lust auf das Gejammer habe, stimme ich zu.

Die gute Nachricht erreicht uns wenige Tage später. Wir stehen auf der Warteliste von Direktor Knuschke. Sollte jemand abspringen, umziehen oder was auch immer, besteht die Chance, dass wir nachrücken. Wie großzügig vom Herrn Direktor. Am liebsten würde ich anrufen und ihm mitteilen, dass er sich seine Warteliste sonst wohin stecken kann. Christoph findet die Nachricht prima: »Siehst du. Wie schlau, dass wir Claudia noch nichts gesagt haben, so kriegt sie vielleicht noch einen Platz und wir hätten sie völlig umsonst verrückt gemacht.« Was uns der Knuschke leider nicht mitgeteilt hat, ist unsere Wartelistenposition. Wie viele sind da drauf? Nach welchem Kriterium werden da Positionen vergeben? Das ist mir alles definitiv zu viel Affentheater. Das Schöne: Vom Gemischten Gymnasium bekommen wir ohne Wenn und Aber eine Zusage. »Sie geht dahin«, finde ich und sage das auch genau so zu Christoph. »Ich mache mich doch nicht zum Bittsteller bei diesem blöden Knuschke, der unsere Tochter auf irgendeine Warteliste setzt. Wir sollten anrufen, einen Rest Stolz zeigen und sagen, dass wir verzichten.« Christoph hält mich für bekloppt: »Das interessiert doch später keine Socke, wie sie auf diese Schule gekommen ist, und natürlich werden wir es ihr auch nicht sagen, dass sie erst über eine Warteliste reingerutscht ist«, bleibt für ihn die Sache beschlossen.

O Gott! Ich muss Mark abholen. Ich schnappe den Schlüssel und eile zu meinem Wagen. In vier Minuten macht der Kindergarten zu und ich brauche für den Weg sechs Minuten, allerdings nur, wenn mir die Ampelschaltungen gewogen sind. Ein Zwei-Minuten-Leck tut sich auf. Mist. Ich schaffe es, in fünf Minuten da zu sein. Neuer Streckenrekord.

Vor dem Kindergarten renne ich fast in einen Kerl rein, der aussieht wie mein Erdkundelehrer aus der achten Klasse. Herr Girstmann. Den habe ich das letzte Mal vor einem guten Jahr getroffen. Nicht, weil ich mich privat mit meinen ehemaligen Lehrern treffe (es gibt solche Menschen angeblich wirklich), sondern weil wir Klassentreffen, genauer gesagt Jahrgangstreffen, hatten. Ein denkwürdiges Jahrgangstreffen. Ich erinnere mich ganz genau. Obwohl es über ein Jahr her ist.

Mett-Mischi hat mich angerufen. Mett-Mischi war mit mir in der Schule, sein Name kommt wegen seiner Eltern, die eine Metzgerei hatten, und seiner fiesen Mettbrötchen, mit denen er die Frauen erobern wollte. Ich habe ihn Jahre später im Krankenhaus wieder getroffen. Ich war zum Entbinden da, er als Arzt. Umgekehrt wäre es mir lieber gewesen, Mett-Mischi ist ein Typ Mann, den man nicht gerne unten ohne trifft. Schon allein die Tatsache, dass Mett-Mischi es geschafft hat, Medizin zu studieren, war gelinde gesagt eine gewisse Überraschung, denn er hat in der Schule nicht durch Intellekt geglänzt. Mein Bild vom Arzt an und für sich hat das doch ein wenig erschüttert.

Meine Freundin Sabine hat sich dann wahnsinnig in Mett-Mischi verliebt, was sicherlich zum Teil auch daran liegt, dass Mett-Mischi Mediziner ist. Sabine bekommt glasige Augen, wenn sie einen weißen Kittel sieht. Leider hat Mett-Mischi sie dann wieder sitzenlassen und das – wie profan – für eine sehr junge Krankenschwester, die O-Ton Mett-Mischi »sich mehr in seine Arbeit reindenken kann«. Sabine hat schlimm gelitten, mir bis heute relativ unverständlich, aber Mett-Mischi muss Qualitäten haben, von denen wir damals als Schülerinnen noch gar nichts ahnten. Sabine hat ihn nach ein paar Gläschen Wein mal als ungeschliffenen Diamanten bezeichnet. »Der hat erst so selten, da ist noch Saft und Kraft drin«, hat sie damals gelallt. Was, frei übersetzt, wohl so viel heißen sollte wie:

Er ist ein Knaller im Bett, unermüdlich und ausdauernd. Sabine war wochenlang untröstlich.

Aber weg von Sabine zurück zu Mett-Mischi. »Andrea, es ist so weit, halte dir den Samstag in vier Wochen frei, wir haben Klassentreffen. Der gesamte Jahrgang kommt. Das wird der Knaller.« Ich habe noch am Telefon beschlossen, auf keinen Fall hinzugehen, bei Mett-Mischi aber Begeisterung geheuchelt. »Schön, Mischi (ich muss jedes Mal Acht geben, nicht Mett-Mischi zu ihm zu sagen), da freue ich mich. Wenn ich irgendwie Zeit habe, komme ich.« Ich mag Klassentreffen nicht, was keinesfalls an meiner mangelnden Neugier liegt, sondern eher an meiner Schulzeit.

Ich habe nie zu den tonangebenden Cliquen gehört. Ich war eine der Mitläuferinnen, eine von denen, die froh waren, wenn man sie entweder in Ruhe gelassen hat oder ihnen auch nur einen Hauch von freundlicher Beachtung geschenkt hat. Ich war auch nie Klassensprecherin, noch nicht mal Stellvertreterin und ich glaube, es hat mich niemals auch nur jemand zur Wahl vorgeschlagen. Ich war so unscheinbar, dass es keinem aufgefallen wäre, wenn ich am nächsten Tag einfach nicht mehr erschienen wäre. Vielleicht ist das alles auch völlig übertrieben, aber in meiner Erinnerung ist die Schulzeit nicht etwas, wonach ich mich sehne. Deshalb habe ich nach meinem Abitur auch nie mehr Kontakt mit irgendwem aufgenommen. Das Merkwürdige an Klassentreffen ist, dass man, ohne es zu wollen, fast unbewusst in die damalige Rolle zurückfällt. Egal wie man dagegen ankämpft, man ist wieder die kleine bleiche Schnidt, die mit der Brille aus der achten Klasse – und darauf kann ich sehr gut verzichten.

Aber um es kurz zu machen, ich bin dann doch hingegangen. Aus reiner Neugier. Obwohl ich vorher alles versucht habe, um mir auch ohne Erscheinen die wichtigsten Informationen zu sichern. Ich habe tatsächlich zwei ehemalige Freundinnen angerufen und sie gebeten, mir nach dem Jahrgangstreffen Bericht zu erstatten. Leider bin ich auf Granit gestoßen.

»Haha«, hat Karolina nur gesagt, »schlau gedacht, Schnidt, aber wer nicht kommt, kriegt auch nichts erzählt.« Ich hätte es mir denken können. Karolina war schon in der Schule keine, die einen hat abschreiben lassen. Die hat tatsächlich mit ihrem Mäppchen so kleine Mauern gebaut, nur damit ja niemand von ihren wahnsinnig tollen Ideen profitiert. Auch bei Britta, der Rothaarigen mit den Riesenbrüsten (Britta hatte schon Brüste, da hatten wir Übrigen noch nicht mal Pickel), kann ich nicht landen. »Hast du so angesetzt oder warum willst du nicht kommen?«, hat sie erst mal gefragt. Kinder und Zeitplanung hat sie als Ausrede nicht gelten lassen. »Ich habe fünf Kinder und komme. Also reiß dich mit deinen zweien am Riemen. Ich werd dir nichts verraten, wenn du nicht kommst. Habe ich auch Karolina versprochen. Die hat mich nämlich schon angerufen und gesagt, dass du dich bestimmt auch bei mir melden wirst und versuchst zu kneifen.« Fünf Kinder. Unglaublich. Hat die seit der Schule überhaupt mal ein Wochenende gehabt, ohne schwanger zu sein? Fünf Kinder, das sind fünf mal neun Monate. 45 Monate sind knappe vier Jahre Schwangerschaft. Allein das bewundere ich an Frauen mit vielen Kindern. Jahrelang nur zu ahnen, dass man Füße hat!

Nachdem Karolina und Britta so vehement abgelehnt

hatten, mich nach dem Jahrgangstreffen zu informieren, blieb mir ja nur noch, selbst hinzugehen oder zu sagen: »Mir doch egal, was die alle so treiben.« Aber das Spannende an Jahrgangstreffen ist ja, zu sehen, wie sich die anderen so entwickelt haben. Kann man endlich auftrumpfen? Ist die Beautyqueen von damals jetzt ein richtiger Mops geworden, sind die Schlausten auch die Erfolgreichsten und vor allem, für mich die dringende Frage: Was macht der schöne und unerreichbare Luke? Ich war verrückt nach Luke (mit richtigem Namen Ludger!). Von der siebenten Klasse an bis zum Abitur. Leider war Luke umgekehrt kein bisschen verrückt nach mir. Ansonsten war Luke wenig wählerisch. Er war sowohl mit Karolina als auch mit Britta zusammen. Mit Britta sogar immer wieder mal (bei den Brüsten kein Wunder!). Luke hatte langes welliges dunkles Haar und eine irrsinnige Figur. Luke hatte auch ein Moped und Luke hat geraucht. Luke war lässig. Luke war der Held. Ich krame alte Schulfotos raus und verbringe 20 Minuten vor einem Porträt von Luke. Was für ein Kerl. Einer von denen, die ich noch heute direkt mitnehmen würde. Ich glaube, Luke hat in der gesamten Schulzeit nie einen Korb bekommen. Ich will gar nicht wissen, wen außer mir der alles vernascht hat.

»Und dieser Luke soll doch mal sehen, was er in seiner Schulzeit verpasst hat«, beschließe ich zum Jahrgangstreffen zu gehen. Die zwei Wochen bis zum Termin esse ich weniger denn je und kaufe mir extra für den Abend eine umwerfende Jeans in Größe 29! Sie kneift etwas, macht aber, wie Christoph sagt, einen Wahnsinnshintern. Na denn! Mit meinem Wahnsinnshintern kann ich zwar kaum atmen – aber wen interessiert das schon.

Zu der Jeans trage ich ein kleines V-Pulloverchen, um ja nicht zu zurechtgemacht zu wirken, und als Schmuck wähle ich armreifgroße Kreolenohrringe. Jede Afrikanerin würde mich um die Dinger beneiden. Ich schminke mich so kunstvoll wie möglich und arbeite die doppelte Menge Schaumfestiger in mein Haar ein. Nach dem Motto: Machen Sie aus nichts so viel wie möglich. Meine Fusselhaare sind wirklich eine Prüfung. Man föhnt, stylt, arbeitet parallel mit diversen Rundbürsten, schmiert sich alles ins Haar, was auf dem freien Markt erhältlich ist, und trotzdem fällt die Pracht meistens schon nach einer Dreiviertelstunde in sich zusammen. Und das Ätzendste: Von all der Mühe soll man möglichst wenig merken. Das ist nämlich die große Kunst, alles Erdenkliche zu tun, ohne dass es aussieht, als hätte man allzu viel tun müssen. Über das Ganze werfe ich mir schließlich noch kunstvoll einen Poncho. Ein fransiges Teil mit einem Loch für den Kopf. So kann ich, sollte mir die Jeans komplett die Luft abschnüren, mal den Knopf aufmachen, ohne gleich im Freien zu stehen. Außerdem sind Ponchos zurzeit der allerneuste Schrei. Als ich so zurechtgemacht das Haus verlasse, ist Christoph fast ein bisschen sauer. »Für wen wirfst du dich denn da so in Schale?«, fragt er nur. »Für alle«, antworte ich, »da sind noch diverse Rechnungen offen.« Die werden sich wundern. Luke wird Augen machen. Die Aschenputtel-Geschichte kann komplett neu geschrieben werden. In meiner Handtasche (so ein trendy Unterarmteilchen – genannt Clutch, hat mir die Verkäuferin erklärt) habe ich, für den Fall der Fälle, die allerbesten Fotos von meinen Kindern. Fotos, bei denen meine Mutter gefragt hat, wer das auf dem Bild sein soll. Meine Kinder sind hübsch, keine Frage, aber auf den Fotos sehen sie fantastisch aus und das entspricht nicht ganz der Realität. Was soll's. Auch unser Reihenhaus habe ich fotografiert. Und zwar so, dass man nicht sieht, dass seitlich noch was dranhängt. Auch ein Bild von Christoph habe ich dabei. Er lehnt an seinem BMW. Ja, ich weiß, das ist kindisch, kleinkariert und ziemlich peinlich. Sehr peinlich eigentlich. Aber nötig. Für mein Ego. Und wer weiß, was die anderen so aus ihren Handtäschchen zaubern. Ich muss die Bilder ja nicht zeigen, bin aber für alle Fälle bestens equipt.

Samstagabend in Frankfurt-Bornheim. Es ist so weit. Mett-Mischi, der große Organisator des Jahrgangstreffens, hat das Bürgerhaus Bornheim gemietet und seine Eltern liefern das Büfett. Manche Dinge ändern sich nie. Wir zahlen alle 30 Euro pauschal und dafür gibt's Deftiges vom Schwein und diverse Partysalate. Sogar die legendären Frikadellen sind dabei. Alles wie damals. Nur wir nicht. Wir sind alt geworden. Also bei mir selbst ist es mir bisher gar nicht so aufgefallen, aber wenn man mit seiner Jugend konfrontiert wird und keiner mehr jugendlich aussieht, dann wird es wohl oder übel auch mich erwischt haben. Man selbst sieht sich ja jeden Tag und altert damit so schleichend, dass genug Zeit bleibt, sich daran zu gewöhnen.

Der Saal ist schon halb voll, als ich ankomme. Ich bin nicht überpünktlich, will aber auch nicht so viel zu spät erscheinen, dass ich die gesamte Aufmerksamkeit auf mich ziehe. Es gibt ja so Leute. Die extra immer so spät kommen, dass sie auch garantiert im Mittelpunkt stehen.

Mett-Mischi hält eine kurze Begrüßungsansprache

und ich kann mich kaum konzentrieren, denn neben mir steht Britta, also genauer gesagt Brittas Ausschnitt. Ein Ausschnitt, so tief, dass man fast bis zum Knie gucken kann und Brüste so groß, dass man sich fühlt wie Reinhold Messner vor seiner ersten Achttausenderbesteigung. Dass sich diese Brüste nochmal so dermaßen vergrößert haben, ist mir unheimlich. Britta bemerkt meinen Blick und ohne dass ich frage, bekomme ich eine Antwort: »Habe ich mir machen lassen, nach dem letzten Kind. Doppel D.« Britta hatte schon immer immense Brüste. Das ist deprimierend. Beängstigend geradezu. Ich schaue an mir runter und komme mir vor wie die Rheinische Tiefebene. Gut, dass mein Poncho Genaueres verdeckt. Mett-Mischis Ansprache (er hat etwa viermal ganz nebenbei erwähnt, dass er Arzt ist) nähert sich dem Ende. Er dankt seinen Eltern und wünscht uns allen viel Spaß. Luke habe ich bisher nicht entdecken können, dafür aber eine Vielzahl von Menschen, die mir völlig unbekannt vorkommen. Waren die alle tatsächlich mit mir auf der Schule? »Wo ist Luke?«, frage ich Karolina, die sich zu Britta und mir gesellt hat. »Noch nicht da, glaube ich. Ich freu mich auch schon. Seit der Schulzeit habe ich den nicht mehr gesehen.« Wir kichern. Britta rückt sich ihr Doppel D zurecht und strahlt: »Wenn der so ist wie früher, dann mache ich mir einen heißen Abend.« Wenn der so ist wie früher, wird er schon beim ersten Anblick von Brittas Dekolleté sabbern und ist für den Rest von uns mal wieder verloren. Aber wer weiß. Es soll auch Männer geben, die nach der Pubertät neue Präferenzen haben und die allein dicke Brüste per se nicht abendfüllend finden. Ich habe bisher allerdings eher wenige davon getroffen.

Wir – Karolina, Britta und ich – setzen uns an einen der langen Tische. Karolina sieht immer noch gut aus. Schlank, groß (na ja, noch sind wir ja auch nicht so alt, dass wir schon schrumpfen) und elegant. Sie ist schlicht gekleidet, hat einen streng gebundenen Pferdeschwanz, ist perfekt blond gesträhnt ohne einen Hauch von Ansatz, trägt kleine Brillis in den Ohren und irgendwie riecht alles an ihr nach Geld. Die Schuhe, die Tasche und auch der umgeschlungene beigefarbene Pullover. Garantiert Kaschmir. Darauf könnte ich wetten. Ihr Mann – sie hat geheiratet – macht in Tierfutter und ist ein von irgendwas. Ein Adliger. Unterste Adelsstufe, aber immerhin. »Wenn ihr mal günstig Hundefutter oder Katzenstreu oder so was braucht, meldet euch«, bietet sie großzügig an. So wie sie aussieht, scheint man eine Menge Geld mit Tierprodukten machen zu können. Sie selbst arbeitet halbtags in einer Boutique. Natürlich nicht bei Orsay oder Zara, sondern bei Armani. »Wir kennen den Giorgio aus Italien und er hat mich gefragt, ob ich nicht Zeit und Lust habe, seinen Laden auf Vordermann zu bringen.« Bei Armani. Das passt perfekt. Wir sind kurz ergriffen. Giorgio. Karolina ist eine Bekannte von Giorgio Armani. Wo haben die sich bloß kennen gelernt? Hat der Armani Tiere? So viele Haustiere, dass die Frau vom Chef, Karolina selbst ausliefert? Oder haben sie sich auf irgendwelchen Yachtpartys getroffen? So oder so: Das haut einen um. Dagegen anzustinken, ist nahezu unmöglich. Britta allerdings ist weniger beeindruckt als ich. »Meiner ist bei der Telekom, mein Lebensgefährte. Ich sage das nur ungern, weil ich mir dann immer stundenlang was über miese Aktienkurse oder wahlweise grauenvollen Service

74

anhören muss. Außerdem ist der Andre nicht im Service, sondern Ingenieur«, erzählt sie uns. Wir reagieren beide vorerst überhaupt nicht auf Giorgio. Wir geben uns cool, so als hätten wir alle Bekannte à la Giorgio Armani. Ob ich ab jetzt zum Einkaufspreis bei Armani shoppen kann? Dann hätte sich das Jahrgangstreffen allemal gelohnt. Britta selbst arbeitet auch. Halbtags als Steuerberaterin. »Wegen der Kinder schaffe ich nicht mehr, aber so in fünfzehn Jahren, wenn die aus dem Haus sind, dann will ich wieder Vollzeit arbeiten.« Immer wenn sie redet, wippt ihr Dekolleté. Wie eine feine Begleitmusik.

Wir fragen uns höflich gegenseitig nach Kindern. Karolina hat keine, dafür aber zwei Weimaraner. Das sind diese irre eleganten, grauen, großen Hunde mit den blauen Augen. Sie zeigt uns Fotos. Karolina mit Prinz Philipp und Baronin Odette – so heißen ihre Hunde – vor einem großen Tor. Hinter dem Tor sieht man einen langen Kiesweg. »Die Anfahrt zum Haus«, erklärt uns Karolina. Ich beschließe, mein Hausfoto auf alle Fälle da zu lassen, wo es ist – in der Tasche. Britta ist weniger zögerlich. Sie zückt einen Haufen Fotos und legt los: »Anna ist zwölf, Bea zehn, Chris acht, Dani sechs und das hier ist Eduard – er ist vier.« Britta hat tatsächlich fünf Kinder. Von A bis E. »War Andres Idee«, sagt Britta, »dann weiß man auch immer gleich, wer die Älteste ist.« Wir haben eine Art Ursula von der Leyen in unseren Reihen. Vier Mädchen und ein Junge. Buchstabensortiert, um den Überblick zu behalten. Wenn die jetzt auch noch Hausmusik machen, bin ich platt. »Spielen alle ein Instrument?«, frage ich deshalb. »Nee, zwei haben mal Blockflöte angefangen, aber das kann man ja kaum aushalten. Akus-

75

tisch gesehen«, antwortet Britta lachend und ich bin froh. Ich präsentiere meine Kinder und wir beteuern uns gegenseitig, wie besonders süß alle sind. Die Hunde und die Kinder.

Ich halte mich am Büfett zurück, allerdings weniger beim Apfelwein. Nach zwei Stunden (immer noch kein Luke weit und breit zu sehen) renne ich bestimmt zum dritten Mal aufs Klo. Meine Blase scheint ähnlich nervös wie der Rest von mir. Als ich den Saal wieder betrete, deutet Mett-Mischi mit dem Finger eindeutig auf mich. »Die Schnidt, also Leute, manche ändern sich nie«, brüllt er durch den Saal und lacht wie bekloppt. Ich bin verunsichert, vor allem weil der komplette Saal auf mich starrt. Was ist da los? Da bemerke ich das Desaster. Ich tropfe. Also nicht ich, sondern mein, ach so lässiger, Poncho. Er hinterlässt eine eindeutige Spur auf dem Bürgerhausboden. Es dämmert mir: Ich habe den Poncho beim Pipimachen ins Klo hängen lassen. Ich hoffe, es war nach dem Spülen. Wie kann man nur so blöd sein? Hektisch reiße ich ihn mir über den Kopf, ein paar Tropfen fliegen und dann stehe ich mit aufgeknöpfter Jeans vor meiner gesamten Jahrgangsstufe. Der Saal rast. Vor Gelächter. Und ich habe, während ich zurück zum Klo renne, ein grauenvolles Déjà vu. Ein ähnliches Erlebnis hatte ich schon einmal. Allerdings liegt es Jahre zurück.

Es war in der neunten Klasse. Ich war während der Schulstunde auf Toilette und als ich zurück in den Klassenraum kam, schaute Herr Girstmann mich so seltsam an. Herr Girstmann war unser Erdkundelehrer. Meine Mitschüler waren weniger zurückhaltend. Die sind fast an ihrem Gelächter erstickt. Noch bevor ich die nonverbalen Signale von Herrn Girstmann deuten konnte (Herr Girstmann ist ein eher verklemmter Typ), habe ich dann – als Letzte von allen – auch bemerkt, was los war. Mein Rock steckte in der Unterhose! Hinten – vorne war alles in Ordnung, aber von der Rückseite betrachtet, stand ich in Unterhose vor der Klasse und bin so auch noch frohgemut zum Platz zurückgetrappelt. Ein Albtraum, vor allem, weil ich eine selten dämliche Unterhose anhatte. Eine mit Wochentagen drauf. Mittwoch stand quer über meinem Po. Das Gelächter kann ich immer noch jederzeit abrufen. Und es ist kaum anders gewesen als das heute. Noch Jahre später war einer der Running Gags in der Schule: »Was ist denn heute für ein Tag? Andrea, kannst du eben mal deinen Hintern zeigen?« Selbst bei der Abiturrede war mein Po Thema! »Heute ist der letzte Tag an dieser Schule – und wer wissen möchte, an welchem Wochentag der glücklichste Tag unserer Schulzeit war, wende sich an Andrea Schnidt!«

Ich möchte den Rest des Abends auf dem Klo verbringen. Oder durch den Hinterausgang des Saals einfach verschwinden. Ausgerechnet ich muss diesen dämlichen Poncho ins Klo hängen. Als wäre ich nicht schon klotraumatisiert. Ich sollte Toiletten weiträumig umgehen. Oder mich vor dem Besuch einer Toilette komplett ausziehen. Oder nichts mehr trinken, um mich der Gefahr eines Klobesuches gar nicht erst auszusetzen. Ich wusste doch, warum ich eigentlich nicht zum Jahrgangstreffen wollte. Was nützt mir meine teure superschicke Jeans, wenn jetzt alle gesehen haben, dass ich den obersten Knopf nicht zukriege? Was tun? »Größe zeigen, Schnidt, lach mit, da stehst du drüber«, sagt eine Stimme in mir, aber die Stimme ist sehr zaghaft und der Rest Andrea fühlt sich exakt so gedemütigt wie damals.

Karolina hat mich dann gerettet. »Komm zurück, der Luke ist gekommen und ist schon ganz traurig, dass er deinen Auftritt verpasst hat.« Immerhin etwas. Luke hat meine Schmach nicht live miterlebt. Es gibt doch einen Gott! Dieser miese Mett-Mischi. Die Qualle! Hätte der nicht so losgeplärrt, wäre es wahrscheinlich kaum einem aufgefallen. Das kriegt der zurück! »Jetzt komm halt mit, sei doch nicht so kindisch«, zieht Giorgio Armanis beste Freundin, genannt Karolina, mich in Richtung Saal. Ich gebe nach, schließe den Jeansknopf und tatsächlich, als ich den Saal wieder betrete, kümmert sich kein Mensch um mich, denn mitten im Raum steht Luke. Wie eine Erscheinung. Umringt von nahezu allen Frauen aus unserer Klassenstufe. Luke – der umwerfende Luke. Auch Karolina steuert, mit mir im Schlepptau, direkt auf ihn zu. Neben Luke steht – was für ein irrer Zufall – Britta: Da macht eine demonstrativ klar, dass sie die ältesten Rechte hat. Es wundert mich nicht. Luke hat sich kaum verändert. Sicher, auch er ist älter geworden, aber auf eine erstaunlich freundliche Art. Das Alter war mit ihm gnädig, sozusagen. Seine Haare immer noch voll, nur leicht ergraut an den Schläfen. Relativ lang und wellig – eigentlich, rein theoretisch, ein wenig zu lang für einen Mann in seinem Alter, aber es steht ihm. Passt zu ihm. Hebt ihn ab von den Einheitstypen. Luke ist groß und kein bisschen fett geworden. Ein leichter Bauchansatz hätte mich schon beruhigt. Er trägt Jeans und hat das Hemd in die Hose gesteckt. Hat es augenscheinlich nicht nötig, durch einen Anzug eine berufliche Karriere zu demonstrieren wie so viele andere hier. Mit einem breiten Grinsen begrüßt er mich, »Hi, meine Liebe. Andrea, schön, dich endlich mal wiederzusehen.« Wenn der wüsste, was mir dieser winzige kleine Höflichkeitssatz bedeutet! Er weiß, a, wer ich bin, hat mich somit, b, wiedererkannt und c, er sieht aus, als würde er sich wirklich freuen. Das Beste am Satz aber war das Adverb: endlich. Ich strecke ihm meine Hand hin, aber er will die Hand gar nicht, sondern zieht mich gleich in seine schönen Arme. Er hat schon immer herrliche Arme gehabt. Auch heute trägt er die Hemdsärmel hochgekrempelt und genau wie früher sieht man an den Unterarmen die Maserung der Muskulatur. Wie kann dieser Mann eine so schöne Hautfarbe haben? Mitten im Herbst? Er drückt mich an sich. »Das hätten wir beide schon viel früher haben können, du Idiot«, will ich rufen, genieße aber jetzt den späten Sieg. Diese Umarmung lässt mich in der Klassenhierarchie garantiert um einige Plätze höher steigen.

Britta wird auch schon leicht nervös. Sie zerrt Luke von mir weg, weil sie ihn unbedingt mit an den Tisch von Herrn Girstmann nehmen will. Unserem alten Erdkundelehrer, der, als einer der wenigen Lehrer, zum Jahrgangstreffen erschienen ist. »Der ist schon so gespannt auf dich, der Girstmann«, lockt sie den schönen Luke. Ich habe den leisen Verdacht, es geht ihr eher darum, ihn aus dem Dunstkreis von Karolina und mir zu schaffen. »Wir sehen uns noch, wir zwei. In aller Ruhe«, haucht mir Luke ins Ohr und ich kann nur begeistert nicken. Ich bin nun mal nicht so cool, wie ich gerne wäre. Karolina ist ebenso von den Socken wie ich: »Mann oh Mann, was für ein Kerl!« Obwohl Luke noch weiter nichts von sich erzählt hat, wäre sicherlich mindestens die Hälfte der Frauen hier im Saal bereit, stante pede mit ihm durchzubrennen. Kurz huscht mir Christoph durch den Kopf. Mein Mann. Christoph ist ein guter Fang gewesen, keine Frage. Luke ist aber etwas völlig anderes. Es ist ein bisschen wie beim Fischen in einem Revier, in dem man nichts zu suchen hat. Er ist ein so toller Hecht – um bei der Fischmetapher zu bleiben –, dass Frauen immerzu denken: »Ich, als kleine profane Makrele, habe so einen nicht verdient. Was habe ich für ein unbändiges Glück!« Man wird dankbar, wenn jemand, der augenscheinlich so viel schöner und glamouröser ist, sich für einen interessiert. Klar ist das bescheuert, aber so richtig freimachen kann ich mich von diesen Gedanken auch nicht. Die Luke-Begegnung ist die Wende des Abends für mich. Ich fühle mich wie geadelt. Auserwählt, vor allem, weil er mir beim Weggehen noch zuzwinkert. Karolina und ich trotten nicht hinterher zum Tisch von Herrn Girstmann. Nicht nur, weil Herr Girstmann schon immer ein Depp war und wir Erdkunde gehasst haben, sondern einfach auch, um zu zeigen, dass wir uns hormonell wenigstens noch so weit im Griff haben und nicht wie zwei räudige Hündinnen dem Leckerchen Luke hinterherwinseln.

Ich schlendere umher. Mit Karolina, die augenscheinlich auch froh ist, nicht völlig allein rumzustehen. Wir setzen uns kurz an den Strebertisch. Hier sind tatsächlich alle versammelt, die auch in der Schule gerne in der ersten Reihe gesessen und beim Schwänzen nicht mitgemacht haben: »Nein wirklich, Physik ist doch so interessant, da können wir doch nicht einfach gehen.« Das waren die,

die in puncto Sympathie und Beliebtheit in der Schule sogar noch hinter mir rangiert haben. Was einiges heißt! Bei manchen von ihnen scheint sich das Strebsamsein gelohnt zu haben. Cornelia ist mittlerweile Professorin in Oxford. Für Quantenphysik. Das macht mir schon beim Zuhören Angst. Ich habe nicht den blassesten Schimmer, worum es bei Quantenphysik überhaupt geht. Wie schlau Menschen sein können! Und selbst optisch hat sie sich gemacht. Sie sieht sogar recht nett aus. Eigentlich ist sie bei gründlicher Betrachtung ziemlich hübsch. Und recht zutraulich. Wir reden mehr als in der gesamten Schulzeit. Ihr Mann (ja, auch so schlaue Frauen haben Männer, allerdings gestaltet sich die Partnersuche aber, laut Untersuchungen, schwerer als bei durchschnittlich Begabten wie mir) ist Engländer und Richter am High Court in London. »So einer mit weißer Langhaarlockenperücke?«, frage ich neugierig. Wie aufregend! Wer hätte das gedacht. »Und was für einer Perücke«, lacht sie, »da ist mehr Haar dran, als wir beide zusammen haben.« Der kann ich auch mit meiner doppelten Dosis Schaumfestiger nichts vormachen. Frauen erkennen auch gut getarntes Elend sofort. Wir alle lesen ja schließlich die immergleichen Tipps in Frauenzeitschriften: »Tragen Sie lange Jacken, um korpulentere Hüften zu kaschieren.« Also weiß jede: Die trägt diese lange schwarze Jacke doch bestimmt nicht zum Spaß, sondern weil sie um die Hüften rum fett ist. Cornelia und ich schwätzen und ich bin total überrascht. Diese Frau habe ich eigentlich jahrelang nicht wahrgenommen, nur als blöde Streberin gesehen. Wir hätten eine herrliche Zeit zusammen haben können, aber ich war ihr nicht gewogen, nur weil sie gut in der

Schule war. »Ich bin so froh, dass die Schule vorbei ist«, gesteht sie mir. »Ich habe es gehasst, immer nur schlau zu sein. Schlau ist so was von unsexy. Aber Schwamm drüber«, beendet sie das Thema, »wenn du je Lust hast, nach Oxford zu kommen, Andrea, du bist herzlich eingeladen.« Ich schäme mich. Rückwirkend.

Karolina ist unkonzentriert, weil sie nebenher ständig versucht, den Tisch von Herrn Girstmann und somit auch Luke nicht aus den Augen zu lassen. »Britta war schon oft genug an dem dran, jetzt sind wir dran!«, tönt sie nach dem vierten Bier. Ich bin beeindruckt, mit welcher Geschwindigkeit Frau von und zu Tierfutter die Bierchen abkippt, vor allem, ohne dass man ihr den steigenden Alkoholpegel anmerkt. Das sieht nach einer gewissen Routine aus. Ob der Giorgio auch so pichelt? Trinken die Italiener nicht eher Wein? »Ich gehe jetzt mal rüber zu denen, dem Girstmann ›hallo‹ sagen«, teilt sie mir nach dem fünften Bier mit. Dem Girstmann ›hallo‹ sagen! Wie witzig! Aber von mir aus. »Wenn du meinst«, sage ich nur ganz entspannt. Ich bleibe gelassen am Strebertisch, der erstaunlich amüsant ist. Was die ablästern. Wahrscheinlich späte Rache. Neulich saß Peter (Mathe und Chemie Leistungskurs, forscht heute am Max-Planck-Institut für irgendwas Unaussprechliches) im Taxi und als der Fahrer sich umdreht, war es wie in dieser Werbung mit dem Moped, erzählt er freudig und mit ein ganz klein wenig Häme im Gesicht. Am Steuer saß nämlich Heiner. Heiner war eine B-Pressung von Luke. Auch recht hübsch, eine riesige Klappe und ebenfalls sehr begehrt bei den Mädchen. Heiner hatte die angesagten Platten, Eltern, die nie zu Hause waren und einen Partykeller mit roter Glühbirne. Heiners Partys waren legendär. Rauchen, kiffen und natürlich ordentlich Alkohol. Dazu Pink Floyd in der Endlosschleife. Heiners schulisches Desinteresse war allerdings auch legendär. Heiner hat jeden Lehrer angemacht, die meisten Einträge bekommen und mehr Termine beim Direktor gehabt als dessen Sekretärin. »Der hatte nicht mehr viel vom großspurigen Heiner von damals«, schildert uns Peter seine Taxifahrt. »Im Gegenteil, er hat mich gefragt, ob ich nicht von einer Wohnung wüsste. Für ganz kleines Geld. Er lebt mittlerweile im ehemaligen Partykeller seiner Eltern. Ist ne richtig arme Wurst. Und gut Autofahren kann er auch nicht.« Ich verstehe Peters späten Triumph, aber ganz so gehässig muss man ja auch nicht sein.

»Was macht die Annegret eigentlich?«, will ich wissen. Annegret war auch eine aus der Streberfamilie. Die Streber scheinen ja gut informiert zu sein. Bei der Annegret-Frage herrscht allerdings verdächtiges Schweigen. »Ja, weißt du das denn nicht?«, gucken mich alle erstaunt an. »Nee, was denn, ist sie Millionärin oder was? Hat sie etwa einen Nobelpreis bekommen, ohne dass ich es bemerkt habe?«, antworte ich gutgelaunt mit einer Gegenfrage. »Nee, die ist keine Millionärin oder Nobelpreisträgerin, sondern tot«, sagt Peter und der kleine pickelige Julius nickt nur mit einem Blick voller Traurigkeit. Er hat Annegret immer vergöttert. »Sie ist überfahren worden. Von ihrem eigenen Mann. Aus Versehen. Auf dem Campingplatz. Der wollte das Wohnmobil umparken, weil es nicht optimal stand, und hat nicht gesehen, dass seine Frau hinter dem Wohnmobil gerade einen Hering aus dem Boden ziehen wollte.« Ich habe Camping immer gehasst. Wie grauenvoll.

Für beide. Allein die Vorstellung! Den eigenen Mann zu überfahren, grässlich. Noch grässlicher natürlich, wenn man die Überfahrene ist. Wieso habe ich das alles nicht mitbekommen? »Wann ist denn das passiert?«, frage ich nach. »Am ersten Tag der Flitterwochen. Die waren nach Südfrankreich aufgebrochen und haben in der Schweiz auf dem Campingplatz übernachten wollen. Und da ist es passiert. In der Dämmerung. Vier Tage nach der Hochzeit.« Das wird ja immer schlimmer. »Annegret hat geheiratet?«, will ich jetzt auch die Details. »Na klar. Den Gunther«, informiert mich Julius und kratzt sich dabei nachdenklich an einem sehr bedenklich aussehenden Pickel. Meine Güte, was die Hautstruktur angeht, hat sich beim Julius wirklich nichts verändert. Der Arme. Fast schon in der Midlife-Crisis und Pusteln wie zur Blütezeit der Pubertät. Bitter. Und die Hochzeit von Annegret muss auch ein harter Schlag für ihn gewesen sein. »Welchen Gunther?«, bleibe ich beharrlich. »Den Physik-Gunther? Den Jeckel?« Die hat unseren Lehrer geheiratet? Den Physiklehrer? Und zur Belohnung wird sie von ihm überfahren. Julius sieht aus, als würde er gleich weinen. Der arme kleine Kerl. Von einem Lehrer ausgebootet zu werden, einem viel älteren, nicht die Spur attraktiven Lehrer, ist schlimm. Dass der dann die Angebetete auch noch umbringt – doppelt schlimm. »Es war die furchtbarste Beerdigung überhaupt«, fährt Peter nun fort, obwohl auch er sicherlich gemerkt hat, dass Julius am Ende ist. »Der Jeckel wäre fast in das Erdloch hinterhergesprungen.« Was für ein Drama! Obwohl der Vorfall fast zehn Jahre zurückliegt, wie Peter dann weiter berichtet, leidet Julius offensichtlich immer noch. Er weint. Was in diesem kleinen Mann an Gefühl steckt, unglaublich. Warum bloß habe ich nach Annegret gefragt und damit alles, was an Stimmung da war, mit Brachialgewalt zerstört?

Ich nehme Julius in den Arm. Schließlich war ich es, die ihn zum Weinen gebracht hat. Er schnieft noch zweimal demonstrativ und beruhigt sich dann, will aber offensichtlich nicht raus aus meinem Arm. »Ich habe dich immer gemocht«, gesteht er mir dann auch noch. Hilfe! Nicht, dass Julius hier was missversteht. Das war Trost – keine Annäherung. Bei allem Mitleid muss ich das dann doch deutlich machen. »Julius, ich bin verheiratet und habe zwei Kinder«, gebe ich ihm überdeutlich zu verstehen, dass da gar nichts drin ist. »Na und«, schnüffelt er nochmal, »das macht mir nichts. Auch die Kinder nicht.« »Aber mir«, sage ich, »ich bin recht glücklich, so wie es ist.« Das sollte ja wohl reichen. Ich kann nach diesem Gespräch ja schlecht schreien: »Nimm deine Finger von mir, Winzling.« Aber er versteht auch so und rückt wieder ein wenig von mir ab. Zum Glück, sonst hätte ich irgendein ekliges Ekzem erfinden müssen. Aber so riesig, wie sein Notstand scheint, wäre ihm wahrscheinlich sogar auch das egal gewesen.

Als ich mich nach Karolina umschaue, ist sie nicht zu sehen. Da hat sie hier aber ganz schön was verpasst. Hat es wahrscheinlich vor lauter Sehnsucht nach Luke nicht mehr ausgehalten. Sollte ich mich auch lieber in die Luke-Warteposition begeben? Nein. Eine gesamte Schulzeit ›Warten auf Luke‹ muss reichen. Heute Abend soll der kommen. So weit habe ich mich durchaus im Griff und der Abend ist ja noch lang. Außerdem gibt es, jetzt wo ich schon mal hier bin, noch einiges zu entdecken.

Mittlerweile spielt auch eine Band. Freunde von Mett-Mischi. So ist auch die Musik. Mett-Mischi-Musik eben. Apropos Mett-Mischi. Wo steckt der eigentlich? Mit dem habe ich noch das Poncho-Hühnchen zu rupfen. Immerhin bin ich eine dicke Freundin seiner Ex-Sabine und da hätte er sich diese blöde Bemerkung gut sparen können. Ich begebe mich auf Mett-Mischi-Suche. Er sitzt neben Frau Flink. Unserer ehemaligen Lateinlehrerin. Wie kann der sich nur freiwillig zu dieser Hexe setzen? Die Flink war einer meiner Schulschrecken. Ich wäre fast sitzen geblieben wegen Frau Flink. Bevor ich mich schnell wieder verdrücken kann, hat sie mich auch schon erspäht. »Ach, das Fräulein Andrea«, begrüßt sie mich. »Guten Abend, Frau Flink«, sage ich nur. Sie zückt ein rotes abgegriffenes Heftchen, das vor ihr auf dem Tisch liegt. »Sie wollen sicher auch wissen, was ich damals über Sie notiert habe.« »Na ja, eigentlich nicht unbedingt«, antworte ich so höflich wie möglich. Spinnt die Alte? Bringt ihr Notennotizheftchen auf ein Jahrgangstreffen mit. Sie blättert. »Wirklich, nein, vielen Dank, das ist doch verjährt«, wehre ich mich so gut es geht. Frau Flink hat sich noch nie für irgendwelche Einwände interessiert. So auch heute Abend. »Andrea, Andrea Schnidt. Ha, da habe ich es doch schon. Wie sagt man schließlich so schön: Iucundi acti labores. Angenehm sind getane Arbeiten. Durchschnittliche Schülerin, freundlich, aber unbegabt für Latein«, lacht sie und redet munter weiter, »mündlich eine knappe Drei, schriftlich Vier. Uninteressiert am Stoff. Unauffällige Person insgesamt.« Sie holt Luft und schaut mich dann erwartungsvoll an. Soll ich mich jetzt freuen, »Hurra« schreien oder ihr vielleicht noch »Danke schön«

sagen? Toll, dass selbst Frau Flink mich als unauffällige Person abgespeichert hat. Welch Auszeichnung. Da ist man ja lieber renitent oder gewalttätig. Unauffällig ist eine der schlimmsten Beleidigungen überhaupt. Sie wartet auf eine Reaktion. »Sehr aufschlussreich«, sage ich, um sie ruhigzustellen. Die ist noch ganz genauso blöd wie früher. Älter, aber genauso blöd. Mett-Mischi lacht mal wieder. Ich will sagen: »Hör auf, du musst ihr nicht mehr in den Hintern kriechen und rumschleimen, du hast dein Abitur schon«, verkneife es mir aber. Im Stillen denke ich nur: »Wenn Sie wüssten, Frau Flink.«

Frau Flink war nämlich die Einzige, bei der ich mal richtig frech und ungezogen war. Auf einer Klassenfahrt im Bayerischen Wald. Wir wollten nach Amsterdam, aber Frau Flink, damals unsere Klassenlehrerin, hat sich stattdessen für den Bayerischen Wald entschieden. Und dort hat sie rund um die Uhr genervt. Zimmerkontrolle im Zwei-Stunden-Rhythmus – selbst nachts –, stundenlange Wanderungen ohne erkennbaren Sinn und Zweck und dazu ständige Vorträge über die Jugend an und für sich. Morgens gab es für uns Kamillentee, nur Frau Flink bekam Kaffee. Und da hatten wir die Idee. Wenn wir sie außer Gefecht setzen würden, hätten wir wenigstens kurz unsere Ruhe. Heiner wusste auch schon wie. Zufällig hatte er auch das passende Mittel dabei. »Abführtropfen, absolut geschmacksneutral. Die kippen wir der Hexe in ihren Kaffee und dann kommt die vom Klo nicht mehr runter und wir haben endlich Zeit, Spaß zu haben.« Eine geniale Idee. Nur die Umsetzung war kompliziert. Wie der Flink Tropfen in den Kaffee tun, ohne dass sie es bemerkt? Die Flink war ein Fuchs. Ein verdammt aufmerksamer Fuchs. Heiner wusste auch hier die Lösung: »Schnidt, du bequatschst die Flink, bei dir schöpft keiner Verdacht, und ich schütte ihr die Tropfen in den Kaffee.« Natürlich hatte ich Angst. Angst, erwischt zu werden. Aber das zuzugeben, wo soeben einer der coolen Jungs mich, die unsichtbare Andrea, um Hilfe gebeten hatte, das ging natürlich gar nicht. Ich habe fast gezittert vor Aufregung, aber meine Sache nicht schlecht gemacht. Als die Flink sich ihr Tässchen Kaffee eingeschüttet hat, bin ich hin. »Frau Flink, es ist mir peinlich, aber ich glaube, ich habe eine Zecke.« »Zeig her, Andrea«, hat sie geantwortet und schon mal einen ersten Schluck genommen. »Himmel, hoffentlich hört die bald auf zu trinken, sonst ist ja nichts mehr übrig, wo wir das Abführmittel reinschütten können«, habe ich nur gedacht und gesagt: »Können Sie eben mit rauskommen, das ist mir peinlich, hier vor allen.« Sie hat gestöhnt, was von Zickigkeit gemurmelt, sich aber tatsächlich erhoben und ist mit mir auf den Flur geschlurft. Beim Vorbeigehen nickte ich Heiner zu. Umständlich habe ich mir das T-Shirt hochgezogen und auf einen kleinen Stich gezeigt, den ich am Rücken habe. Sie hat nur einen kurzen Blick draufgeworfen und gesagt: »Meine Güte, das ist keine Zecke, sondern ein Stich. Das hätte ich selbst dir zugetraut, das zu unterscheiden.« Zack. Sie streifte mein T-Shirt unsanft wieder nach unten und marschierte im Stechschritt zurück in den Frühstückssaal. Hoffentlich war Heiner fertig! Minuten vorher war ich noch unsicher gewesen, ob sie die Tropfen wirklich verdient hätte, doch da hätte ich sie ihr am liebsten persönlich verabreicht. »Hexe, du wirst gleich sehen«, habe ich gedacht und mich richtiggehend gefreut. Als sie sich wieder hingesetzt hat, starrte der gesamte Saal auf sie. Würde sie, den bestimmt mittlerweile ziemlich kalten Kaffee, noch trinken? Sie tat es. Drei Minuten später war das Kännchen leer. Jetzt hieß es abwarten. Aber nichts passierte. »Meine Güte, ist die zäh«, meinte Heiner und wunderte sich. Ihm war in der Hektik beim Eintröpfeln in das Kaffeekännchen der Deckel vom Abführmittel abgefallen und deshalb hatte die Flink locker die fünffache Dosis der vorgesehenen in ihrem Kaffee gehabt. Am nächsten Morgen fuhren wir mit dem Zug zurück. Die Flink musste häufig raus. »Der Klimawechsel scheint mir auf den Magen zu schlagen«, klagte sie. Immerhin. Es hatte gedauert, schien aber doch zu wirken. Die nächsten vier Tage fehlte sie in der Schule. Eigentlich sehr erfreulich, aber ab dem zweiten Tag bekam ich es mit der Angst zu tun. Es hieß, Frau Flink hätte erhebliche Magen-Darm-Probleme, vielleicht sogar die Ruhr. »Was, wenn sie stirbt?«, dachte ich und wusste, dass ich dann dran sein würde. Wegen Mittäterschaft, oder wie das heißt. Ohne mich hätte der Heiner keine Gelegenheit gehabt, ihr die Todestropfen in den Kaffee zu tun. Ich erkundigte mich mindestens dreimal im Sekretariat bei der Schulsekretärin Frau Mull nach der Flink. Ganz nebenbei. »Nichts Neues, es geht ihr weiter schlecht«, wurde mir jedes Mal gesagt. Dann war Wochenende. »Vielleicht mein letztes Wochenende in Freiheit«, sorgte ich mich und war absolut erleichtert, als die Flink am Montag drauf die Klasse wieder betrat. Ich hätte nie gedacht, dass ich mich mal so über Frau Flinks Erscheinen freuen würde. Sie war verwundert, dass niemand von uns ähnliche Probleme gehabt hatte.

»Magen-Darm-Infekt, ein heftiger. ›Ruhrartig‹, haben sie im Krankenhaus gesagt, kannten die gar nicht aus dem Bayerischen Wald. Den gibt es eher mal in exotischen Ländern«, hat sie uns nur kurz erklärt und dann mir gedankt. Vor versammelter Klasse. »Andrea, hätte ich nicht gedacht, dass du so um mich besorgt sein würdest. Danke für die Erkundigungen. Frau Mull aus dem Sekretariat hat mich darüber informiert. Erfreulich, Schnidt.« O nein! Jetzt hatte die mit einem Satz mein neues cooleres Image zerstört. Heiner rollte mit den Augen. Es ging ein leises Stöhnen durch die Klasse. »Schisser«, nannte Heiner mich in der darauf folgenden Pause. Vor allen.

Frau Flink starrt mich an. »Fräulein Andrea, hören Sie mir gar nicht zu?«, fragt sie leicht empört. »Äh, nein, also, also äh, ich habe gerade an unsere Klassenfahrt gedacht. Die schöne in den Bayerischen Wald.« Frau Flink überlegt. »Ja, ja, ich erinnere mich sehr gut, was hatte ich die Scheißerei danach. Unvorstellbar.« Die Flink sagt Scheißerei – es gibt im Leben immer wieder Überraschungen! »Haben Sie mir damals was in den Kaffee getan?«, lacht sie dann. O nee! Weiß die etwa Bescheid? Ich fürchte mich noch immer, obwohl sie mir rein theoretisch ja nichts mehr tun kann. Aber – zu früh aufgeregt. Frau Flink hat nur gewitzelt. Sie lacht. Wenn die wüsste! Vor allem wenn sie wüsste, dass die unauffällige Schnidt beteiligt war. Ha, die würde Augen machen. Aber diese hübsche kleine Überraschung hebe ich mir fürs nächste Jahrgangstreffen auf. Und Mett-Mischi knüpfe ich mir auch demnächst mal vor. Jetzt lasse ich ihn einfach hier bei der Flink sitzen, das ist letztlich Strafe genug.

Die Ersten gehen heim und ich habe, außer zur Begrüßung, immer noch keine Zeit mit Luke verbracht. Langsam muss ich mich ranhalten. Ich nähere mich ganz zufällig dem Tisch des Helden. »Karolina, rutsch mal«, schiebe ich sie ein wenig zur Seite. »Wo ist Luke?«, frage ich sie, nachdem ich mich am Tisch umgesehen habe. »Der wollte Britta irgendwas Wichtiges zeigen!«, sagt sie leicht angesäuert, »die sind raus. Vors Bürgerhaus. Anscheinend war es was, was man hier vor den anderen nicht zeigen kann.« Was Wichtiges zeigen? Was soll das bloß sein? »Ja, was will der denn Britta zeigen?«, bohre ich bei Karolina nach. »Na, was wohl«, guckt sie mich an, als wäre ich die begriffsstutzigste Idiotin weit und breit. So wie Karolina mich anschaut, ahne ich langsam, was sie meint. Luke will da weitermachen, wo er damals bei Britta aufgehört hat. Die werden doch nicht beim Jahrgangstreffen vor dem Bürgerhaus eine schnelle Nummer schieben? »Ich bitte dich«, werfe ich ein, »Britta hat fünf Kinder!« »Was ist denn das für ein maues Argument?«, antwortet Karolina, »bei fünf Kindern kennt die sich mit dem Thema sicher besonders gut aus! Sehr viel mehr hat die wohl offensichtlich in den letzten Jahren nicht gemacht.« Nur weil man fünf Kinder hat, heißt das ja nicht, dass man sonst keine Hobbys hat. Aber Karolina wirkt richtiggehend beleidigt. Sie, die edle Kaschmir-Freundin von Giorgio, wird sitzen gelassen für ein Paar Doppel-D-Brüste. »Wir können doch mal rausgehen, dann wissen wir, was los ist!«, schlage ich zur Besänftigung vor. »Wie peinlich ist das denn!«, schüttelt sie angewidert den Kopf. »Ich renne dem doch nicht hinterher, die Zeiten sind definitiv vorbei.« Gerade als Karolina sich so richtig aufregen will, kommt Britta zurück an den Tisch. Wir beäugen sie so unauffällig wie möglich. Auf den ersten Blick sieht sie aus wie vorher auch. Kein verschmierter Lippenstift, keine derangierte Kleidung. »Na, was gab's da draußen so Wichtiges?«, frage ich ganz harmlos. Britta grinst. »Luke hat mir ein bisschen was von sich gezeigt«, antwortet sie und schaut dabei auf Karolina. »Aha, was hat der denn Wichtiges zu zeigen?«, lasse ich nicht locker. Sie leckt sich die Lippen. Blitzschnell, wie ein kleiner Leguan. »Es war was Privates!«, schließt sie das Thema ab und kichert. Karolina guckt demonstrativ in eine andere Richtung. Sie hatte schon zu Schulzeiten große Probleme damit, gegen Britta zu verlieren. Auch nach dem kurzen Geplänkel mit Karolina in der zehnten Klasse ist Luke damals zurück zu Britta. Immer, wenn Britta mit dem Finger geschnipst hat, kam Luke angedackelt. Dass das heute noch unverändert so ist, ärgert Karolina offensichtlich sehr. Und da kommt auch Luke. Er setzt sich zwischen Britta und mich. Karolina tut desinteressiert und wendet sich mit vollem Elan dem Mann gegenüber zu. Es ist Ingmar. Seine Eltern waren Ski- und Schwedenfans und haben ihren Sohn nach einem schwedischen Skirennfahrer benannt. Ingmar Stenmark. Ingmar hat sich recht nett gemausert. Er war zu Schulzeiten einer wie ich. Unauffällig. Schon aus diesem Grund hat er mich damals nicht interessiert. Wenn man Typ »Graue Maus« ist, umgibt man sich ungern mit anderen grauen Mäusen. Man sucht das Schillernde, damit ein wenig Glanz auf die eigene Person fällt. Ingmar, soviel bekomme ich von der Unterhaltung mit Karolina mit, ist Banker. Er hat Volkswirtschaft studiert, promoviert und pendelt zwischen New York und Frankfurt. Wie aufregend! Weiter kann ich dem Gespräch aber leider nicht folgen, denn Luke tätschelt mir den Arm. »Schnidt, was aus dir geworden ist. Mann oh Mann.« Ich bin ziemlich geschmeichelt. Ein Kompliment vom schönen Luke. Wahrscheinlich wäre ich schon ergriffen gewesen, wenn er nur gegrunzt hätte. »Wollen wir mal rausgehen?«, flüstert er mir ins Ohr. Mann, wie der rangeht! Hätte er mich das vor achtzehn Jahren gefragt, wäre ich direkt losgerannt. Aber auch heute Abend bin ich nicht abgeneigt. Ich meine, man kann ja durchaus mal mitgehen, das allein ist ja nicht sträflich. Und dann, wenn er loslegen will, werde ich, Andrea Schnidt, sagen: »Das hättest du dir früher überlegen sollen, Luke!« Dann werde ich ihn mit seinen überschüssigen Hormonen einfach vor diesem popeligen Bürgerhaus stehen lassen. Karolina und Ingmar tauschen Visitenkarten. Am liebsten würde ich über den Tisch rufen: »Ingmar, hast du noch eine für mich?« Ingmar sieht richtig schnuckelig aus. Hätte ich das mal früher erkannt. Er hat nichts Verwegenes oder Aufregendes, er sieht einfach nur gut aus. Freundlich und nett. Attribute, die die meisten Frauen an Männern wenig schätzen. Ich habe mittlerweile kapiert, dass diese Tugenden absolut unterschätzt werden. Nette Männer sind etwas Wunderbares. Nett heißt nicht automatisch langweilig. Und aufregend ist auch nicht per se was Gutes. Schließlich kommt aufregend von aufregen – und wer will sich schon ständig aufregen? Karolina scheint das auch bemerkt zu haben, denn sie fährt sich ständig mit den Fingern durch ihren Pferdeschwanz, dreht die Haare, zwinkert und gestikuliert wild. Jeder Körpersprachenexperte hätte seine helle Freude an ihr. Luke ist eindeutig vergessen. Karolina hat umgeschwenkt. Jetzt hat Lukes Tätschelhand meinen Oberarm erreicht. »Hast du eigentlich einen Mann?«, fragt er leise. Seine Stimme ist betörend. Die Frage allerdings ein wenig ernüchternd. Was soll das? Muss er erst mal klären, wie seine Chancen stehen, bevor er mich vors Bürgerhaus bittet? Investiert er nur in Frauen, die allein stehend sind? Hat er für Britta eine Ausnahme gemacht, schon allein wegen der Doppel-D-Auslage? »Ja – aber warum willst du das wissen?«, frage ich ein bisschen genervt zurück. »Das wirst du gleich sehen!«, sagt er und zeigt mir sein legendäres Lächeln. Zähne wie aus Hollywood. Gerade und perlweiß. »Komm, Schnidt, lass uns ein bisschen frische Luft schnappen«, säuselt er mir ins Ohr und steht auf. Frauen mit dem Nachnamen anzusprechen ist nicht unbedingt charmant, aber wie im Reflex stehe ich auch auf. Er packt mich an der Hand und wir gehen durch den Saal. Nicht nur Karolina guckt uns hinterher. Was auch immer er mir vor dem Bürgerhaus zeigen will, der Gang allein ist es wert. Im Klassenranking steige ich so in ungeahnte Höhen. Eine Frau, die Lukes Aufmerksamkeit erregt, ist etwas Besonderes. Es gibt Dinge, die ändern sich nie. Schon deshalb genieße ich meinen Auftritt. Natürlich wäre es souveräner gewesen zu sagen: »Was soll ich mit dir vorm Bürgerhaus? Die Zeiten sind definitiv vorbei, dass ich darauf aus bin.« Aber ich schaffe es nicht. Draußen ist es dunkel und Luke zieht mich an sich. »Andrea«, sagt er, »ich habe dich immer gemocht.« »So«, sage ich nur und denke, »Wieso habe ich davon nie was gemerkt?« Immerhin hat er meinen Vornamen gebraucht. »Ich hätte da was, was alle begehren«, redet er weiter und klopft sich dabei auf die Hosentasche. Das

94

finde ich nun nicht mehr besonders charmant, sondern nur peinlich und eingebildet. Was soll dieses Klopfen? Mehr als ein Penis kann da wohl nicht drin sein in dieser Hose. Und ein Penis ist letztlich nicht mehr als ein Penis. Nicht, dass es keine Unterschiede gäbe, aber ein Mann, der so fixiert auf sein Teilchen ist, dass er wie ein Sechsjähriger permanent draufzeigt, ist ein armes Würstchen, egal was er für ein Würstchen hat. Jetzt wäre der Moment, sich umzudrehen und in den Saal zurückzugehen, aber er zieht mich noch näher zu sich heran. »Britta und ihr Mann sind dabei, vielleicht hätte dein Mann auch Lust, du kannst natürlich auch, wenn du magst – oder wir alle zusammen! Egal welches Spiel«, redet er auf mich ein, immer untermalt von diesem Hosentaschengefummel. Gott, wie ekelhaft! Bietet der mir gerade wahlweise einen Dreier an? Ist der schöne Luke bi? Warum hat mich Britta nicht gewarnt? Eigentlich müsste ich ihm eine scheuern. Das ist ja so ziemlich das unappetitlichste Angebot, das ich je bekommen habe. Warum eigentlich nicht? Ich mache es. Hole aus und knalle ihm ein paar. Eine herrliche Ohrfeige. Es macht patsch, ein richtig sattes Geräusch und ich habe das Gefühl, das hat er verdient. Nicht nur für seinen jetzigen Auftritt, sondern auch für all die Jahre der Ignoranz zuvor. Ich will zurück ins Bürgerhaus stürmen, aber er hält mich fest. »Sag mal, tickst du noch richtig, Schnidt?«, brüllt er mich an. »Sei froh, dass ich keine Tussen schlage, sonst würdest du hier nicht mehr auf beiden Beinen stehen, hast du einen Knall oder was?« Luke entpuppt sich als Superprolo. Na bravo. »Du ekelhafter Kerl«, schreie ich ihn an, »meinst, du könntest mich und meinen Mann noch dazu in die Kiste zerren, da hast du dich aber getäuscht. Mein Mann ist ein ganz anderes Kaliber, als du es je sein wirst«, gerate ich vollends in Rage. »Wieso in die Kiste?«, fragt ein fassungslos guckender Luke.

»Wieso sollte ich mit dir oder sogar deinem Mann ins Bett? Wenn ich mit dir in die Kiste wollte, hätte ich das längst erledigt.« Ich glaube, eine Ohrfeige ist definitiv zu wenig. Der braucht eine ordentliche Tracht Prügel. Leider habe ich keine Nahkampfausbildung. Überheblicher Drecksack! Wie demütigend! »Hätte ich mit dir in die Kiste gewollt, hätte ich das längst erledigt.« O Gott, ich hasse diesen Typ. Wie verblendet war ich all die Jahre? Jetzt müsste ich mir eigentlich selbst eine Ohrfeige geben. Oder besser mehrere. Was für ein Widerling! »Hat dir Britta nicht gesagt, was ich im Angebot habe?«, fragt er ein wenig ruhiger und zerrt an meinem Arm. »Lass mich los, du Arschloch!«, begebe ich mich auf sein sprachliches Niveau und zerre ebenfalls. »Es geht um WM-Karten. Ich habe ein Kontingent und du hättest welche kriegen können!«, herrscht er mich an und zieht ein Bündel aus seiner Hosentasche. Das setzt dem Ganzen die Krone auf. Der lockt mich vors Bürgerhaus und will mir nicht etwa an die Wäsche, sondern will mir WM-Karten verkaufen. »Britta, du Ratte, das hättest du mir wirklich sagen können.« Tut so, als wäre da wunder was gelaufen, dabei hat sie ihm Tickets abgekauft. Dieser Schmierlappen dealt mit WM-Tickets. Wo er die wohl her hat? »Für tausend Euro kannst du selbst beim Eröffnungsspiel Plätze kriegen«, wird er ein wenig freundlicher und lässt auch endlich meinen Arm los. »Steck sie dir sonst wohin«, kreische ich und nutze die Gelegenheit, ihn stehen zu lassen.

Mit hochrotem Kopf komme ich zurück an den Tisch. Karolina hebt neugierig den Kopf und sieht mich nur fragend an. »Vergiss es«, sage ich nur und hoffe, das klingt nicht allzu unfreundlich. Irgendwie habe ich keine Lust, diese Geschichte zum Besten zu geben. Ich glaube, es ist definitiv Zeit, nach Hause zu gehen. Ingmar ist in der Zwischenzeit auch gegangen. Er muss morgen früh raus, erzählt mir Karolina. Mit seiner Privatmaschine nach New York fliegen. Ich habe mal wieder aufs falsche Pferd gesetzt, stehe mit windigen Arschlöchern vorm Bürgerhaus und Karolina macht fette Beute. Wir beschließen, uns bald mal wieder zu treffen. Sie bietet mir nochmal ihr Hundefutter zum Einkaufspreis an und ich gehe, natürlich ohne auch nur noch einen Blick auf Luke zu werfen. Dieser Mythos hat sich ein für alle Mal erledigt. Immerhin dafür war das Jahrgangstreffen gut.

Christoph ist noch wach, als ich gegen ein Uhr nachts unser Haus betrete. »Und, wie war's?«, fragt er freundlich, »Hast du Spaß gehabt?« Ich schäme mich. Allein für die Tatsache, dass ich mit einem Vollidiot vors Bürgerhaus gegangen bin. Dagegen ist die Ponchonummer geradezu lächerlich nichtig. Mist. Ich habe den Pipiponcho liegen lassen! »War ganz nett«, sage ich und erzähle ganz nebenbei, dass einer meiner Klassenkameraden Tickets für die WM hatte. »Super«, sagt Christoph, »das ist ja toll. Hast du welche bestellt?« Ich schüttle den Kopf. »Nee, du machst dir doch gar nicht viel aus Fußball«, antworte ich. Christoph ist entsetzt. »WM-Tickets sind der Knaller. Was meinst du, wie ich da in der Kanzlei hätte auftrumpfen können. Ruf den auf jeden Fall an, ich nehme zwei Tickets. Egal für welches Spiel. Da kann ich den Langner einladen.« Lieber lasse ich mir ohne Narkose den Blinddarm rausschneiden, als Luke anzurufen, aber genau das kann ich schlecht Christoph erklären, ohne den Rest der unsäglichen Geschichte auszubreiten. »Ich versuche, ihn zu erreichen«, sage ich nur und verspreche, es gleich morgen zu tun. Außerdem werde ich nie wieder zu einem Jahrgangstreffen gehen. Demütigen kann ich mich auch anderweitig.

Ich bin zwei Minuten zu spät am Kindergarten. Mark steht schon fertig angezogen gleich an der Tür. Wie ein kleiner, lebender Vorwurf. »Endlich, Mama«, sagt er und springt mir in die Arme. »Ich hatte wahnsinnig viel zu tun heute Morgen«, entschuldige ich mich bei der Kindergärtnerin für die Verspätung. Schließlich musste ich im Minutentakt meine diversen Telefone kontrollieren und mir das Hirn mit der Frage zermartern, wo mein Mann die Nacht verbracht hat. »Wie immer!«, sagt die nur und guckt mich streng an. Ich habe so was von keine Lust, mich weiter zu rechtfertigen, schnappe mir meinen Sohn und gehe. Jetzt ist es bereits früher Nachmittag und noch immer kein Lebenszeichen von meinem Mann. Der scheint ja richtig sauer zu sein. Oder er ist direkt bei Belle Michelle eingezogen und wird irgendwann nur nochmal vorbeischauen, um seine Klamotten abzuholen. Ich prüfe, kaum zu Hause angekommen, den Anrufbeantworter und meine Handy-Mailbox. Nichts. Nicht ein einziger Anruf. Keine Nachricht von Christoph. Auch sonst ruft er tagsüber eher selten an, aber wenigstens verbringt er normalerweise seine Nächte zu Hause.

»Mama, heute ist doch Reiten«, erinnert mich meine Tochter, kaum dass sie die Haustür aufgerissen hat und bringt mich so zurück ins Hier und Jetzt. Stimmt. Einmal die Woche geht Claudia reiten, weil sie leider kein eigenes Pferd hat. Noch nicht mal ein Pony. Was natürlich an seelische Grausamkeit grenzt. Aber ich will kein Pony. Und ein Pferd schon gar nicht. Mal ganz abgesehen von den Kosten. Ich fürchte mich ein wenig vor Pferden. Sie sind groß und es heißt, sie seien nicht besonders schlau. Wie ich finde, eine eher unheilvolle Kombination. Außerdem: Ich kann nicht reiten, kenne mich mit der Pferdepflege nicht aus und habe auch keinerlei Lust, noch für ein weiteres Lebewesen die Verantwortung zu übernehmen. Ich sehe an meiner Schwester, welch eine Arbeit schon ein Hund macht. Außerdem gehören zu unserem Reihenhausgrundstück dummerweise auch keine Koppeln und Stallungen. Argumente, die eine Viertklässlerin nicht überzeugen. Selbstredend würde sie sich kümmern. Schon morgens, noch vor der Schule, das Pferd versorgen und täglich reiten und bürsten. Der Garten würde doch reichen, um das Pferd unterzustellen – findet sie. Schließlich hat Pippi Langstrumpf ihr Pferd auch im Garten stehen. Und die hat sogar noch einen Affen. Auf den würde Claudia großzügig verzichten. »Ich habe ja einen Bruder, das ist eigentlich fast dasselbe«, hat sie erklärt. Zum Glück sind Christoph und ich beim Pferdethema einer Meinung. Auch er will kein Pferd. Deshalb hat er neuerdings eine Pferdehaarallergie. Gegen eine Allergie gibt es kaum Argumente. Natürlich ist das nicht ehrlich und fair, aber wirkungsvoll. Ich kenne Familien, die sich damit erfolgreich seit Jahren vor jedem noch so kleinen Haustier drücken. Claudia findet das mit der Allergie nicht so schlimm. »Mein Pferd steht ja nicht im Haus und Papa muss ja nicht hin«, argumentiert sie gar nicht mal schlecht und ganz clever hat sie dann noch hinzugefügt, »und Papa müsste nie mehr Rasenmähen, das Pferd würde das für ihn erledigen.« Trotzdem – bisher sind wir hart geblieben, obwohl sie an jedem Geburtstag und bei jedem Weihnachtsfest optimistisch in den Garten guckt, um das vermeintlich dort versteckte Pony zu entdecken.

»Ja wir gehen heute reiten«, sage ich und packe den Krempel zusammen. Eine Sache, die ich am Muttersein verabscheue. Diese Logistik. Dieses ewige Suchen. Wo sind die Turnschuhe, die Trinkflasche, der Helm, die Brotdose und die Regenjacke und der ganze andere Krempel, den man für die Kinder braucht? Ständig vergesse ich irgendwas oder kann es partout nicht finden. Ich bin mit meiner eigenen Handtasche an sich schon genug gefordert. Andauernd zu planen, wer braucht was, nervt. Dazu kommt die ewige Fahrerei. Kind eins mit Turnbeutel und Hallenschuhen in Halle XY abliefern, danach Kind zwei mit Ordner und selbst gebastelter Trommel zur musikalischen Früherziehung befördern, in dem entstandenen Zeitfenster schnell einkaufen und dann die richtigen Kinder am richtigen Ort termingerecht wieder abholen. Praktisch wäre ein Kindernavigationssystem. Am besten implantiert direkt nach der Geburt. So eine kleine Stimme im Ohr, die einem immer sagt, was als Nächstes ansteht und was dafür benötigt wird: »Biegen Sie links zur Halle ab, nehmen Sie den Turnbeutel und denken Sie an die ausgefüllten Turnierzettel.« Das Schlimme sind noch nicht mal die regulären Termine, also die regelmäßigen, wie Kinderturnen oder Reiten. Eine wahre Last sind die sich daraus ergebenden zusätzlichen Verpflichtungen. Vereine lieben Turniere, Basare und Weihnachtsfeiern, die natürlich fast immer am Wochenende stattfinden. Gerne kurz nach Sonnenaufgang. Ausschlafen erledigt sich damit von selbst. Da müssen Tische aufgebaut, Kaffeemaschinen durch die Gegend geschleppt werden und nicht zu vergessen: die obligatorische Backarie am Vorabend der Veranstaltung. Sich davor zu drücken, geht kaum. Sofort gilt man als faul und unengagiert. Nein zu sagen zu Extraarbeit ist in Mütterkreisen eine Todsünde. Deshalb stimmt es auch nicht, dass Mütter heutzutage viel weniger zu tun haben als Mütter früher. Klar haben wir Waschmaschinen und Spülmaschinen (und ich bin wahrlich sehr sehr dankbar dafür und wenn die Erfinder noch leben würden, würde ich ihnen regelmäßig kleine Aufmerksamkeiten zukommen lassen!), aber was das an zeitlicher Erleichterung bringt, müssen wir anderweitig abarbeiten. Ich kann mich jedenfalls nicht erinnern, dass meine Mutter mich ständig durch die Gegend gefahren hätte. Meine Freizeitaktivitäten waren meine – und nicht ihre. Und dass schon Kleinstkinder in Pekip-Gruppen oder Ähnliches gehen, ist mit Sicherheit eine Erfindung der Neuzeit. Natürlich ist das alles zum Besten der Kinder, aber ob es auch zum Besten der Mütter ist, wage ich dann doch zu bezweifeln.

Claudias Reittraining findet auf einem kleinen Reiterhof, etwa fünfundzwanzig Minuten von unserem Wohnort entfernt, statt. Die Unterrichtsstunde ist keine wirkliche Stunde, sondern dauert 45 Minuten, was bedeutet, dass es sich nicht lohnt, zwischendrin nach Hause zu fahren. Das wiederum führt dazu, dass ich gemeinsam mit anderen Müttern auf dem Hof rumlungere, Belanglosigkeiten austausche, garantiert in die matschigsten Pferdeäpfel weit und breit trete und ansonsten warte, bis die Kinder endlich wieder vom Pony steigen. Bei strahlendem Sonnenschein mag das ganz nett sein. Leider richtet sich die Großwetterlage aber nicht nach wartenden Müttern. Auch heute nicht. Es nieselt und Mark ist quengelig. Er langweilt sich. Ich mich auch. Leider habe ich niemanden, den ich anquengeln kann. Mütter sind eine Art Pufferzone. Ein Müllabladeplatz für Aggressionen, Streitereien, Weinerlichkeit, Jammer, Elend – kurz: ein Servicecenter für Bedürfnisse jeder Art.

Meistens versuche ich Mark schon deshalb an den Reitnachmittagen bei irgendeinem seiner Freunde zu parken. Der Nachteil: Im Gegenzug – die Mütterwelt besteht aus seligem Geben und Nehmen – bekomme ich dann regelmäßig einen seiner Freunde aufs Auge gedrückt. Das ist mit Sicherheit fair, aber anstrengend. »Versteh ich nicht«, sagt Christoph bei dem Thema gerne, »was soll denn da anstrengend sein? Zwei Kinder spielen doch schön zusammen und du hast Zeit für dich.« In der Theorie klingt das einleuchtend. In der Praxis zeigt es hingegen nur allzu deutlich, dass Christoph keine Ahnung hat. Zwei Kindergartenkinder sind kein Garant für einen friedlichen, gemütlichen Nachmittag. Im Gegenteil. Kinder heutzutage erwarten einen gewissen Service. Und das Servicepersonal heißt Mama. Von den profanen Grundleistungen wie Essen, Trinken und Po-abputzen mal ganz zu schweigen. Obwohl mir das schon reicht. Ich putze nicht gerne fremden Kindern den Po ab. Aber davon mal abgesehen: Erst wollen sie draußen spielen. Also Schuhe, Jacken, Mützen und was sonst noch dazugehört anziehen, Bobby Car und Zubehör aus der Garage holen. Eine viertel Stunde später müssen sie dann allerdings unbedingt rein. Also alles wieder ausziehen. Nach einer Stunde gibt es spätestens den ersten Streit, weil das Gastkind sich dem Bestimmerkind mit Heimvorteil nicht dauerhaft beugen will. Nach zwei Stunden will mindestens ein Kind unbedingt Fernseh schauen oder eben mal die Carrera-Bahn aufbauen, was allein aber leider nicht geht. Also hockt sich Mutti, nachdem sie die blöde Bahn aus der hintersten Ecke im Keller geholt hat, auf den Boden und friemelt an der verbeulten Carrerabahn rum. Wenn die endlich steht, haben die Kinder sich längst, gelangweilt von den Aufbauarbeiten, der Playmobilritterburg zugewandt und jegliche Playmobilkleinteile im Kinderzimmer verteilt. Was wiederum gut ist, denn bei der Carrerabahn fehlt ein Auto. Wenn das Chaos auf dem Höhepunkt angelangt ist, die Kinder unters Playmobil noch gut zwei Pfund Lego gemischt haben, wird das Besuchskind abgeholt. Zurück bleiben ein grauenvoll aussehendes Kinderzimmer und eine genervte Mutter. Vielleicht liegt das alles aber auch nur an mir und ich habe die Kleinen einfach nicht im Griff.

Meistens gehen Mark und ich spazieren, während Claudia reitet. So kriegen wir in der Zeit wenigstens eine ordentliche Dröhnung Frischluft und ich entkomme dem obligatorischen Mütterplausch. Nicht, dass ich nicht gerne ein bisschen schwätze. Aber eigentlich am liebsten mit meinen Freundinnen. Die Frauen hier sind nicht meine

Freundinnen. Uns verbindet nur eins: Wir haben Töchter in einem ähnlichen Alter, die allesamt pferdenärrisch sind. Das bedeutet: Das Gesprächsthema ist vorgegeben. Es wird über Kinder geredet. Es könnte sogar gut sein, dass ein paar dieser Frauen nett sind. Manche wirken sympathisch. Manche könnten möglicherweise potenzielle Freundinnen sein. Aber es kommt leider selten so weit. Irgendwie kratzen wir alle nur an der Oberfläche. Man beäugt sich, tauscht ein paar Belanglosigkeiten aus und bestaunt die, ach so talentierten, Kinder. Und ich glaube, insgeheim finden es alle genauso langweilig wie ich. Aber das Schöne: Der Nachmittag geht rum. Und ich bin ausnahmsweise nicht in einen einzigen Pferdeapfel getreten. Ich hoffe, das ist ein gutes Omen.

Christoph kommt abends heim, als wäre nichts gewesen. Pünktlich zum Abendessen. Der hat Nerven. Verbringt eine Nacht aushäusig, meldet sich den ganzen Tag nicht und kommt dann einfach so nach Hause. Punkt sieben dreht sich der Schlüssel im Schloss und Christoph betritt das Haus. Keine Entschuldigung, kein riesiger Blumenstrauß – gar nichts. Nur Christoph, ganz so wie immer. Ich starre ihn erwartungsvoll an. Er starrt zurück, sagt kurz und knapp und ziemlich kühl »Hallo« und geht dann, ohne Kuss oder Umarmung, an mir vorbei zu den Kindern. »Hallo, ihr Süßen«, begrüßt er die beiden und herzt sie demonstrativ, als wäre er von einem mehrwöchigen Survival-Training gerade eben heimgekehrt. Was soll mir das jetzt zeigen? Ich kann zärtlich sein – wenn ich nur will, oder was? Oder ist es eine kleine Strafe? Ich denke nicht daran, mich mit irgendwelchem Smalltalk aufzuhalten, und wenn er meint, kühl sein zu müssen – das kann ich auch. »Wo warst du heute Nacht?«, frage ich so sachlich wie möglich und schere mich einen Dreck darum, ob die Kinder irgendwas mitbekommen. Ich kann mich einfach nicht beherrschen. »Na, wo wohl. Da, wo du mich hingeschickt hast!«, antwortet Christoph ebenso beiläufig und ich könnte auf der Stelle einen Schreikampf kriegen. Was soll denn das heißen? Bei Michelle? Hat der sie noch alle? »Habe ich das jetzt richtig verstanden?«, verschlüssele ich die nächste Frage ein wenig, sicherlich auch in der Hoffnung, dass er jetzt lacht, »Quatsch« sagt und mich in die Arme schließt. Von wegen. Er geht in Richtung Treppe und sagt nur: »Ich denke schon, Andrea. Da war ja nichts zum Missverstehen.«

Mein Mann übernachtet bei Belle Michelle, meldet sich den gesamten nächsten Tag nicht und erscheint schließlich am Abend zu Hause, als sei nichts gewesen. »Und, war's schön?«, brülle ich ihm hinterher. Der Gnädigste ist auf dem Weg ins Schlafzimmer, um sich umzuziehen. Raus aus dem Anzug, rein in Legereres. »Ja, danke der Nachfrage, alles bestens! Sogar sehr schön, wenn du es genau wissen willst!«, brüllt er zurück. Ich will es genau wissen, aber irgendwie auch nicht. Was diese Information angeht, bin ich durchaus ambivalent. Eins ist aber eindeutig: Ich fühle mich grauenvoll und möchte hinterherrennen und ihn gründlich durchschütteln. Ich möchte heulen, schreien oder ihn direkt rausschmeißen. Aber ich bleibe, wie gelähmt, im Wohnzimmer stehen. Ich bin handlungsunfähig, wahrscheinlich weil ich so dermaßen fassungslos bin. Bei allen Horrorvisionen, was diese Nacht angeht, habe ich dennoch nicht wirklich damit gerechnet, dass Christoph bei Belle Michelle ins Bettchen schlüpft. Die Kinder sind verwirrt. »Was ist denn?«, fragt Claudia. Ich sage »Nichts« und gucke so streng, dass sich jegliche Nachfragen erübrigen. Am liebsten würde ich einfach gehen. Rein in die Schuhe und raus aus der Tür. Damit er mal sieht, wie das ist, wenn jemand einfach so verschwindet. Würde ich noch rauchen, könnte ich, wie in all diesen Filmen, wenigstens eben mal Zigaretten holen gehen. Aber wohin dann? Schnell nach München fahren zu meiner Heike? Das geht so mir-nichts-dir-nichts leider nicht. Was mache ich dann mit den Kindern? Obwohl – es sind ja schließlich auch seine Kinder. Aber diese durchaus verlockende Flucht lässt mein Mütterherz nicht zu. Noch nicht!

Aber ich kann doch nicht hier stehen, Brot schneiden fürs Abendessen, Aufschnitt aus dem Kühlschrank holen und einfach so weitermachen, als wäre nichts geschehen! Andererseits gilt es, bei häuslichen Extremfällen die Fassung zu bewahren und mit Kalkül zu handeln. Ich decke also den Tisch, schneide sogar noch ein paar Gurken und Tomaten auf und hole dem Gatten ein Bier. Ich fühle mich wie eine ferngesteuerte, perfekte Mutti. Ihn zum Essen zu rufen, bringe ich dann doch nicht fertig. Ich schicke Claudia. Während wir stumm um den Tisch sitzen und Brote verzehren, denke ich nach.

Was der kann, kann ich auch! Ich werde nicht wie eine eifersüchtige, gekränkte, beleidigte, hasserfüllte und gedemütigte Ehefrau wegrennen oder auf dem Sofa liegen und mich im Selbstmitleid suhlen. Obwohl ich genau das bin: Eine verdammt eifersüchtige, gekränkte, beleidigte, hasserfüllte und gedemütigte Ehefrau. Die normale Reaktion wäre eine Szene – mit allem Drum und Dran. Schreien, weinen und natürlich drohen: »Ich verlasse dich, du Schwein, ich nehme die Kinder und all dein Geld und sogar deinen Scheiß-BMW. Dann kann deine Michelle hier die Gürkchen schneiden.« Genau das würde ich nur zu gerne brüllen. Aber genau das werde ich nicht tun. Ich werde mich anders rächen. Ich werde diesem gefühllosen Grobian, der, wie überaus trivial, seine Kollegin bespringt, zeigen, was emotionale Schmerzen sind. Und dieser miesen Kröte Belle Michelle werde ich es auch zeigen. Den Turteltäubchen bereite ich die Hölle auf Erden. Der wird noch im Dreck kriechen, um mich, Andrea Schnidt, zurückzubekommen. »Haben wir keine hart gekochten Eier?«, richtet der Aushäusigschläfer tatsächlich das Wort an mich. Wie dreist! Gerade so, als wäre rein gar nichts gewesen! Mir liegt auf der Zunge zu sagen »Für deine Eier ist wohl jetzt eine andere zuständig!«, beherrsche mich aber, nicht nur weil der Spruch reichlich ordinär wäre, sondern weil ich mich ja schon mental abreagiert habe. »Wenn du Eier willst – im Kühlschrank sind welche«, antworte ich stattdessen und komme mir sehr erwachsen vor. Und sehr gelassen. Fast schon weise. »Hart gekochte?«, fragt er nach. Was geht denn hier ab? Meint der das jetzt ernst? Wie Männer das können, ist mir schon immer schleierhaft gewesen. Einfach zur Tagesordnung übergehen. Unangenehmes ausklammern. Nennt man das nicht selektive Wahrnehmung? Übernachtet bei Belle Michelle, der Büroschlampe (nicht sehr erwachsen diese Bezeichnung, ich weiß!) und fragt mich nach hart gekochten Eiern. »Wenn du hart gekochte Eier willst, koch dir welche«, herrsche ich ihn so ruhig wie möglich an. Das ist wirklich das Tüpfelchen auf dem

107

i. Keinerlei Anzeichen von Reue oder Demut und dann noch Zusatzleistungen verlangen. »Vergiss es«, sagt er und klingt beleidigt. Genau wie ich. Er wegen der Eier und ich wegen der Nacht. Nach dem Essen und der bemerkenswerten Eierunterhaltung (mehr wurde nicht gesprochen) räumt er gnädig mit ab und bietet an, die Kinder ins Bett zu bringen. »Gut«, sage ich, »ich habe eh noch zu tun.«

Ich verziehe mich ins Badezimmer. Mit dem Telefon. Während das Badewasser einläuft, rufe ich Heike an. Anrufbeantworter. Ich spreche ihr drauf: »Ruf mich an, ich brauche deinen Rat. Die Ratte hat bei Michelle übernachtet.« Das sollte reichen, um ihre Neugier zu wecken. Den nächsten Versuch starte ich bei Sabine. Sabine, die seit der Mett-Mischi-Tragödie wieder Single ist, muss mir behilflich sein. Ich bin ein wenig aus der Übung, was die Akquise angeht. War ja in den letzten Jahren auch nicht nötig. Ich habe keine Lust, allein ins Nachtleben zu starten. Und wenn ich mich rächen will, Gleiches mit Gleichem vergelten will, dann muss ich aktiv werden. Ich kann ja schlecht den Nachbarn auf eine nette Nummer im häuslichen Schlafzimmer einladen. Obwohl das sicherlich das Praktischste wäre. Und das Naheliegendste. Nur leider sind meine Nachbarn nicht sonderlich verlockend. Von Tamaras Mann weiß ich, dass er unter seinem kleinen Penis leidet (sie hat sich da mal verplappert), und Friedhelm, der von Anita, guckt so schon dermaßen missmutig, dass ich mir nicht vorstellen kann, mit ihm eine rauschende Nacht zu verbringen. Außerdem liegt in der Nähe auch die Gefahr. Was, wenn der Nachbar dann mehr will, unersättlich ist oder sich wahnsinnig in mich verliebt? Außerdem bin ich ja nicht wie Christoph

108

und greife direkt beim nächstbesten Angebot zu. Und zu guter Letzt – Anita und Tamara sind mir die liebsten Nachbarinnen und ich will doch nicht, dass es ihnen so geht wie mir.

Aber die Zeiten, dass Mutti brav zu Hause wartet, bis der Herr Gemahl aus dem Büro einläuft, sind jedenfalls vorbei. Sabine ist daheim. Sie ist bestürzt. »Nicht auch noch du«, jammert sie direkt los, »ihr wart mein Traumpaar. Meine letzte Hoffnung, dass Beziehungen doch funktionieren können.« Sie ist fast entsetzter als ich selbst. Ich muss sie beruhigen. Eigentlich grotesk, schließlich wollte ich all die besänftigenden Worte ja von ihr hören. Nachdem sie ausgejammert hat, will sie als Nächstes alles über Belle Michelle wissen. »Andrea, man muss seine Gegner kennen. Nur dann kann man sie besiegen.« Ich erzähle das, was ich weiß. »Sie ist schön, sieht aus wie Angelina Jolie und mein Mann macht ihr den dusseligen Brad Pitt. Ach ja, und schlau ist sie auch noch. Und irrsinnig kultiviert.« Sabine hört zu und nach einem kurzen Moment des Nachdenkens legt sie los: »Morgen schauen wir uns dieses Wunderwesen einfach mal an.« Der Gedanke, meine Konkurrenz zu sehen, ist verlockend, auf der anderen Seite aber auch beängstigend. »Gut«, sage ich, »einverstanden. Aber wie sollen wir das machen? Ich meine, wir können ja schlecht in die Kanzlei stiefeln und sie dort begucken.« »Natürlich nicht«, antwortet Sabine lachend, »wir machen das heimlich. Legen uns auf die Lauer. Irgendwann wird die schon das Büro verlassen. Auch solche Frauen machen Mittagspause.« Im Grunde meines Herzens finde ich die Idee fantastisch, mein kleiner Rest an Souveränität und Ego jedoch sind weniger begeistert. Wie peinlich! Als schnöde Hobbyprivatdetektivinnen jemandem hinterherzuschnüffeln. Andererseits – dieser Jemand ist gerade dabei, sich meinen Mann zu krallen, und da geht es nicht mehr um Dinge wie Souveränität, sondern ums Siegen.

Das Schlachtplanschmieden macht Spaß. Ich vergesse zwischenzeitlich sogar, dass ich eigentlich stinksauer bin und kurz vor der Scheidung stehe. »Gib mir mal die Telefonnummer von dieser Michelle«, verlangt Sabine. Will sie vielleicht vorher anrufen und uns ankündigen? »Wir wollen bei der nicht zum Abendessen eingeladen werden, wir wollen sie ausspionieren, da ruft man nicht vorher an«, weise ich Sabine auf elementarste Grundregeln der Schnüffelei hin. »Weiß ich doch«, unterbricht mich die neugeborene Mata Hari, »ich will mir nur ein Bild von ihr machen. Wenigstens akustisch. So eine Stimme sagt doch einiges über die Person aus.« Ich finde, dass das nicht unbedingt nötig ist, willige aber ein, die Nummer zu besorgen. Aus dem Kopf weiß ich sie nicht, schließlich gab es bisher keinen Grund für mich, die Telefonnummer von Belle Michelle zu kennen, und wenn ich jetzt Christoph danach fragen würde, wäre das sicherlich taktisch nicht klug und auch etwas auffällig. Wir verabreden uns für morgen Nachmittag. Ich werde Sabine vom Arbeiten abholen und dann werden wir einen ausgeklügelten Strategieplan erarbeiten. Meine Stimmung ist erheblich besser, als ich den Hörer auflege. Den Rest des Abends widme ich der Schönheit. Man kann sich wirklich stundenlang mit Körperpflege beschäftigen. Manchmal war ich da in letzter Zeit ein wenig nachlässig. Ich weiß, die gute Ehefrau lässt sich nie gehen, ist stets topgepflegt und lecker anzusehen. Im Prinzip halte ich das auch für wichtig. Im Alltag hingegen halte ich es für schwierig. Das tägliche Geschäft rund um die Kinder macht müde. Da gibt's abends Schöneres, als sich akribisch der eigenen Hornhaut zu widmen. Und da ich selten Röcke trage, ist es auch nicht dramatisch, wenn Beine zwischendurch mal ein bisschen stoppelig werden. Ich meine, nicht dass ich mir richtig Fell wachsen lassen würde. Bisher gab's noch nie Beschwerden. Gut – vielleicht ist diese Nacht gar nicht die Antwort auf die Bein-ab-Krankenhaus-Geschichte, sondern eigentlich nur der willkommene Anlass, meinen Stoppelbeinen zu entkommen. Je mehr ich darüber nachdenke, desto verzwickter wird die Angelegenheit. Ich lege eine Maske auf, rasiere, zupfe und creme. Es ist gut zu tun. Aber wer weiß, vielleicht muss dieser Körper demnächst einer Erstbesichtigung standhalten und jede Frau weiß, wie kritisch der erste Blick des potenziellen Lovers auf den nackten Körper ist. Je älter man wird, umso mehr Baustellen tun sich auf und umso hartnäckiger zerrt die Schwerkraft an einem. »Ich muss unbedingt für gutes Licht sorgen, wenn es denn soweit ist«, denke ich. »Und am besten schnell hinlegen, dann sieht der Bauch flacher aus und die Brüste hängen weniger, kippen allerdings dann seitlich weg.« Aber ein Schritt nach dem anderen. An sich lockt mich ein neuer Mann wenig, aber mal wieder auf die Pirsch zu gehen schon. Und das damit verbundene Abenteuer auch. Allein der Gedanke, bald mal was Neues zu erleben, ist berauschend. Ich brauche eineinhalb Stunden, um meinen Körper auf Vordermann zu bringen. Nur das Allernötigste und natürlich nur im Be-

reich meiner eigenen Möglichkeiten. Schwangerschafts-
streifen kann man nun mal nicht wegcremen. An einem
Abend schon gar nicht. Ab heute werde ich das täglich
tun, beschließe ich sicher nicht zum ersten Mal. Leider
kann man sich im heimischen Badezimmer kein Fett ab-
saugen oder Tränensäcke zurückschneiden. Welch eine
herrliche Vorstellung: So ein kleines Gerät, mit dem man
abends nach dem Zähneputzen an den kritischen Stellen
mal eben das überschüssige Tiramisu oder die Schnit-
zelchen absaugt. Stattdessen lackiere ich mir sogar die
Zehennägel. Gehört normalerweise nur zum Sommer-
programm, aber es soll ja nicht an den Füßen scheitern.
Wer weiß, wen ich kennen lerne. Angeblich ist die Welt
voll mit Männern, die auf Füße stehen. Ich nehme ein
klares Rot. Mit Orangetönen sieht meine Haut aus, als
wäre ich kurz vorm Ende. So blass-bläulich. Ich glaube,
Orange geht nur bei sommersprossigen Frauen oder bei
knackbraunen. Bei Nagellackfarben für die Zehen beuge
ich mich keinerlei Trends. French Manicure sieht auf ge-
pflegten Füßen wunderbar aus, aber die French Manicu-
re-Malerei ist was für Geduldige. Mehrere Schichten auftragen und dann mit Präzision und ruhiger Hand noch
den weißen schmalen Rand malen, nur damit nachher
alles wie Natur aussieht, ist nichts für mich. Bei mir wird
der Rand immer unterschiedlich dick und das sieht dann
doof aus. Mein roter Lack ist schon ziemlich eingetrocknet. Ich trage einfach mehrere Schichten auf und dann
ist das Ergebnis durchaus vorzeigbar. Wird ja niemand
mit der Lupe draufschauen. So von oben gesehen ist es
allemal in Ordnung. Leider habe ich mich beim Rasieren
mal wieder geschnitten, der Knöchel hat einen ordent-

lichen Schmiss und das, obwohl ich Einmalrasierer mit Schutzklinge verwende. Ich bin zu ungeduldig. Selbst beim Rasieren.

Als ich ins Bett steigen will, liegt Christoph schon drin. Möchte ich mit diesem Mann in einem Bett schlafen? Nach dem, was der sich geleistet hat? Wenn ich mich jetzt neben ihn legte, wäre das doch ein eindeutiges Zeichen, dass ich ihm verziehen hätte, oder? Ich bin unsicher, beschließe aber, trotzdem auf der Couch zu schlafen. Ich schnappe mir eine Decke und schleiche mich davon. Christoph grunzt ein bisschen, nimmt aber ansonsten keinerlei Notiz von mir. Also war meine Entscheidung richtig. Der hätte ja wenigstens mal an die Badezimmertür klopfen können und »Gute Nacht« sagen können. Wo hat der sich eigentlich die Zähne geputzt? Ist das nicht schon der zweite Abend ohne Zähneputzen oder hat er bei Belle Michelle schon eine eigene Zahnbürste stehen? So perfekt wie Madam ist, hat die bestimmt immer ein paar, farblich zu den Badezimmerkacheln passende, Gästezahnbürsten parat. Was kümmert es mich – so oder so –, ich schlafe im Wohnzimmer und das nicht mal schlecht.

3

Das Ende vom Lied: Am nächsten Morgen habe ich ein Sofa mit interessanten Farbspuren. Von meinem Nagellack. Eine der Schichten war wohl noch nicht ganz trocken. Das Sofa sieht aus, als hätte ein Gemetzel stattgefunden oder ein Dreh für einen wahrhaft fiesen Psychothriller. Irgendwas mit Kettensägen oder so. Ich lege erst mal ein Kissen drauf, schließlich habe ich heute einiges vor und der Lack ist sowieso schön eingetrocknet. Der rennt mir jedenfalls nicht weg!

Christoph ist ebenso wortkarg wie gestern Abend. Kein: »Hast du gut geschlafen?«, oder: »Wie geht's dir heute, mein Schatz?« Nichts. Der Alltag läuft trotz allem routiniert weiter. Wir machen das ja nicht den ersten Tag so. Er nimmt Mark mit zum Kindergarten und Claudia läuft in Richtung Schule. Als er das Haus verlässt, ruft er mir ein knappes »Tschüs« zu. Bevor ich antworten kann, ist er auch schon weg. Ich beseitige die Frühstücksspuren, trinke nochmal in Ruhe einen Kaffee und mache mich dann auf den Weg.

Heute ist ein voll verplanter Tag. Fast hätte ich es vergessen. Ich will ja zum Arbeitsamt. Egal wie das mit Christoph weiterläuft, einen Job will ich auf jeden Fall. Sollte er demnächst zu Belle Michelle übersiedeln, brauche ich einen Job – dringender denn je. Und heute Nachmittag liege ich ja auch noch mit Sabine auf der Lauer. Eine Abwechslung ist das zum üblichen Kaffeeklatsch allemal.

Auch mein Outfit ist eine Abwechslung. Normalerweise begehe ich den Mütteralltag nicht im Hosenanzug. Aber fürs Arbeitsamt werfe ich mich in Schale. Ich sehe richtig seriös aus. Und sollte ich einen Unfall haben, kann ich sogar haarlose Waden und glutrote Fußnägel (leicht verschmiert) präsentieren. Unterwegs telefoniere ich rum, um Mark und Claudia heute Mittag anderweitig unterzubringen. Ich habe zwar keine Ahnung von Detektivarbeit – es ist immerhin mein erster Einsatz auf diesem Gebiet –, aber ich habe noch nie gehört, dass man dazu Kinder mitnimmt. Obwohl man sie vielleicht als Tarnung nutzen könnte. Aber ich glaube kaum, dass die beiden Spaß daran hätten, stundenlang mit dunklen Sonnenbrillen im Auto zu warten, bis sich vor der Kanzlei irgendwas tut. Zum Glück finde ich ein Nachmittagsasyl für beide. Ich behaupte, zum Zahnarzt zu müssen, der aber leider keinen Vormittagstermin mehr frei habe. Ich schildere meine akuten Schmerzen so drastisch, dass ich davon fast wirklich Zahnweh bekomme. Ich kann ja schlecht die Wahrheit sagen: »Wissen Sie, ich muss der vermeintlichen Liebhaberin meines Mannes nachstellen und da kann ich die Kinder nicht brauchen.« Das Arbeitsamt liegt am Rande der Innenstadt. Die Parkplatzsituation ist angespannt. Ich weiß das und parke deshalb schon gleich etwa einen halben Kilometer entfernt. Ich bin heute nicht in der Stimmung, abgeschleppt zu werden. Jedenfalls nicht von einem professionellen Abschleppunternehmen.

Als ich die Straße entlanggehe, sehe ich ein Schild, das meine Aufmerksamkeit weckt: »Zeitarbeit Frisch.« Zeitarbeit – das wäre doch eventuell was für mich. Wenn die einen Job für mich hätten, könnte ich mir den Gang zum Arbeitsamt sparen. Das ist Schicksal, die warten quasi auf mich, denke ich und biege ab. Einen Versuch ist es allemal wert. Zum Arbeitsamt kann ich ja immer noch. Ich war vor Jahren mal bei einer Zeitarbeitsfirma unter Vertrag. Damals haben die mich zum Rhein-Main-TV vermittelt und die haben mich dann übernommen. Leider ist die Firma von damals mittlerweile vom Markt verschwunden. Wegen irgendwelcher Betrügereien. Klar habe auch ich schon davon gehört, dass Zeitarbeitsfirmen Ausbeuter sind, den Löwenanteil selbst einkassieren und den Beschäftigten nur kleine Summen zahlen. Aber je nachdem, was sie mir zahlen, soll mir das egal sein.

Das Büro von Zeitarbeit Frisch sieht nicht schlecht aus. Hell und modern, letztlich wahrscheinlich alles von den Angestellten bezahlt. Den Zeitarbeitern. Zeitarbeit, das erinnert mich immer an Momo und die grauen Männer. Genau wie der Angestellte, der sich gleich um mich kümmert. Ein Mann mit einem Teint, der definitiv seit Jahren keine frische Luft gesehen hat. Zeitarbeit Frisch – der Name ist jedenfalls nicht Programm. Immerhin – erster Pluspunkt – keine Wartezeit. Der Mann ist einigermaßen freundlich, aber nicht überschwänglich. Gut, es war mir klar, dass der Arbeitsmarkt auf eine wie mich wohl kaum gewartet hat. »Schade, schade, dass Sie nichts Technisches gelernt haben«, ist sein dritter Satz. »Wir haben enorme Angebote für Elektrotechniker und Ingenieure. Und erst für Maschinenbauer. Wahnsinn, Wahnsinn.« Fein für ihn, aber ich bin nun mal gelernte Speditionskauffrau und schon seit Jahren selbst aus diesem Beruf

117

raus. »Ich war beim Fernsehen Redaktionsassistentin, kann mit dem Computer umgehen, gut mit Menschen arbeiten und beherrsche Excel.« Das musste ich unterbringen. Auf meine Excel-Fähigkeiten bin ich sehr stolz. Niemand macht so herrliche Tabellen wie ich. »Das ist heute Standard«, dämpft das Graugesicht meine Euphorie. »Fast schon Mindestanforderung.« Ich wollte, ich wäre zum Arbeitsamt gegangen. Vielleicht hätte ich die beeindrucken können. Ich bin schon nach knappen fünf Minuten so weit, aufzuspringen und zu rufen: »Dann eben nicht, der Herr.« Wie geht es da Menschen, die Woche für Woche solchen Kerlen gegenübersitzen und sich Herablassendes anhören müssen? Kein Wunder, dass manche lieber auf dem Sofa liegen bleiben. Man ist ja hier, weil man arbeiten will. Wollte ich mich schnell und effektiv demütigen, würde es reichen, auf die Waage zu steigen. Ich meine, der Typ ist mit Sicherheit auch kein Ingenieur, sondern irgendeine Bürofachkraft. Wenigstens das muss ich hier noch loswerden: »Sie sind ja leider ebenso wenig ein Ingenieur, Herr Hiller«, sage ich in allerfreundlichstem Ton. »Nein, keineswegs, keineswegs«, antwortet Herr Hiller und sein ohnehin schmales Mündchen wird unter seinem imposanten Schnauzbart noch ein bisschen schmaler. Immerhin – ich konnte ihn ein wenig zurückärgern. »Ich bin Personalfachkraft«, beeilt sich Herr Hiller noch zu sagen, »und habe eine Zusatzausbildung in Psychologie.« Oh, jetzt will er es mir aber zeigen, der Herr Hiller. Was der kann, kann ich auch: »So ein Zufall«, betone ich, »das ist ja ganz ähnlich wie bei mir. Ich habe mich pädagogisch weitergebildet.« Ich finde, wer zwei Kinder über einige Jahre großgezogen hat, darf das

118

ruhig mal behaupten. In Gedanken entschuldige ich mich bei allen wirklichen Pädagoginnen. »So, so«, brummelt Herr Hiller, »dann wollen wir mal schauen, ob wir da was haben.« »Hilfskraft im Kindergarten, käme das infrage?«, fragt er erwartungsvoll. Ich würde am liebsten sagen, dass das in etwa meinem momentanen Berufsprofil entspricht. Hilfskraft im Kindergarten und Haushaltshilfe gleich Mutter. »Nein, das scheint mir nicht geeignet. Wissen Sie, Herr Hiller, da kommt mein kaufmännisches Wissen wohl nicht arg zur Geltung. Und auch finanziell klingt es nicht irre interessant.« Er hat zwar noch nichts übers Gehalt gesagt, aber schon Erzieherinnen kriegen ein Gehalt, dass einem keine Freudentränen kommen. Was da eine Hilfskraft im Kindergarten verdient, will ich gar nicht wissen. »Gut, gut«, sagt Herr Hiller nur. Wie nervig, diese ständigen Wortwiederholungen. Ob der privat auch so redet? Die arme Frau.

»Ich hätte da noch eine Idee«, bricht es aus Herrn Hiller heraus. Er sieht geradezu begeistert aus. »Ja?«, frage ich erwartungsvoll. »Also, ab übermorgen sucht eine renommierte Kanzlei eine Perle für den Empfang. Telefon, Termine und so. Bezahlung nicht übel. Juristische Vorkenntnisse wären erwünscht. Eine Urlaubsvertretung, halbtags. Mit Option auf mehr. Irgendein Notfall. Die haben heute Morgen angerufen.« Ich habe Christoph während des Studiums oft lernen sehen und sogar seine Arbeit fürs erste Staatsexamen Korrektur gelesen. Juristische Kenntnisse sind das zwar nicht direkt, aber ich weiß immerhin, wie man Paragraph schreibt. »Das klingt gut«, sage ich und füge ein weiteres »gut« hinzu. »Gut, gut.« Angeblich ist das Übernehmen von sprachlichen Angewohnheiten des Gesprächspartners die beste Taktik, eine positive Atmosphäre zu schaffen. Ich zeige meine Unterlagen, fülle Anträge aus und bin überrascht, dass die Kanzlei bereit ist, immerhin 13 Euro netto zu zahlen. Noch überraschter bin ich, als ich höre, um welche Kanzlei es sich handelt. Aber – ich bleibe cool und verziehe keine Miene. »Ach, Langner und Partner, das klingt prima. Habe ich schon mal gehört, soll eine gute Adresse sein. Gut, gut«, passe ich mich auch sprachlich weiterhin Herrn Hiller an. Ich denke nicht, dass es günstig wäre, meine persönlichen Verwicklungen einzugestehen, und die Vorstellung, morgens in der Kanzlei aufzulaufen und das junge Glück mal gründlich unter die Lupe zu nehmen, gefällt mir.

Eine Schwierigkeit könnte es aber dennoch geben. »Muss ich mich da noch vorstellen?«, frage ich vorsichtig, denn das könnte ein klitzekleines Problem werden. Schließlich kennt mich der Langner, ansonsten aber so gut wie niemand aus der Kanzlei. Und dass sich der Herr Langner persönlich um die Einstellung von Hilfskräften kümmert, glaube ich eher nicht. »Nein, nein, dafür haben die ja uns. Die wissen, dass wir verlässlich sind. Wir haben denen gerade neulich eine Top-Kraft vermittelt. Begeistert waren die. Die wissen: Zeitarbeit Frisch hält, was sie verspricht. Sie müssen da nur pünktlich übermorgen um neun sein. Telefonieren werden Sie ja können.« Bisschen freche Bemerkung, aber ich schlucke sie. Er reicht mir einen Zettel mit der Adresse. Ich muss mich beherrschen, nicht zu rufen: »Ich weiß, wo die sind.« Ich hätte theoretisch ja sogar eine Mitfahrgelegenheit. Theoretisch. Ich werde Christoph ganz sicher nicht verraten, wo ich einen Job bekommen habe. Dieses doofe Gesicht möchte ich gerne live erleben.

»Sie können sich auf mich verlassen, Herr Hiller, übermorgen um neun bin ich da.« »Ach und eins noch, Frau Schnidt, seriöse Arbeitskleidung ist erwünscht!«, sagt er streng und mustert mich. Trage ich vielleicht Hot Pants und bauchfrei? Was bildet der sich ein? Sehe ich aus wie eine, die nicht weiß, dass man nicht in Badeschlappen ins Büro schlurft? Das hier ist mein bester Hosenanzug! Der war richtig teuer. Bestimmt teurer als das gräuliche Teil von Herrn Hiller, das allerdings wirklich sehr gut mit seiner Gesichtsfarbe harmoniert. Na ja, wer weiß, was der hier verdient. Ich lasse ihm die Freude und nicke brav, »Selbstverständlich, Herr Hiller!« Er freut sich tatsächlich. Wahrscheinlich, weil die Agentur Frisch 25 Euro die Stunde bekommt und so durch jede meiner Arbeitsstunden zwölf Euro verdient – die ich erarbeite. An und für sich eine absolute Unverschämtheit. Aber ich bin einfach nur froh, einen Job ergattert zu haben. Und dann auch noch diesen. Wunderbar. Wenn das ein Omen für den Rest des Tages ist – prima, prima. Ich bedanke mich artig, setze meine Unterschrift unter die Verträge und verabschiede mich von Herrn Hiller. Wenn das alles gut läuft, bringe ich ihm bei Gelegenheit einen Obstkorb vorbei. Seine Gesichtsfarbe schreit geradezu nach Vitaminen.

Ich könnte jetzt in aller Ruhe nach Hause fahren und noch eine Maschine Wäsche waschen und mal durchsaugen. Könnte! Ich meine, es wartet ja niemand auf mich. Die Kinder sind aushäusig versorgt, Christoph ist arbeiten und die Wäsche ist heute Abend auch noch da. Bis zum Treffen mit Sabine habe ich noch ein paar Stunden Zeit. Ich werde einen schönen Stadtbummel machen, beschließe ich, und schon der Gedanke an die freie Zeit beschwingt mich. Wäre ich allein stehend, hätte ich ständig freie Zeit. Müsste nur das tun, was ich für nötig hielte.

Ich setze mich ins nächstbeste Café und feiere nur für mich allein meinen erfolgreichen Vertragsabschluss. Normalerweise hätte ich Christoph angerufen, aber unsere Telefonierfrequenz tendiert seit der denkwürdigen Nacht gen null. Das ist, gelinde gesagt, freundlich übertrieben. Wir telefonieren überhaupt nicht mehr. Nicht mal, um Organisatorisches zu klären. Ich bin nicht mal sicher, ob er sich daran erinnert, dass ich heute zum Arbeitsamt wollte. Spätestens übermorgen wird er sich erinnern!

Ich spinne meine Allein-stehend-Idee weiter. Ich liebe Was-wäre-wenn-Gedankenspiele. Ohne Kinder, ohne Mann – was wäre dann? Ausschlafen am Wochenende, ausgehen bis in die Puppen, nur die eigene Wäsche waschen, nur Essen kaufen, was einem schmeckt, nicht ständig kochen, niemanden rumkutschieren, schlafen wann immer man will. Einfach nur die eigenen Bedürfnisse befriedigen. Im Rausch dieser Gedanken kann ich die momentane Weinerlichkeit vieler Singles überhaupt nicht verstehen. Die haben nicht den leisesten Schimmer, welch herrliches Leben sie führen, denke ich und rühre in meinem Cappuccino. Sabine klagt zum Beispiel ständig, wie sehr sie es vermisst, für jemanden sorgen zu können. Ich kann verstehen, dass die Vorstellung, für jemanden zu sorgen, schön ist, die Realität ist allerdings extrem arbeitsintensiv. »Es ist dieses Gebraucht-werden-Gefühl. Das ist doch etwas, was wirklich Sinn macht im Leben, wenn man weiß, dass einen jemand braucht.« Auch ich mag dieses Gefühl, nur damit allein ist es eben nicht getan. Ich habe Sabine schon oft angeboten, mal für eine Woche mein Leben zu leben – quasi zu tauschen (wie bei RTL 2 in dieser Sendung »Frauentausch«) – und ich bin mir nach wie vor sicher, dass sie schon nach einer Woche freiwillig und voller Begeisterung in ihr altes Leben zurückkehren würde. Wüssten Frauen im Detail, worauf sie sich einlassen, wenn sie eine Familie gründen, würden es sich viele nochmal überlegen. Das klingt jetzt sicher sehr gemein und egoistisch, aber wenigstens gedanklich wird man seinen Egoismus ja mal ausleben dürfen. Mit mangelnder Liebe hat das Ganze, meiner Meinung nach, wenig zu tun. Ich liebe meine Kinder, bis gestern war ich mir auch bei meinem Mann ziemlich sicher – aber lieben heißt eben in ganz kleinen Dosen auch dienen und damit habe ich, ab und an, gewisse Schwierigkeiten. Außerdem hat der Mensch es ja nun mal gerne, wenn sich Geben und Nehmen die Waage halten. Bei Kindern kann das naturgegeben die ersten Jahre ja nicht so sein. Für Alltagstätigkeiten der unattraktiven Art, wie zum Beispiel im Haushalt, sind sie nicht einsetzbar. Das, was man zurückbekommt, sind emotionale Gunstbezeugungen. Sicherlich ist es wunderbar, wenn kleine klebrige Hände einem übers Gesicht streichen und man sich geliebt fühlt. Schon deshalb war das frühere Lebensmodell irgendwie fairer. Man hat die Kinder großgezogen und dafür haben die sich im Alter um die Eltern gekümmert. Heute bekommt man, wenn es gut läuft, mal Besuch im Heim. Immerhin: Ich habe zwei Kinder – das erhöht die Chancen ungemein.

123

»Ist hier noch frei?«, unterbricht mich jemand in meinem Was-wäre-wenn-Spiel. Ich schaue auf und sehe Herrn Hiller vor mir stehen. Das graue Männchen. Er strahlt mich an. »Klar, Herr Hiller«, sage ich, obwohl ich nicht wirklich heiß auf Gesellschaft bin. Vor allem nicht auf die von Herrn Hiller. »Na, Mittagspause«, beginne ich trotzdem wohlerzogen die Konversation. Man soll nicht undankbar sein. Immerhin hat mir dieser Mann vor einer guten Stunde einen Job besorgt. »Ja, schon«, antwortet er, »aber ehrlich gesagt, eigentlich trainiere ich.« Nennt man jetzt Kaffeepause auch schon Training oder wovon redet der? »Ich mache zur Zeit ein Theorie- und Praxisseminar und nutze meine Mittagspause für ein paar Praxiseinheiten«, erklärt er, ohne dass ich nachfragen musste. Hat er eine Caféphobie und muss seine Ängste überwinden oder traut er sich nicht aus dem Haus? Der arme Kerl – dieses graue Gesicht kommt daher, dass er seit Jahren, vor lauter Angst, seine Wohnung nicht verlassen konnte. Ein Angstpatient. »Ja, prima«, lobe ich ihn deshalb gleich, »klappt doch schon toll.« Ich glaube, das nennt man positive Verstärkung. »Finden Sie, dass das toll war?«, fragt er. »Ich finde, wenn man seine Ängste überwindet, endlich mal wieder rausgeht, ist das immer eine tolle Sache, das wird Ihnen Ihr Analytiker doch auch gesagt haben.« Er stutzt. »Welcher Analytiker? Ich bin in einem Flirtseminar ›Kennen lernen leicht gemacht‹.« Das war ja jetzt wohl das, was man klassisches Aneinandervorbeireden nennt. Graugesicht macht also ein Flirtseminar. Aber was will der da an meinem Tisch? Bedeutet das, Herr Hiller flirtet mit mir? Hilfe! »Trinken Sie auch so gerne Cappuccino?«, verlagert er jetzt das Gespräch auf ein anderes Thema. Wahrscheinlich ist ihm klar geworden, dass es ein wenig ungeschickt ist, direkt mit der Tür ins Haus zu fallen. »Ja, klar. Sonst hätte ich ja keinen bestellt«, antworte ich und überlege, wie ich das brünstige Graugesicht wieder elegant loswerden kann. »Wenn Sie auch gerne Cappuccino trinken, dann können wir ja mal zusammen einen Cappuccino trinken«, legt Herr Hiller jetzt richtig los. »Das tun wir doch schon, Herr Hiller«, versuche ich, ihn ein bisschen zu beruhigen. »Wir trinken Cappuccino – also jedenfalls ich – und wenn Sie der Kellnerin sagen, dass Sie auch einen wollen, dann ist es so weit und wir trinken zusammen Kaffee.« »Hm, hm, hm«, stammelt Herr Hiller verlegen, »also ich finde Sie sehr, sehr interessant.« Oh, das sieht mir schon nach Phase zwei aus. Komplimente machen, bevor die Beute reif fürs Nach-Hause-Bringen ist.

Jetzt muss ich wirklich sehen, dass ich Land gewinne, sonst tatscht der mich noch an. Er leckt sich schon dauernd seine schmalen Lippen und fährt sich mit der Hand durchs übersichtliche Haupthaar. Ich habe den Eindruck, im Seminar war auch Körpersprache ein Thema. Dieses Gelecke und Haargefummel sollen Zeichen sein. Ich muss kurzen Prozess machen. »Herr Hiller, danke fürs Kompliment, ich hatte vorhin gar nicht den Eindruck, dass Sie mich so interessant finden, aber es freut mich natürlich.« Bevor ich sagen kann, dass ich jetzt unbedingt los muss, räuspert sich Herr Hiller. »Ehrlich gesagt, Frau Schnidt, ich fand Sie auch nicht so interessant. Aber als Sie hier saßen, dachte ich, die kennst du wenigstens ein bisschen, die kann nicht gleich wegrennen. Und mein Seminarleiter, der Herr Gölgner, hat gesagt, wenn uns nichts anderes einfällt, sollten wir ›interessant‹ sagen. Und ehrlich sein.« Das wäre ein schönes Suchspiel: Wie viele Unverschämtheiten waren in diesem Satz versteckt? Ich bin nicht interessant, aber außer interessant ist ihm bei meinem Anblick nichts eingefallen und er hat mich nur angesprochen, weil er wusste, dass ich wegen des Jobs nicht direkt wegrennen würde. Job hin, Job her, da hört nun wirklich der Spaß auf. »Herr Hiller, ich glaube, Sie brauchen noch sehr viel Training«, sage ich total streng und gucke ihn dabei so böse wie möglich an. »Frau Schmidt, Entschuldigung, ich bin, ach es ist nur, ich kann es einfach nicht.« Er schnüffelt. Mein Gott, der wird doch hier, mitten im Café, nicht anfangen zu weinen. Doch – er tut es. Und das auch noch ziemlich lautstark. »Ich versaue es immer«, unterbricht er einen Weinkrampf, »nicht mal Sie mögen mich. Ich sehe es doch.« »Nicht mal Sie« war schon wieder frech, aber ich kann schlecht auf einen draufhauen, der schon nicht mal mehr am Boden, sondern fast darunter liegt. Ich reiche ihm ein Taschentuch und bitte ihn, sich erst mal zu beruhigen.

Das ganze Café schaut so unauffällig wie möglich zu unserem Tisch. Bestimmt denken alle, ich hätte Herrn Hiller unendliches Leid zugefügt. Ihn gerade verlassen oder so. Wie peinlich, denn das bedeutet im Umkehrschluss ja auch, dass ich mit Herrn Hiller zusammen war. Sein Weinen macht mich jedenfalls offensichtlich unbeliebt. Dabei war er derjenige, der frech war. Immerhin hat er jetzt schon wieder eine bessere Gesichtsfarbe und langsam versiegen auch die Tränen. »Entschuldigung, Frau Schmidt, das musste mal sein«, sagt er und schnäuzt sich gründlich. »Vergessen Sie alles, was ich je gesagt habe, Sie sind eine gute Frau, so verständnisvoll, aber ich lasse Sie in Ruhe. Frauen wie Sie geben sich nicht mit Männern wie mir ab. Es ist immer das Gleiche.« Ja, da hat der Herr Hiller mal was Wahres gesagt. Ich bin eine gute Frau, auch wenn das in meinem Umfeld einige zurzeit nicht kapieren. »Oder würden Sie mit mir vielleicht mal ausgehen?«, fragt er nun schüchtern. Wie komme ich aus dieser Nummer jetzt raus? Wenn ich nein sage, fängt der garantiert direkt wieder das Heulen an. »Ja, warum denn nicht«, sage ich deshalb und hoffe, dass er das schnell wieder vergisst. Ansonsten muss ich meinen Mann ins Spiel bringen. »Jetzt muss ich aber los, Herr Hiller«, sage ich just in dem Moment, in dem er seinen Cappuccino bekommt. »Lassen Sie mich nur alleine hier sitzen, ich kenne es ja nicht anders«, schnüffelt er nochmal fast lautlos. »Ich bin verheiratet, Herr Hiller, aber ich bleibe, bis Sie in Ruhe Ihren Kaffee getrunken haben und es Ihnen wieder besser geht«, spiele ich ab jetzt mit offenen Karten. »Oje, verheiratet. Das hätte ich mir denken können, bei so einer Frau.« Mann, der kann ja richtig charmant sein. Eben noch war ich nicht mal interessant und jetzt sagt er: »bei so einer Frau.« »Sind Sie glücklich?«, fragt er mich vollkommen ungeniert. Was für eine Frage. Glücklich? »Ja, natürlich«, will ich sagen, halte aber dann doch inne. Irgendwie hat das Herr Hiller nach seinem Seelenstriptease nicht verdient, dass ich ihn mit einer so lapidaren Antwort abspeise. »Ja, schon«, beginne ich also, »aber momentan ist alles ein riesiger Kuddelmuddel.«

Ehe ich mich versehe, habe ich einem mir bis vor zwei Stunden wildfremden Menschen meine Lebensgeschichte erzählt. Herr Hiller ist ein guter Zuhörer. Leidet mit. Stöhnt an den passenden Stellen und ist, wie liebenswürdig, ganz auf meiner Seite. Das bringt einen zwar inhaltlich nicht unbedingt weiter, tut aber gut. Streicheleinheiten für die Seele. Sogar seine Wortwiederholungen stören mich auf einmal weniger. »Ich werde ihnen helfen«, sagt er dann, als ich gerade dabei bin, ihm von meinen Racheplänen zu erzählen. Will er sich als männliche Belle Michelle ins Spiel bringen? »Übrigens, ich heiße Helmuth, mit teha hinten. Helmuth Hiller. Jetzt, wo wir quasi zusammenarbeiten, können wir doch das Sie weglassen.« Er beugt sich zu mir rüber. »Ich bin die Andrea«, sage ich und ehe ich mich versehe, hat er mir mit seinen schmalen Lippen einen Kuss aufgedrückt. Hätte ich nicht noch reflexartig meinen Kopf zur Seite bewegt, hätte er mich auf den Mund geküsst. So erwischt er nur die untere Wangenhälfte. Hat sich aber nicht übel angefühlt. War vielleicht doch ein wenig voreilig, Helmuth in meine Ehegeschichten einzuweihen, aber wer weiß, vielleicht kann er mir wirklich behilflich sein. »Lass uns gleich heute Abend ausgehen«, schlägt er, vom Küssen offensichtlich euphorisiert, vor. Der hat in seinem Flirtseminar anscheinend gelernt, nie locker zu lassen. »Ich weiß nicht, ob ich heute Abend weg kann. Ich meine wegen der Kinder und so«, versuche ich, aus der Sache ein wenig Tempo zu nehmen. Der geht ja ran wie nichts. »Es geht hier nicht um mich und das, was mir sicher gefallen würde«, beschwichtigt mich mein neuer Freund, »sondern um dich. Du musst deinem Mann ein bisschen Druck machen. Ihn eifersüchtig machen. Ich rufe an und dann sagst du, dass du nochmal weg musst, wegen eines

Jobangebots oder so.« Ach du je – der Job. Das ist das Einzige, was ich Helmuth noch nicht gesagt habe. Dass mein Mann in eben der Kanzlei tätig ist, in die er mich vermittelt hat. Ich werde es nicht sagen. Noch nicht. Bei all unserer neuen Freundschaft, wer weiß, ob er da nicht sagt: »Bei aller Liebe, Andrea, das geht nicht.«

»Was ist jetzt, Andrea«, insistiert er, »gehen wir heute aus?« Warum eigentlich nicht? Man muss mit dem Sich-Rächen ja irgendwie anfangen. Herr Hiller ist optisch zwar nicht ganz das, was ich mir vorgestellt habe, aber als Einstiegsmodell sollte er gehen. Wenn der ein bisschen was tun würde, sähe er gar nicht mal so schlecht aus. Nur dieses Gräuliche ist wirklich unattraktiv. Außerdem erinnert er mich an jemanden. Jetzt weiß ich's – er hat was von Horst Schlämmer, diesem fiesen Reporter, den Hape Kerkeling spielt. Nur weniger dummdreist und noch gräulicher im Ganzen. Seine Haare sind zu lang, weder lockig noch glatt und haben eine undefinierbare Farbe. Ein wohlwollender Friseur würde dazu wahrscheinlich dunkelblond sagen. Und es fehlt ihnen jeglicher Glanz und das ist es auch, was den ganzen Helmuth auszeichnet. Er ist glanzlos. Sein Schnauzbart gehört gestutzt oder besser noch entfernt und seine Klamotten sind zwar korrekt, aber eben auch nur das. Helmuth ist bei genauerer Betrachtung eigentlich eine sehr traurige Erscheinung. Man sieht ihm an, dass es mit seinem Selbstbewusstsein nicht weit her ist. Sein Äußeres schreit geradezu: »Ich bin eine Null.« Vorhin in seinem Büro ging es noch gerade. Jetzt, ohne den Schreibtisch, den großen Lederchefsessel und diesen Hauch von Macht, Jobs vergeben zu können, ist es offensichtlich. Während ich ihn betrachte, steigt auch in mir eine ziemliche Traurigkeit hoch. Gucke ich da eventuell in mein männliches Spiegelbild? Strahle ich ähnlich wenig Selbstvertrauen aus? Bin ich ebenso glanzlos? Ich könnte einfach losheulen. Aus Mitleid. Für Helmuth und ein bisschen auch für mich. Und für all diese anderen glanzlosen Menschen auf der Welt. Die Helmuths und Andreas.

Es ist früher Nachmittag und noch immer kein Lebenszeichen von Christoph. In meiner momentanen Stimmung möchte ich ihn anrufen, nein, besser gleich hinfahren, ihn in den Arm nehmen, heulen und mich dann trösten lassen. Von einem Mann, der Christoph heißt, mein Mann ist und der sagt: »Hase, das war doch alles nur ein riesengroßes Missverständnis.« »Andrea, guckst du in die nächste Woche oder wo bist du?«, stört mich Helmuth in meinen Gedanken. Auch an seinem Sprücherepertoire muss Helmuth dringend arbeiten. Das hat ja schon mein Vater gesagt: »Guckst du in die nächste Woche?«

»Ich muss los«, informiere ich Helmuth und verspreche tatsächlich, heute Abend mit ihm auszugehen. Sollte Christoph allerdings einlenken oder in den nächsten 60 Minuten anrufen und sich wortreich entschuldigen, werde ich Helmuth einen Korb geben. Das sage ich ihm jedoch nicht. Wenn sein Gemütszustand ähnlich ist wie meiner, tut es ihm gut, wenigstens bis heute Abend glauben zu können, er habe endlich auch mal eine Verabredung. Er schreibt sich meine Telefonnummer auf und sagt dann noch: »Deinen Cappuccino übernehme ich, Andrea. Heute Abend können wir ja dann halbe-halbe machen.« Ich Trottel sage auch noch danke. Danke zu einem Mann, der schon vor dem Date klarmacht, dass er mein Essen keinesfalls bezahlen wird. Aber voller Großzügigkeit einen Cappuccino übernimmt. Unfassbar, da heult der mich voll, jammert und fleht, ich habe richtig Mitleid und dann so was! Wenn ich Helmuth ein wenig besser kenne, muss ich ihm sagen, dass eine solche Äußerung fast schlimmer ist als ekliger Mundgeruch. Sparbrötchen haben bei Frauen kaum Chancen. Um nicht zu sagen keine. Ich kann gar nicht genau sagen warum, aber ein Mann, der so genau auf den Cent guckt, wirkt extrem unerotisch. Heutzutage reden sich Geizhälse ja gerne mit der Emanzipation heraus. Nach dem Motto: Ihr wolltet es doch so! Als hätte Gleichberechtigung was mit Galanterie oder Höflichkeit zu tun. Keine Frau erwartet mehr, dass ein Kerl sie aushält (okay fast keine!), aber ein gewisses Maß an Höflichkeit kommt immer noch sehr gut an. Oder besser gesagt ein Maß an Großzügigkeit. Großzügige Menschen haben besseren Sex. Davon bin ich absolut überzeugt. Das hat was mit der so genannten Gebermentalität zu tun. Vielleicht hätte ich sogar Helmuth eingeladen, einfach so, aus Nettigkeit. Mal zahlt der und mal der. Das ist angenehm. Dieses ewige Auseinanderrechnen zeigt doch viel über die Geisteshaltung des Rechners.

Meine Güte, was für eine menschliche Großbaustelle habe ich da aufgetan. Je mehr ich über Helmuth nachdenke, desto besser fühle ich mich. Ich weiß, dass es sehr unschön ist, sich am Elend der anderen zu ergötzen, aber Helmuth ist wirklich ein einziges Elend und momentan kann ich jede Ermunterung vertragen. Noch zweieinhalb Stunden Zeit, bis Sabine und ich uns treffen, aber noch mehr Zeit mit Helmuth hätte ich schwerlich ertragen.

Außerdem muss der sicherlich bald zurück in seine Zeit-arbeitsfirma. Aus der Ferne kann mich Helmuth, beziehungsweise der Gedanke an ihn, aufbauen, aus der Nähe zieht er mich unwillkürlich mit runter. Ob das eine gute Ausgangsbasis für den heutigen Abend ist, wage ich zu bezweifeln. Ob aus zweimal Elend Heiterkeit entstehen kann? Ich beschließe, schon als insgeheime Wiedergutmachung meiner schlechten Gedanken, Helmuth zu helfen. Sonst kommt der Mann nie auf einen grünen Zweig. Ich werde ihm die Wahrheit sagen, aber erst heute Abend. Vielleicht nachdem wir schon das ein oder andere Glas Wein getrunken haben. Und dann wird Helmuth verändert. Ich bin ein großer Fan aller Vorher-nachher-Shows und was bei einem Wohnzimmer geht, sollte doch auch bei einem Helmuth funktionieren. Neue Farbe und mehr Glanz. Und eine schöne Aufgabe für mich.

Sabine und ich wollen uns in der Fußgängerzone treffen. Vor »Lara« – der In-Boutique. Um mir die Zeit zu vertreiben, schlendere ich durch die Stadt. Als ich mich selbst im Schaufenster sehe, bekomme ich einen Schreck. Mein Hosenanzug sieht nicht schlecht aus, spannt aber an den Innenseiten der Schenkel. Trotzdem, er geht durch. Aber mein Kopf. Ich habe einen langweiligen Kopf. Also besser gesagt, eine langweilige Frisur. Meine Haare hängen, obwohl sie frisch gewaschen sind, runter wie zu lang gekochte Spaghetti. Al dente sind sie wirklich nicht. So lasch. Das auf meinem Kopf Frisur zu nennen, wäre gewagt. Und meine Haarfarbe ist kaum besser als die von Helmuth. Ich beschließe, mir was Gutes zu tun. Ich kann schlecht an Helmuths Frisur rumnörgeln und gleichzeitig selbst aussehen, als würde ich mir mit der Nagelschere die Haare schneiden – wenn überhaupt. Mein Haar war schon immer schwierig. Meine Hauptproblemzone. Ich kaufe jede Frauenzeitschrift, die Frisuren auf dem Titel hat und Hoffnung verspricht. Ich bräuchte jemanden, der jeden Morgen vorbeischaut und das bisschen auf meinem Kopf föhnt, mit Rundbürsten bearbeitet und stylt. Da ich aber nicht Camilla heiße und mit Prinz Charles verheiratet bin und deshalb auch kein 3000-Euro-Budget im Monat übrig habe, muss ich selbst sehen, wie ich mit dem Elend zurechtkomme. Das führt dazu, dass ich mein halblang gezüchtetes Haar meist einfach nach hinten kämme und einen Gummi rein mache. Das, was hinten aus dem Haargummi rausschaut, könnte man, wenn man sehr optimistisch ist, Pferdeschwanz nennen. Mauseschwanz würde es von der Menge her eher treffen.

Ich werde zum Friseur gehen. Ja, das ist es. Ich lasse mir einen neuen Kopf machen. Es gibt massenweise Friseure in der Innenstadt und trotzdem handele ich mir vier Absagen ein. »In drei Wochen könnten Sie Donnerstag um siebzehn Uhr fünfzehn einen Termin haben«, näselt mir eine aufgebrezelte Empfangsdame schließlich im absoluten In-Salon entgegen. Aber damit ist mir leider auch nicht geholfen. Wenn ich zum Friseur will, dann muss es sofort sein. Ich bin keine gute Planerin. Jedenfalls nicht, wenn es um meine Haare geht. Sofort oder gar nicht. Wer weiß denn schon, wie es um meine Entscheidungsfreude in drei Wochen bestellt sein wird. Anscheinend gucke ich so enttäuscht, dass die Frau ein Einsehen hat. Sie schaut mir auf die Haare und man sieht, dass sie die Dringlichkeit erkennt. Ihr Entsetzen kann sie kaum verbergen.

»Sie könnten beim Miro gleich drankommen«, bietet sie mir an. Bevor ich nachfragen kann, warum außer mir niemand einen Termin beim Miro haben will und das in einem Salon, der ansonsten bis in drei Wochen ausgebucht ist, erklärt sie: »Der Miro ist unser Azubi, aber fast schon fertig.« Ich zögere, schließlich ist mein Kopf kein Experimentierfeld oder Testgelände, aber sie ruft ihn schon. Miro ist ein schwarzgekleideter Hüne mit einem imposanten tigerartigen Tattoo auf dem linken Arm und Ketten um den Hals, als würde er nebenbei als Rapper arbeiten. Obwohl ich noch immer nicht ja gesagt habe, reicht mir Miro einen Umhang und ehe ich mich wehren kann, sitze ich auch schon mit schwarzem Frisierumhang vor einem Spiegel. Erstaunlicherweise sind gerade Friseure oft Menschen, die erstaunlich schlecht frisiert sind. Bei Miro kann ich das allerdings nicht beurteilen. Er hat keine Haare. Er trägt Glatze. Ob es an verfrühtem Haarausfall liegt oder einfach nur stylisch sein soll, weiß ich noch nicht. »Und«, begrüßt mich Miro, »wie willst du deine Haare?« Der duzt mich einfach. Das heißt, ich sehe jung aus. Immerhin. »Kann ich ein paar Hefte haben, um mir eine Frisur auszusuchen?«, frage ich ein wenig eingeschüchtert. »Hefte?« Miro guckt, als hätte ich beim Friseur einen Teller Rigatoni extra scharf bestellt.

Ich fand diese eingeschweißten Ordner mit den Frisurenbildern früher immer sehr hilfreich, aber anscheinend haben sich die Zeiten geändert. Dann muss ich eben sehen, wie ich ihm so erkläre, was ich will. »Ich hätte gerne mehr Haare. Also, es soll so aussehen, als hätte ich mehr Haare«, beginne ich mit der Beschreibung meines Wunschkopfes. »Zaubern kann ich nicht!«, lacht der

Kerl da nur frech. »Da muss auf jeden Fall Farbe rein«, sagt er und streift mit den Fingern durch meine Haare. Er hat sehr seltsame Finger. Das dritte Fingerglied, das, wo dann auch der Nagel ist, ist etwa doppelt so lang wie üblich. Mindestens doppelt so lang wie das mittlere Glied. Dass so eine kleine Abweichung vom Durchschnitt so auffallen kann, hätte ich nicht für möglich gehalten. Ob ihn das genauso stört wie mich meine Haare? Weiß er es überhaupt? Ist das ein familiäres Merkmal? Oder was Krankhaftes? Ich bin richtiggehend fasziniert von diesen seltsamen Fingern. »Strähnen in mehreren Farben, Honig, aschig und Gold und ein paar Highlights in Platin«, stört er meine Fingergliedanalyse und fährt mir weiter mit seinen Spinnenfingern durchs Haar. Ich habe meine Zweifel, dass er für diese Farbpalette überhaupt genug Haare findet, aber wenn er meint, dann nur zu. »Einverstanden«, sage ich. Aber Farbe allein wird wohl nicht reichen. »Vom Schnitt her hätte ich gerne so was Fransiges, Durchgestuftes wie diese Meg Ryan hatte«, bringe ich meine eigenen Ideen jetzt mal ins Spiel. »Aber nicht so wie in ›Harry und Sally‹, diese Locken will ich nicht. Mehr so wie später, so wie jetzt Jane Fonda die Haare hat, nur halt länger.« Ich finde, das war jetzt eine klare Ansage. Miro allerdings guckt, als hätte ich mongolisch gesprochen. »Welche Meg und welche Fonda?«, fragt er mich verwirrt. Liest der keine Bunte, guckt der keine Kinofilme, wo lebt dieser Mann? Diese Frage von ihm macht mich definitiv alt. Wie soll ich denn diesem Kerlchen jetzt erklären, wer Jane Fonda ist und vor allem – was bringt es? Dann weiß er ja immer noch nicht, wie die zurzeit auf dem Kopf aussieht. »Ich hole mal den

135

Chef«, schlägt er vor. Gute Idee. Ich hoffe, der ist einen Tick älter oder hat wenigstens eine etwaige Vorstellung davon, wie Meg Ryan oder Jane Fonda aussehen.

Der Chef ist ein kleines Männchen, auch komplett schwarz gekleidet, hat aber mehr Haar als sein Azubi (zum Glück, denn das hätte mich sonst schon ein wenig beunruhigt). Seine Frisur ist gewöhnungsbedürftig, denn er trägt einen tiefen Seitenscheitel und einen mega Pony, der ihn quasi zum Einäugigen macht. Deshalb hält er seinen Kopf wahrscheinlich auch leicht schief. Ob das alltagstauglich ist, bezweifle ich. Seine Frisur schreit geradezu nach einer Haarspange. Er murmelt eine Art Begrüßung, schmeißt mit einem Kopfschwenk seinen Pony aus dem Gesicht und ich sehe mit einer gewissen Erleichterung, dass er zwei Augen hat. Nach diesem kurzen Hallo wendet er sich dann Miro zu. »Was willst du damit machen?«, fragt er seinen Auszubildenden. Und ich finde das Wort »damit« im Zusammenhang mit meinem Haar ein wenig despektierlich. »Highlights, Foliensträhnen in verschiedenen Blondtönen und sie will so was Durchgestuftes, ich glaube, so wie es vor zwei Jahren mal Trend war.« Da hat er es mir aber gegeben. Ich bin also eine hoffnungslos altmodische Trulla, tröste mich aber mit dem Gedanken, dass es Jane Fonda dann auch nicht besser geht. Außerdem – wenn das auf dem Chefkopf der neuste Trend ist, nehme ich lieber einen älteren. »Ich möchte durchgestufte, fransige Haare, aber nicht so, dass es abgefressen aussieht. Wie Jane Fonda sie jetzt hat. Aber halt in länger«, wage ich einen erneuten Anlauf beim Chef. Er nuschelt irgendwas wie: »hm, hm.« Ist das jetzt Zustimmung oder will er mir nur klarmachen, dass er mir zugehört hat? »Sie

wissen, was ich meine?«, traue ich mich deshalb noch ein
weiteres Mal, das Wort an den Meister zu richten. Ich
meine, schließlich geht es hier um meinen Kopf, da werde ich ja wohl mal eine Anmerkung machen dürfen. »Ist
klar«, sagt er. Nachdem er meine fünf Haare ein weiteres
Mal betatscht und dabei sorgenvoll das Gesicht verzogen
hat, sagt er: »Ich wäre allerdings eher für einen Short-
Cut. Bubikopfmäßig. Raspelkurz am Kopf eng dran. Mia
Farrow in ›Rosemarys Baby‹ hatte so eine Frisur.« Mia
Farrow in »Rosemarys Baby«? Einer der gruseligsten
Filme, den ich je gesehen habe. Auch an die Frisur kann
ich mich erinnern. Ein echter Bubenhaarschnitt, mit dem
Mia Farrow aber ausgesprochen toll ausgesehen hat. Nur
muss man sagen, dass Mia Farrow figürlich so ein Audrey-
Hepburn-Typ war. Schmal und filigran. Eher androgyn.
Etwas, was man von mir nicht behaupten kann. Ich habe
einen fatalen Hang zum Aufspecken. Und auch, wenn
ich nicht fett bin, filigran ist nochmal was anderes. Ich
habe schon immer eher eine Tendenz zum Moppel, ohne
einer zu sein. Aber ich weiß, was da lauert, und bin auf
der Hut. Warum also der Kurzhaarschnitt? Damit meine
Steckernase besser zum Vorschein kommt oder weil man
mit meinem Haar einfach keine anderen Möglichkeiten
hat? Bei aller Hochachtung für den Meisterfriseur, kurze
Haare kommen für mich nicht infrage. Ich will keine.
Nicht, dass ich sie nicht bei anderen toll finde, aber ich
selbst mit kurzem Haar – eine schreckliche Vorstellung.
»Nein, auf keinen Fall«, beziehe ich klar Position. Ich lasse mich doch nicht von so einem beschwatzen. Nachher
muss schließlich ich mit der Frisur leben. Christoph wäre
zutiefst geschockt – was man bei der momentanen Lage

137

natürlich durchaus auch als Vorteil werten könnte. Aber im sowieso schwierigen Zweikampf mit Belle Michelle bringt mich so ein Kopfkahlschlag nicht voran.

»Es ist Ihr Kopf«, sagt der Friseur und klingt ein wenig verärgert. »Genau, es ist mein Kopf und deshalb möchte ich auch gerne entscheiden. Lang lassen, aber durchgestuft und mit mehr Farbe – das ist das, was ich will.« Der Meister nickt Miro zu und entfernt sich mit einem Schulterzucken, was übersetzt wahrscheinlich heißen soll: »Dann schneide der Unbelehrbaren und Ahnungslosen halt Stufen in ihr klägliches Haar.« Kaum ist der Meister weg, stimmt mir Miro zu: »Nee, also so kurze Haare, das ist nichts für Sie.« Angsthase. Hätte er doch auch eben sagen können. Aber gut. Man muss zugeben, er ist Auszubildender und damit quasi in einem Abhängigkeitsverhältnis. »Erst die Farbe, dann der Schnitt«, erklärt mir Miro das weitere Vorgehen. Nach einer weiteren halben Stunde sitze ich mit einem Kopf voller Alufolienstreifen da und starre in den Spiegel. Ich sehe aus wie eine Außerirdische mit einem silbernen Strahlenkranz um den Kopf, aber Miro ist glücklich. Weil das Strähnen so schnell ging. »Es gibt Frauen, da brauche ich zwei Stunden, um durchzusträhnen«, erzählt er mir stolz. Der Meister kommt wieder, um zu kontrollieren. Immerhin. Man lässt hier in diesem Trend-Salon die Azubis nicht einfach so vor sich hin wurschteln.

Nachdem er die Folie abgenickt hat, geht er, zwei Stühle weiter, zu einer Kundin mit unbeschreiblichem Haar. Das hat ein Volumen, dass man daraus locker vier Köpfe mit meiner Haarmenge ausstatten könnte. Ich kann sie direkt nicht besonders leiden. Neid schafft selten Sympathie. Hinzu kommt ihr Wehklagen. Sie möchte ihr Haar ausgedünnt haben und ich habe das Gefühl, dass sie dabei ständig zu mir rüberschaut und extra besonders laut jammert. Doofe Kuh. Nach weiteren zwanzig Minuten wird die Alufolie entfernt und die Farbe ausgespült. Das Ergebnis, soweit ich das im nassen Zustand beurteilen kann, ist gut. Es sieht einigermaßen natürlich aus. Ich bin beruhigt. Jetzt geht es ans Schneiden. Miro ist kein Plauderer. Er wirkt konzentriert und schnippelt vor sich hin. Es sieht immerhin recht professionell aus. Jedenfalls soweit ich das beurteilen kann. Ich bin nervös. Er schneidet und schneidet. Als er endlich die Schere aus der Hand legt, stoßen meine Haarspitzen gerade noch auf die Schultern und das, wo ich doch so stolz auf mein langes Haar war.

»Kann ich die noch zum Pferdeschwanz binden?«, frage ich ängstlich. »Nee, glaub ich nicht«, sagt er und wirkt vollkommen unerschüttert. Was heißt in diesem Zusammenhang eigentlich glauben? Ich bin geschockt und fühle mich wie ein Kind, dem man im Schwimmbad die Flügelchen wegnimmt, kaum dass es einen Zug allein schwimmen kann. »Du wolltest doch eine Frisur und keinen Pferdeschwanz«, redet er weiter. Das stimmt natürlich, aber einen offenen Notausgang zuzubetonieren ist nicht das, was ich mag. Na ja. Zu spät. Ab ist ab. Er föhnt, arbeitet mit Bürsten und das, was ich eine viertel Stunde später sehe, ist großartig. Ich habe locker fallendes, glänzendes und blondes Haar. Ich könnte den Kerl küssen.

»Fantastisch«, lobe ich Miro. Er lacht: »Schön, wenn du es magst.« Ich kann gar nicht genug bekommen von meinem Spiegelbild. Ich drehe den Kopf, werfe mein Haar und bin begeistert. Leider ist auch die Rechnung fantastisch. Ich bezahle 89 Euro fürs Strähnen und 59 Euro fürs Schneiden. Außerdem schwätzt mir Miro noch eine Fönbürste, ein Glanztonic und ein Spezialshampoo für feines Haar auf, denn ohne das geht laut Miro bei meinem Haar gar nichts. Macht alles in allem 227 Euro und 80 Cent. Dafür hätte ich mir ja fast schon Extensions machen lassen können. Aber Extensions, diese künstlichen Haarsträhnen, die angeschweißt werden, mit so einer Art Heißkleber, sehen in dünnem Haar oft seltsam aus. Die lassen sich einfach nicht verstecken. Man muss Haare haben, bei denen man eine Schicht hochheben und die Extensions darunter anbringen kann. Wer wenig Haar hat, hat keine Schichten zum Hochheben. Bei mir schimmern ja die Ohren schon durch. Also hätte ich dann am gesamten Kopf sichtbare Heißkleberknötchen. Insofern kommen Extensions also für mich nicht infrage. 227,80 – eine Menge Geld, aber mein Haar sieht wirklich gut aus. Für das Geld hätte ich sicherlich mindestens fünfmal zum Dorffriseur gekonnt. Ich bin gespannt, was Sabine sagen wird. Ich stecke Miro noch fünf Euro zu, bedanke mich und verlasse den Salon. Er steckt mir noch eine Karte zu und sagt: »Bis in fünf Wochen.« Das habe ich überhaupt nicht bedacht. Ein Haarschnitt muss ja ständig nachgeschnitten werden, um gut auszusehen, und Strähnchen wachsen raus. Aber vielleicht kann ich ja mit diesem guten Grundschnitt dann bei uns zum Friseur. Nachschneiden, wenn die Basis mal da ist, kann so schwer ja nicht sein. Außerdem – was sorge ich mich jetzt. Jetzt sollte ich das 227-Euro-80-Wunder auf meinem Kopf genießen. Schließlich ist das eigentlich der erste Friseurbesuch, bei dem ich nach Verlassen des Salons nicht direkt den Impuls habe, mein Haar unter den nächsten Wasserhahn zu stecken und alles zu verändern. Ich bin richtiggehend euphorisiert. Was eine tolle Frisur so ausmacht. Ich fühle mich umwerfend.

Während ich zum Sabine-Treffpunkt hetze, gucke ich in jedes Schaufenster, das sich mir bietet. Dass meine Haare so aussehen können, hätte ich nicht für möglich gehalten. Die Spitzen springen richtiggehend nach außen. Wie übermütig. Ich finde, ich sehe jung, gepflegt und wunderbar aus. Und erst die Farbe, vielmehr die Farbpalette. Blond ist einfach eine freundliche Farbe.

Sabine wartet schon vor »Lara«, der Boutique. Ich bin gerade mal fünf Minuten zu spät und hätte sie erst fast nicht erkannt. Sabine ist ganz in Schwarz gekleidet (unter einem beigen Trenchcoat mit hochgeklapptem Kragen) und trägt eine dieser neumodischen Sonnenbrillen, die nahezu das komplette Gesicht bedecken. So ein Insektenteil. Dieser Puck-die-Stubenfliege-Look. Dazu ein Kopftuch mit goldenen Hufeisen und ähnlichem Kram im Grace-Kelly-Stil gebunden. Um den Kopf rum und unterm Kinn nach hinten geschlungen.

Ich gebe ihr den obligatorischen Begrüßungsschmatzer und frage dann: »Sag mal, hattest du eine Schlägerei oder eine Schönheitsoperation oder bist du zum Islam übergetreten?« Sie grinst. »Hast du vergessen, in welcher Mission wir unterwegs sind?«, fragt sie nur. »Als Agentin darf man nicht zu erkennen sein. Tarnung ist alles.« Da ist sicherlich was dran. Aber Tarnung heißt normalerweise auch unauffällig aussehen. Keinerlei Aufmerksamkeit auf sich ziehen. In der Masse untergehen. Das kann man von Sabines Look nicht gerade behaupten. Sie sieht sehr geheimnisvoll aus und damit auch sehr auffällig. Und ehrlich gesagt viel eleganter als sonst. Sabine ist eine Frau, die glaubt, dass man herzeigen muss, was man hat. Ihr Credo ist: Mit Subtilität kommst du bei Männern nicht weit. Deswegen ist sie häufig ein wenig offenherzig gekleidet. Christoph findet, an der Grenze zum Ordinären. Als ich das Sabine mal gesteckt habe – ich meine, sie ist schließlich meine Freundin –, hat sie gesagt: »Genauso soll es aussehen – grenzwertig ordinär.« Aus ihrer Handtasche zieht sie ein weiteres Kopftuch: »Hier für dich. Ich habe mir schon gedacht, dass du an solche Details nicht denkst. Die sehen doch aus wie von Hermes, oder!« Ist die verrückt geworden? Ich kann doch über meine 227-Euro-80-Frisur, dieses weiche, fluffige, fantastische Haar, das erstmals ein Anrecht darauf hat, Haar genannt zu werden, kein Kopftuch ziehen. »Sabine, guck dir meine Haare an. Das geht auf keinen Fall. Ich war eben beim Friseur. Für sauviel Geld. Für fast zweihundertdreißig Euro.« Sie mustert meine Frisur. »Wahnsinn. So viel Geld nur für Haare. Aber sieht spitze aus«, freut sie sich mit mir und steckt einsichtig das für mich vorgesehene, seidige Kopftuch wieder ein. »Durch die neue Frisur siehst du schon einigermaßen verändert aus, aber zieh wenigstens die hier auf.« Sie reicht mir eine weitere Insektenlooksonnenbrille. Ich willige ein, obwohl ich es etwas verfrüht finde. Ich meine, wir sind noch mitten in der Innenstadt auf der Fußgängerzone und etwa zwei Kilometer entfernt von unserem Einsatzort – Christophs

Büro. Und es ist nicht mal sonnig. Aber in diesem Punkt bleibt Sabine streng. »Wessen Mann macht denn hier Zicken?«, sagt sie nur. Ich erspare mir die Antwort, dass sie ja gar keinen habe, es demnach nur meiner sein könne, und setze brav die Sonnenbrille auf: »Lass uns loslegen, wir haben zu tun.«

Ich würde gerne noch eben mal bei »Lara« das Sortiment durchgehen, aber Sabine lehnt diesen Vorschlag ab. »Wir sind nicht zum Shoppen hier, außerdem hast du schon genug ausgegeben.« Sabine ist eher sparsam. Sie liebt jede Art von Fake. »Ich zahle doch nicht, nur weil so ein Täschchen von Gucci ist, Hunderte von Euro, wenn man ein Nachgemachtes für ein Zehntel kriegen kann«, ist ihre Devise. Dass man oft sieht, ob etwas Original oder Fälschung ist, interessiert Sabine nicht. »Das merken sowieso nur Frauen, und Männern ist es gleichgültig, ob man was Nachgemachtes trägt oder ein Original – Hauptsache, es sieht scharf aus«, glaubt sie. Ich bewundere Sabine für diese Lässigkeit, weil es sowohl vernünftig ist als auch ein gewisses Selbstbewusstsein beweist. Ich mag Originale und da ich mir die richtig teuren nicht leisten kann, kaufe ich am liebsten eine Kategorie darunter. Oder zwei. Ich verzichte auf den Boutiquebesuch und wir machen uns auf den Weg.

Sabine erklärt mir auf dem Weg zum Auto ihre ausgeklügelte Strategie. »Wir parken schräg gegenüber von der Kanzlei und wenn sie auftaucht, diese Belle Michelle, werde ich sie fotografieren.« Zum Beweis für ihre perfekte Vorbereitung zieht sie ihre Digitalkamera aus der Tasche. »Wofür brauchen wir denn ein Bild von Belle Michelle?«, will ich wissen. »Na, um sie uns genau an-

143

zuschauen«, antwortet sie, »schließlich sehen wir sie ja nur kurz und es ist immer gut, den Feind ganz genau ins Visier nehmen zu können.« Feind finde ich ein wenig hoch gegriffen, andererseits gefällt es mir, wie stark sich Sabine mit mir verbündet. Diese Solidarität tut mir gut. Freundinnen sind etwas Wunderbares. Ein Leben ohne Freundinnen muss das Grauen an sich sein. Ich sehe das auch langfristig. Ich meine – Männer haben nun mal eine kürzere Lebenserwartung (wer es nicht glaubt, muss nur einen Blick in jedes beliebige Altersheim werfen) und wenn wir Frauen dann alleine übrig sind, ist es doch sehr tröstlich, im Heim schon potenzielle Zimmergenossinnen zu haben.

Zwanzig Minuten später finden wir einen Parkplatz in bester Position. So nahe am Eingang des Hauses, in dem sich die Kanzlei befindet, dass wir alles genauestens beobachten können, aber weit genug weg, dass wir nicht auf dem Präsentierteller sitzen. Alles perfekt, nur leider tut sich gar nichts. Um genauer zu sein, diese Spionageaktion ist eine ziemlich langweilige Angelegenheit. Zum Glück sitze ich nicht allein mit dieser albernen Insektenbrille im Auto, sondern in Begleitung von Sabine, die mir verbietet, auch nur für Sekunden die Brille vom Kopf zu nehmen.

Das Schöne an meiner Begleitung: Sabine ist eine Frau, die immer jede Menge zu erzählen hat. Vor allem seit sie wieder Single ist und statt im Nachtleben im Internet unterwegs ist. Sabine findet, Männer-Akquise im Internet hat erhebliche Vorteile. »Du kannst im Jogginganzug vor dem Computer sitzen, mit Maske auf dem Gesicht, haarigen

Beinen und ohne jegliches Make-up, das spart irrsinnige Zeit. Und du kannst erst mal sortieren. Nur wenn die Beute wirklich lohnend erscheint, gehst du raus. Außerdem kannst du parallel sogar Fernseh gucken und was essen«, versucht sie mich zu überzeugen. Ich bin skeptisch. Wer weiß, mit welchem Kretin man sich da heißblütige E-Mails austauscht? Außerdem bin ich ein Augenmensch. Männer müssen mir auch optisch gefallen. »Dann lässt du dir ein Foto mailen«, erklärt sie mir Feinheiten. »Ja, aber können die nicht irgendein Foto schicken?«, frage ich nach. »Klar, aber ich ja auch«, lacht sie. Wir verabreden, in dieser Woche auf jeden Fall nochmal einen Internetstreifzug zu unternehmen. »Du wirst sehen, das eröffnet komplett neue Welten«, verspricht mir Sabine. Das Praktische am Internet: Man braucht nicht mal einen Babysitter.

»Ach, und für morgen habe ich was ganz Cooles für uns«, trumpft Sabine auf. »Eine Vernissage. In der Braubachstraße in einer total angesagten Galerie. Ich habe die Einladung über einen Kollegen, dessen Frau eine Cousine zweiten Grades des Künstlers ist. Du gehst doch mit mir hin, oder?«, fragt sie mich. Ich würde ja schon, obwohl moderne Kunst nicht zu meinem bevorzugten Interessengebiet zählt. (Moderne Kunst verunsichert mich. Ich habe jedes Mal Schwierigkeiten, in dieser Art Kunst die Kunst zu entdecken und muss mir verkneifen, Bemerkungen wie meine Eltern zu machen – à la »Das könnte ich locker auch« oder Ähnliches.)

Aber wenn ich heute Abend mit dem Graugesicht Hiller ausgehe und morgen mit Sabine – wie soll ich das Christoph erklären? Andererseits: Der Vorteil, wenn man verkracht ist – man muss ja gar nichts erklären. Was geht es den an, wo ich hingehe? Nichts, rein gar nichts. Für die Nacht neulich bei Belle Michelle habe ich locker mehrere Abende gut. »Klar komme ich mit«, sage ich zu Sabine und denke, »Wieso eigentlich nicht mal eine Vernissage?« Wenn es öde ist, habe ich immerhin was für meinen Intellekt getan. »Ich hole dich dann gegen halb neun ab. Ist das okay für dich?«, macht sie gleich aus meiner vagen Zusage eine verbindliche Verabredung. »Ja klar.« Dann muss Christoph diese Woche eben mal früher aus der Kanzlei kommen oder er kümmert sich um einen Babysitter. Zwei Abendverabredungen in der Woche stehen eigentlich auch einer Mutter zu. Genau das werde ich ihm heute Abend mitteilen. Schließlich fragt er mich auch nicht um Erlaubnis, wenn er irgendwas vorhat. Gut, es handelt sich meistens um Arbeit, aber wer weiß, was der so alles unter Arbeit versteht. Vielleicht hat Belle Michelle ja Zeit und passt mit ihm zusammen auf die Kinder auf. Was für ein Gedanke. Belle Michelle als Babysitter für meine Kinder. Dann wäre die Sache definitiv gelaufen. Eine Nacht mit meinem Mann könnte ich eventuell noch verzeihen, aber Belle Michelle in meinem Haus mit meinen Kindern – allein die Vorstellung treibt mir Hasspickel ins Gesicht. Das wäre definitiv ein Scheidungsgrund. »Wehe, Freundchen«, denke ich.

Ich schlage Sabine vor, die Beschattung abzubrechen. Schon aus Zeitgründen. Irgendwann muss ich auch die Kinder wieder abholen und bisher tut sich vor der Kanzlei rein gar nichts. Ich hatte mir Detektivarbeit spannender vorgestellt. Sabine wirkt enttäuscht. »Du musst bei einer solchen Sache Geduld haben, sonst wird das nichts«, redet sie mir ins Gewissen. »Jetzt sitzen wir schon so lange hier rum, da wäre es doch extrem ärgerlich, jetzt zu fahren, und dann erscheint die fünf Minuten später.« Diesen Gedankengang kann ich sehr gut nachvollziehen, habe aber trotzdem keinerlei Lust, noch länger hier abzuhängen.

»Sabine, ich habe heute Abend ein Date, ich muss die Kinder noch abholen und Christoph anrufen, damit er nicht zu spät heimkommt.« »Du hast ein Date? Mit wem denn das?«, ist Sabine ziemlich erstaunt. Fast so, als hätte ich gesagt: »Heute Abend kommt der Dalai Lama auf einen Teller Grießbrei bei mir zu Hause vorbei.« Ich erzähle ihr von Herrn Hiller, verschönere ihn aber ein ganz klein bisschen, nicht ihm zuliebe, sondern um selbst besser dazustehen. »Wo gehst du mit ihm hin?«, ist ihre nächste Frage. »Er, also der Helmuth, ruft mich heute Abend an und dann machen wir einen Treffpunkt aus«, berichte ich absolut wahrheitsgemäß. »Der Helmuth, aha. Seid ihr euch schon nähergekommen?«, insistiert Sabine. »Ja«, sage ich und denke an den verrutschten Duzkuss und dann: »Na ja, eigentlich nicht wirklich«, weil es eigentlich ja nichts Amouröses war. »Wow, wer hätte das gedacht, Andrea, mein lieber Scholli, das geht ja ganz schön schnell bei dir mit der Rache«, befindet sie und ihr »Wow« beflügelt mich.

»Warte einen Moment noch auf mich, ich gehe mal schnell was erledigen«, sagt sie dann abrupt und steigt aus dem Auto. Was will die denn? Bevor ich Einwände äußern kann, ist sie im Eingang zur Kanzlei verschwunden. Das kann nur extrem peinlich enden. Bitte, lass sie schnell wieder zurückkommen. Bitte, lass sie nicht

Christoph treffen. Am liebsten würde ich einfach losfahren. Aber zum einen ist das hier Sabines Auto und zum anderen wäre das unserer langjährigen Freundschaft sicherlich nicht zuträglich.

Ich rutsche tief in den Autositz und starre auf die Eingangstür. Und als hätte ich einen magischen Blick, passiert es auch schon: Die Tür des Hauses, in dem sich auch die Kanzlei befindet, geht auf und Christoph erscheint. Allein. Hat Sabine alles verraten? Wird er mich jetzt aus dem Auto zerren und zur Rede stellen? Nein, augenscheinlich sieht er mich nicht. Dafür habe ich Zeit, ihn zu betrachten. Er sieht gut aus, wenn man ihn, so ohne jedes Hintergrundwissen, frei von Zorn und verletzter Eitelkeit, anschaut. Ja – ich rede von verletzter Eitelkeit. Ich würde das jetzt nicht bei jedem zugeben, aber immerhin vor mir selbst versuche ich, ehrlich zu sein. Ich glaube, momentan würde ich das nicht mal Christoph gestehen. Ich hätte Angst, Angriffsfläche zu bieten. Emotionale Schwachstellen, deren Ausnutzung mich dann noch weiter runterzieht. Zu seinem Glück und meiner Erleichterung ist keine Belle Michelle weit und breit zu sehen. Dafür trägt er eine Krawatte, die ich im Leben noch nie gesehen habe. Obwohl er etwa zehn Meter entfernt ist, bin ich mir sicher. Kein Wunder – die Krawatte ist bunt gestreift. Und zwar längs, was bei einer Krawatte eher selten ist (und auch ein wenig seltsam aussieht). Diese Krawatte kommt definitiv nicht aus unserem Kleiderschrank. Die ist mir völlig fremd. Ich hätte die nie gekauft. Die Längsstreifen sehen eigentlich sogar richtig dämlich aus und wirken wie eine Art Signal, wie ein Leuchtstreifen im Flugzeug – hier geht's lang. Und wo so eine Krawatte hindeutet, ist ja wohl eindeutig. Ob er die sich selbst gekauft hat? Kaum zu glauben. Nicht, dass sich mein Mann nicht alleine Krawatten kaufen darf, aber die meisten habe ich ausgesucht und bisher war Christoph auch kein Typ, der sich, eben mal so, eine Krawatte kauft. Er mag eigentlich gar keine Krawatten. Zieht privat niemals welche an. Wie kommt also dieser Krawattenmuffel zu einer neuen Krawatte? Da stimmt doch was nicht! Wo hat er die bloß her? Ich habe den unbändigen Drang, aus dem Auto zu springen, ihn an der Krawatte zu packen und die Herkunft dieses gestreiften Stücks Stoff hier und jetzt zu klären.

Zum Glück kann ich mich beherrschen, denn dann müsste ich ihm ja auch erklären, was ich hier direkt vor der Kanzlei im Auto mache. Wenn er die heute Abend noch anhat, werde ich ihn fragen. Wenn nicht – dann ist sowieso alles klar. Das wäre das absolut eindeutige Indiz, dass er etwas zu verbergen hat. Christoph verschwindet aus meinem Blickfeld mitsamt seiner Signalkrawatte.

Etwa zehn Minuten später – ich kauere noch immer im Sitz, fast schon im Fußraum vorm Beifahrersitz – erscheint Sabine im Eingang der Kanzlei. Ich öffne die Tür ein wenig und rufe: »Schnell, Christoph ist irgendwo hier draußen. Komm her, lass uns fahren.« Sie kommt zum Auto und steigt grinsend und in aller Seelenruhe ein. »Ich hab's!«, sagt sie nur, bevor sie den Motor startet. »Was hast du in der Kanzlei gemacht und was hast du?«, frage ich voller Neugier. Sie genießt den Moment. »Eins nach dem anderen, Andrea. Also, ich bin da hoch und da kam Christoph an mir vorbei.« O nein, wie peinlich.

149

»Hat er dich erkannt?«, frage ich nur. »Nee, der ist im Treppenhaus an mir vorbeigestürmt und hat mich nicht mal eines Blickes gewürdigt.« Noch vor zwei Stunden habe ich Sabines Vermummung albern gefunden, jetzt bin ich verdammt froh darüber. Daran sieht man mal wieder, wie unaufmerksam Männer sind. Mein Mann erkennt meine beste Freundin nicht und das, nur weil sie sich ein Kopftuch umgebunden hat und mal ausnahmsweise ein wenig dezenter gekleidet ist als sonst. »Der ist die Treppe runtergestürmt, als würde er verfolgt. Der hätte nicht mal geguckt, selbst wenn ich nackt gewesen wäre. Na ja, und dann bin ich in die Kanzlei und habe nach einer Anwältin gefragt. Am Empfang war keiner und dann habe ich so einen älteren Mann gefragt – ich glaube, das war Christophs Chef, der mal auf einer Party bei euch war, dieser Langner. ›Ich kann nur mit einer Anwältin sprechen‹, habe ich zu ihm gesagt. ›Es ist ein Frauenthema.‹ Dabei habe ich die Hand vors Gesicht gehalten und gestöhnt. Der hat bestimmt gedacht, ich sei eine Ehefrau, die verprügelt wird oder so.« Wie clever von Sabine. Endlich rangiert sie nun auch aus der Parklücke und fährt los. Wenn Christoph zurückkäme und uns hier entdeckte, würde ich mich wirklich schämen. Sehr souverän ist so ein Hinterhergeschnüffel wahrlich nicht. Aber zu spät für Reue. »Ja und, was hast du dann gemacht?«, frage ich also weiter. Jetzt will ich es aber auch wissen. »Dann hat er mich in ein Büro geschickt und da saß sie.« »Belle Michelle?«, frage ich aufgeregt. »Genau die«, antwortet Sabine und man merkt, dass sie meine Nervosität genießt. »Ja, sag schon – wie sieht sie aus, wie ist sie so?«, verlange ich nach Details. Ich hätte auch sagen können, »Los, demütige mich so sehr du kannst«, denn die Antwort von Sabine ist niederschmetternd. »Umwerfend schön, riesig, schlank und soo gepflegt. Ihre Haare – seidig wie nur was. Und eine Ausstrahlung – unglaublich.« Ich erstarre und muss erst mal tief durchatmen. Ich hatte wirklich gehofft, dass Christoph übertrieben hätte. Das tut er doch sonst auch gerne. Wie soll ich mit so einer Granate konkurrieren? Selbst mit meiner neuen Frisur. »Habe ich eine Chance gegen sie?«, frage ich ziemlich kleinlaut. »Willst du eine ehrliche Antwort?«, fragt Sabine und ohne auf meine zu warten, sagt sie: »Nein. Also optisch, ohne plastische Chirurgie – nein. Und das würde wenn auch echt teuer.« Sie schaut mich an und sagt dann noch: »Sehr teuer.« Wie aufbauend. Meine zweitbeste Freundin (nach Heike) hätte ruhig ein wenig sanfter mit mir umgehen können. Ehrlichkeit ist eine feine Sache, vor allem, wenn sie einen nicht selbst betrifft. In meiner momentanen Verfassung hätte mir auch eine klitzekleine Notlüge gut getan. »Ich weiß, du hättest lieber was anderes gehört, aber soll ich dich so dreist anlügen?« Ich schüttle den Kopf. »Nein, ist schon gut«, gebe ich ihr die Absolution, »aber weiter. Was hat sie gesagt und vor allem: Was hast du gesagt?« »Also, das war ein bisschen schwierig«, lässt sich Sabine feiern und legt eine theatralische Pause ein. »Ich habe sie voll ausgetrickst. Bei ihrer Eitelkeit gepackt. Als ich in ihrem Büro war, habe ich zuerst gesagt, dass niemand von unserem Gespräch erfahren darf. Sie hat sofort zugestimmt. Wahrscheinlich hat sie an irgendeine dramatische Mafiageschichte gedacht. Zeugenschutzprogramm, Zementklötze an Füßen und so was. Dann habe ich gesagt, es

151

ginge um Fernsehen. Um eine neuartige, aufregende und spektakuläre Gerichtsshow. Und dann – Achtung, jetzt kommt der Knaller, Andrea – habe ich gesagt, wir hätten sie im Auge für die wichtige Rolle der Staatsanwältin. Ich habe behauptet, ich würde das Casting machen und es wäre alles noch irre geheim.« Ich bin geradezu sprachlos. Für so dermaßen ausgebufft hätte ich Sabine niemals gehalten. »Ist die etwa drauf reingefallen?« Sabine grinst breiter als es ein Garfield, selbst unter Drogen, könnte: »Und wie. Ich meine, ich will nicht angeben, aber ich glaube, ich war teuflisch gut in meiner Rolle als Agentin einer großen Produktion. Die hatte keinerlei Zweifel und war voll aus dem Häuschen und hat mir sogar gesagt, sie wäre in ihrem jetzigen Job gar nicht so glücklich und privat wäre auch alles schwierig. Ich habe mich aber nicht gewagt da nachzufragen. Wegen der privaten Situation. Ich meine vielleicht hat die dich gemeint? Stattdessen habe ich dann eine absolute Eingebung gehabt und – aufgepasst, Andrea – ein Foto gemacht. Ist das nicht genial! Wegen der Agentur. Die müssten sich auch nochmal von ihrem perfekten Aussehen überzeugen, habe ich geheuchelt.« »Zeig her, schnell«, fordere ich die neue Nummer eins im Spionagegeschäft auf, »ich will das verdammte Foto sehen.« »Warte bis wir an deinem Auto sind. Ich kann schlecht fahren und dabei die Kamera bedienen«, bremst Sabine meine Ungeduld. Wie spannend. Gleich werde ich das Antlitz meiner Rivalin sehen. »Hat die sich einfach so von dir fotografieren lassen, ohne weitere Nachfragen?« Das erstaunt mich an der Geschichte am allermeisten.

Sind Juristinnen nicht generell eher misstrauisch? Ich

hätte an solch einer Geschichte doch erhebliche Zweifel gehabt. Aber zweifeln Frauen wie Belle Michelle genauso wie Frauen meines Schlags? Eigentlich denke ich: ja – sie tun es. Tun wir Frauen das nicht alle? Ist das nicht quasi schon so etwas wie ein weibliches Geschlechtsmerkmal: an sich selbst zu zweifeln? Schön blöd von uns. Ich meine, in meinem Fall ist ein gewisser Selbstzweifel durchaus gerechtfertigt – aber dass selbst Belle Michelles noch zweifeln, ist schon fast grotesk. Jedenfalls dann, wenn Belle Michelle tatsächlich so umwerfend ist, wie Sabine und Christoph behaupten.

»Sie hat schon gefragt, wer denn das Foto genau braucht und wie es jetzt weitergeht, aber dann wurde sie von diesem Langner gerufen und dann ist eine gewisse Hektik ausgebrochen und sie hat gesagt: ›Machen Sie schnell das Foto.‹ Dann wollte sie eine Visitenkarte von mir. Das war ein etwas heikler Moment, aber ich habe ordentlich in der Handtasche gewühlt und dann gesagt: ›Wie peinlich, die habe ich doch glatt im Büro gelassen.‹ Ratzfatz habe ich Fotos gemacht und mich dann verabschiedet. ›Wir melden uns‹, habe ich gesagt, ›nächste Woche‹, und sie hat sehr erfreut ausgesehen.« »Du bist eine Heldin«, lobe ich meine Freundin, »und an dir ist wirklich eine Schauspielerin verloren gegangen.« Sie strahlt und sagt nur: »Gern geschehen. Für dich jederzeit. Hat riesig viel Spaß gemacht.«

Als wir endlich bei meinem Auto sind, ist der feierliche Kamera-Augenblick gekommen. Vier verschiedene Fotos hat Sabine gemacht. Ich hätte nie für möglich gehalten, dass meine Sabine so dermaßen abgebrüht sein kann.

Sie reicht mir die Kamera und sagt nur: »Sei tapfer.« Ich atme hörbar ein und stelle mich den Fotos. Ja, Sabine hat Recht, sie sieht gut aus. Sehr gut – ehrlich gesagt –, aber – leise Freude keimt auf – nicht umwerfend. Dolle Haare, lang und dick und mahagonifarben. Groß, gut gekleidet, beige Hose, eng, aber nicht zu eng, weiße Bluse und dicker, bestimmt sackteurer, Gürtel. Die Schuhe kann ich leider nicht sehen – Sabine hat sie abgeschnitten. Aber so eine Frau trägt garantiert auch keine Birkenstocks. Der Gesamteindruck: So ein Businessfrauenlook, aber kein bisschen spießig. An manchen Frauen (wie an mir, zum Beispiel) sieht eine weiße Bluse irgendwie trutschig aus. Und dann gibt es Frauen wie Belle Michelle. An denen sieht so eine Bluse cool aus. Sexy, aber nicht ordinär. Lässig, aber angezogen. Ich weiß nicht wirklich, woran es liegt, aber ich glaube, das macht Klassefrauen aus. Sie können eine weiße Bluse tragen und sehen darin niemals spießig aus. Ich schaue auf das Foto und fange an, sogar Verständnis für meinen Mann zu haben. Wer könnte so einer widerstehen? Was hat sie bloß gemeint, als sie bei Sabine über persönliche Schwierigkeiten gesprochen hat? Will mich Christoph nicht sofort verlassen, verweigert er die Scheidung, oder stört es sie, dass er Kinder hat?

Ich klicke weiter und welch eine Freude: auf dem zweiten Foto – einer Gesichtsnahaufnahme – kann ich tatsächlich einen winzig kleinen Makel erspähen. Ihre Zähne sind zu klein für ihren Mund. Also, ich weiß nicht, ob jemand anderes das auch so sehen würde, aber sie hat, meines Erachtens, zwar weiße, aber doch sehr kleine Zähne. Als hätte sie noch ihre ersten. Ja, das ist es! Sie sehen aus wie Milchzähne. Wie kleine Hamsterzähnchen.

Und wenn man das Lachen genau analysiert, sieht man auch, dass sie zuviel Zahnfleisch hat. Gut, ich gebe zu, das ist wirklich ziemlich pingelig. Als würde ich sie sezieren oder unterm Mikroskop begutachten. Eigentlich ist es sogar recht kleinkariert und albern. Aber: Diese Frau will augenscheinlich meinen Mann und da gelten andere Gesetze. »Hast du ihre Mäusezähnchen gesehen?«, giere ich nach Sabines Zustimmung. »Sie hat ein ähnliches Gebiss wie Doris Schröder-Köpf – die vom Gerhard Schröder.« »Ich weiß, wer die Schröder-Köpf ist«, sagt Sabine, »aber diese Michelle ist nun wirklich ein anderes Kaliber als die. Und was die Zähne betrifft, na ja, wenn die dich anlacht, achtest du, glaube ich, weniger auf die Zähne«, antwortet sie vorsichtig. Ich halte ihr die Kamera vor die Nase: »Bist du blind oder was?« Sie lenkt ein: »Ja, wenn man so genau drauf guckt, dann sind sie wohl ein bisschen klein. Aber bei einer wie der ist das fast niedlich. Und jetzt mal ehrlich, Andrea, du glaubst doch wohl selbst nicht, dass Kerle so was stört.«

Sie verspricht mir, die Bilder zuzumailen, damit ich sie mir nochmal in aller Ruhe am Computer anschauen kann. Ich bedanke mich ein weiteres Mal, Sabine erwägt, in die Detektivbranche zu wechseln, wir verabschieden uns und ich mache mich auf den Weg, meine Kinder wieder einzusammeln.

Die beiden hatten einen schönen Nachmittag, sind guter Stimmung und alles wäre geradezu himmlisch, wenn da nicht meine Haare wären. Die neue 227-Euro-80-Pracht ist zusammengefallen und sieht irgendwie angefressen aus. So, als hätte Belle Michelle mit ihren Nagerzähnchen mir die Spitzen abgekaut. Wie ärgerlich! Das Ganze hatte so viel versprechend angefangen. Sie sehen aus wie blondgestreifte Zuckerwatte nach einem Sturzregen. Da muss ich mir für mein Date heute Abend kopfmäßig was einfallen lassen. Immerhin fällt meiner Tochter auf, dass ich beim Friseur war. »Du hast wie Licht in deinen Haaren, gell!«, bemerkt sie. Ich bin gerührt. Vor allem, weil das eine so poetische Bemerkung ist, bis auf das hessische »gell« und die kleinen grammatikalischen Ungenauigkeiten. Licht in den Haaren! Schöner kann man Strähnen wohl nicht beschreiben. Ich werde mir das lichte Haar einfach zum Mäuseschwanz binden. Schließlich hat mich Helmuth auch so kennen gelernt und trotz fadem Haar wollte er ja ein Date mit mir. Leider boykottiert der neue Fransenschnitt den Pferdeschwanz. Die Haare sind definitiv zu kurz. An den Seiten hängt die Hälfte raus. Ich muss mir also für heute Abend ein neues Styling einfallen lassen. Aber noch ist Zeit. Bevor ich anfangen kann, mich optisch aufzurüsten, muss erst die Babysitterfrage geklärt sein. Oder besser gesagt – der Babysitter zu Hause sein.

Auch heute nicht ein Anruf von Christoph. Entweder er ist schon beim Planen seines neuen Lebens oder so stinkebeleidigt, dass er mich schwitzen lassen will. Spätestens übermorgen muss er allerdings mit mir kommunizieren. Der Gedanke, wie ich am Empfangstresen stehe und er mich wohl oder übel seiner Belle Michelle vorstellen muss, ist herrlich. Ich mache den Kindern Abendessen und hoffe, dass Christoph bald hier aufläuft. Wie soll ich meinen Abend mit Helmuth planen, wenn ich nicht weiß, wann Christoph heimkommt? Apropos Helmuth? Wo bleibt sein Anruf? Lässt mich jetzt selbst ein Helmuth sitzen?

Endlich, das Telefon klingelt. Es ist weder Helmuth noch Christoph, sondern meine Mutter. Ob wir am Wochenende zum Grillen kommen wollen? Was mache ich denn jetzt? Ich beschließe, einigermaßen wahrheitsgemäß zu antworten. »Wir haben ein bisschen Streit, deshalb kann ich nicht garantieren, dass Christoph Lust hat mitzukommen.« Ein grober Fehler. Eine Mutter, wie meine, lässt sich nicht mit einer solchen Bemerkung abspeisen. »Wieso Streit? Was hast du denn gemacht?«, will sie sofort wissen. Das ist mal wieder typisch meine Mutter. »Was hast du denn gemacht?« Sollte eine Mutter nicht zu ihrer Tochter halten? Egal was passiert? Kann man nicht mal von der eigenen Mutter absolute Solidarität verlangen? »Ich habe gar nichts gemacht«, antworte ich und versuche, so ruhig wie möglich zu bleiben. Eigentlich würde ich am liebsten auflegen. »Man wird ja wohl mal fragen dürfen. Und wie du weißt, Andrea, von nichts kommt auch nichts«, zickt meine Mutter los. Als sie die nächste Tirade starten will, höre ich unsere Haustür aufgehen. »Ich muss aufhören, Mama, Christoph kommt heim«, beende ich das unsägliche Gespräch. »Bitte sehr, Andrea, ganz wie du meinst«, sagt sie nur und mit einem knappen »Tschüs dann« legt sie auf. Immerhin, die bin ich los.

Christoph betritt den Wohnraum. Er nickt mir zu. Wie ein Monarch der Untertanin. Der hat vielleicht Nerven. Eigentlich ist diese Situation nur zum Lachen. Lächerlich geradezu. Ich beweise Größe und sage: »Hallo.« Er ringt sich ebenfalls zu einem »Hallo« durch. Großzügig von ihm. Um den Hals hängt seine Streifengirlande, die scheußliche Krawatte. Wenigstens etwas. »Neue Krawatte?«, frage ich so gleichgültig wie möglich. »Ja«, ist seine einsilbige Antwort. »Interessantes Modell«, starte ich eine Art Unterhaltung. »Finde ich auch«, sagt er und wechselt dann das Thema. »Wo sind eigentlich die Kinder?« »Schon oben, bettfertig«, antworte ich und verkneife mir eine weitere Frage nach der blöden Krawatte. »Ach, essen wir jetzt nicht mehr zusammen?«, brummt mein Noch-Ehemann, ehe er nach oben zu seinen Kindern geht. Perfektes Timing, denn mein Handy klingelt.

Das wird Helmuth sein. Ich warte, bis Christoph außer Hörweite ist, und nehme dann erst ab. »Also, ich dachte, wir gehen was essen«, legt Helmuth gleich los. »Fein. Einverstanden. Wann und wo?«, frage ich nur. »Ist dir gegen neun im Sirtaki an der Mainzer Landstraße recht?«, erkundigt sich mein Date. Sirtaki – das klingt verdammt nach einem griechischen Restaurant. Ich mag kein griechisches Essen, aber es geht ja weniger ums Essen als ums Ausgehen, also willige ich ein. Sirtaki in der Mainzer Landstraße. Nicht gerade eine Gegend, in der die In-Treffs der Stadt sind. Die Mainzer Landstraße ist eine riesige Straße, die in der Nähe des Hauptbahnhofs vorbeiläuft. Aber bitte. Als Einstieg ins Dating-Business soll mir dieses Sirtaki recht sein. Außerdem – ich kenne mich mit In-Treffs auch nicht mehr wirklich aus und vielleicht ist das Sirtaki ja ein wahrer Geheimtipp. »Okay, einverstanden«, sage ich und er scheint sich zu freuen.

Jetzt muss ich nur noch Christoph klarmachen, dass ich heute Abend ausgehe. Ich erspare ihm Details und sage nur: »Ich gehe heute Abend nochmal weg.« Er guckt mich fragend an. Mit seinem Sagen-Sie-mir-was-Sache-ist-Anwaltsblick: »Sie wissen, vor Gericht müssen Sie die Wahrheit sagen!« Jetzt nicht schwach werden, Andrea, ermahne ich mich still. Ich gucke zurück. Das kann ich genauso. Wenn er wissen will, wohin ich gehe, muss er schon direkt danach fragen. Aber das tut er nicht. Ist es ihm egal, oder ist er zu stolz, um nachzufragen? Auch zu meiner neuen Frisur kein Kommentar. Wahrscheinlich ist sie ihm nicht mal aufgefallen. Kein Wunder, wenn man den ganzen Tag diese Wahnsinnsmähne von Belle Michelle beglotzt. »Gut, ich habe eh zu arbeiten«, gibt er auf und ich ahne, was er mit Arbeit meint. Wenn ich weg bin, hat er Zeit, schön mit seiner Belle Michelle zu telefonieren. Bitte sehr. Ich habe ja meinen Helmuth. Dass Christoph nicht mal wissen will, mit wem und wohin ich gehe, ärgert mich.

Ich ziehe mich zurück, und schon um ihn zu ärgern, mache ich mich so hübsch wie irgendwie möglich. Ärger kann anspornen. Vielleicht kann ich meinem häuslichen Ignoranten wenigstens noch einen klitzekleinen Stich versetzen. Ich ziehe eine Jeans an und ein nettes Top. Lässig, aber doch ganz sexy. In meine neuen Haare sprühe ich dermaßen viel Festiger und Spray, dass man mir sicher demnächst ein eigenes Ozonloch widmen wird. Aber heute sind mir meine Haare eindeutig wichtiger als der Umweltschutz. Außerdem trenne ich meinen Müll. Jedenfalls meistens. Immerhin: Vielleicht ruiniert es die Ozonschicht, aber es zeigt Wirkung. Anfassen darf man die starre Masse zwar nicht, aber optisch ist sie durchaus vorzeigbar.

Fertig aufgebrezelt verabschiede ich mich von Christoph. Er mustert mich gründlich, kann sich aber augenscheinlich nicht zu einem Kompliment durchringen. Stattdessen sagt er nur: »Ist was mit deinen Haaren? Die sehen irgendwie komisch aus.« Komisch. Sehr freundlich. Komisch für 227 Euro 80. Ich erspare mir eine Antwort. Ihm müssen die Haare ja nicht gefallen. Jedenfalls heute Abend nicht. »Ich muss los, warte nicht auf mich, es kann spät werden«, sage ich noch, bevor ich zur Tür gehe. »Viel Spaß«, sagt mein Mann ziemlich lakonisch und erhebt sich nicht mal aus dem Sofa. Interessiert es ihn tatsächlich nicht, wo ich hingehe, oder will er nur cool sein? Aber bitte, wer nicht fragt, kriegt auch keine Antwort. Ich kann auch cool sein oder immerhin so tun als ob.

Das Sirtaki ist noch schlimmer als ich dachte. Eine richtige Spelunke in einer der düstersten Ecken der Mainzer Landstraße. Was will Helmuth nur hier? Das wird auf jeden Fall Punkt eins auf der Liste – der Lernliste für Helmuth: Führe Frauen niemals in miese Restaurants. Aber gut – jetzt bin ich schon mal da und wir müssen den Rest des Abends ja nicht hier verbringen.

Helmuth kommt zu spät. Ich hasse Zuspätkommen. Vor allem bei anderen. Ich finde es eine Zumutung, eine Respektlosigkeit. Ich meine, auf George Clooney zu warten, würde ja noch Sinn machen, aber auf einen Helmuth? Wie trostlos ist das denn? Vor allem in dieser Kneipe hier. Das Sirtaki Restaurant zu nennen, könnte wahrlich ein Zeichen für Geisteskrankheit sein. Außer Helmuth scheinen das auch alle zu wissen. Ich bin nämlich der einzige Gast und der Wirt interessiert sich nicht besonders für mich. Mit Müh und Not habe ich es geschafft, ein Glas Retsina und ein Wasser zu bekommen. Die Plastiktischdecke ist etwa so klebrig wie das Haupthaar des Wirts. Was hat sich Helmuth nur gedacht? Vielleicht arbeitet er nebenher für »Verstehen Sie Spaß« und kommt gleich mit Frank Elstner um die Ecke. Ich habe Hunger und merke, wie sich selbst auf meinem Kopf die Depression breit macht. Das Haarspray scheint nur eine begrenzte Wirkzeit zu haben. Die starre Masse fällt in sich zusammen. Wie ein Soufflé, das man zu früh aus dem Ofen genommen hat. Jetzt ähnelt meine Haarpracht der des Wirtes. Ich trinke auf den Schrecken noch einen Retsina.

Helmuth kommt just in dem Moment, als ich wieder gehen will. Fünfundzwanzig Minuten zu spät. Wenn das nicht dreist ist, weiß ich nicht, was überhaupt dreist ist. Ich bin wirklich wütend. Helmuth scheint die Sache nicht mal besonders peinlich. Er lacht. »Mein Trainer hat gesagt, es wirke lässiger, nicht schon angespannt im Lokal zu warten, es sei besser, ein wenig zu spät zu kommen«, sagt er nur. Ich halte ihm einen viertelstündigen Vortrag über Höflichkeit an und für sich und sage ihm, dass er so niemals Aussichten auf ein erfolgreiches Date habe. Da ich schon dabei bin, sage ich ihm auch die Wahrheit über sein Outfit. Helmuth ist still. Erschüttert geradezu. »So schlimm, schlimm?«, verfällt er vor lauter Schreck wieder in seine Wortwiederholerei. Kleinlaut, wie er nun da sitzt, plagt mich sofort das Mitleid. Ich sage ihm, dass die Substanz gar nicht übel sei und ich aus ihm sicherlich was machen könne. »Wann?«, will er nun wissen. Ich ver-

161

spreche, mir diese Woche auf jeden Fall Zeit für ihn zu nehmen.

Jetzt sind wir beide entspannter. Ich, weil ich meinen Zorn über sein Zuspätkommen losgeworden bin, und er, weil da doch noch ein Hauch von Hoffnung besteht. Drei Stunden später, nach nunmehr fünf Retsina und zwei Uzo, gefällt es mir schon viel besser im Sirtaki. Richtiggehend gemütlich ist es hier. Und eins muss man dem Sirtaki lassen – die Lichtverhältnisse sind günstig für Frauen über 30. Es ist so funzeliges Licht, dass man garantiert nicht ein Fältchen erkennen kann. Mittlerweile kenne ich die Lebensgeschichte von Helmuth und verstehe ihn schon viel besser. Eigentlich sieht er auch gar nicht so schlimm aus. Es gibt ja diesen Ausdruck Schöntrinken und ich bekomme langsam eine Ahnung davon, was damit gemeint ist. Nach knapp vier Stunden gesteht mir Helmuth seine Liebe. »Ich hab dich sehr gern, sehr gern«, lallt er. Sogar meine Kinder will er adoptieren. Gewagt, wo er sie doch noch nicht einmal kennt. Trotzdem sehr schmeichelhaft für mich. Es gibt ein Alter, so irgendwas über 30, in dem die Komplimentenlage oft sehr abrupt kippt. Auf einmal herrscht eine seltsame Dürre. Selbst weiß man gar nicht genau, warum. Man fühlt sich definitiv nicht alt und auch nicht weniger anziehend als am Tag zuvor. Und trotzdem – es herrscht eine bedrohliche Ruhe an der Hinterher-pfeif-Front.

Der nächste Mann, der sich so reizend wie Helmuth um mich bemüht, wird bestimmt dafür bezahlt und mein Zivildienstleistender sein. Schon deshalb ist der Abend eine Art Seelenpeeling für mich. Ich fühle mich begehrenswert. Helmuth tut mir gut und – um die Stimmung

nicht zu zerstören – übernehme ich sogar die Rechnung.
Hier zeigt sich ein weiterer Pluspunkt des Sirtaki. Für
den Betrag hätte ich anderswo, in irgend so einem Trend-
schuppen, nicht mal die Vorspeisen bezahlen können.

An sich dürfte ich keinesfalls mehr Auto fahren. Ich bin
hackedicht. Nicht so, dass ich über der Kloschüssel hängen müsste oder einen x-beliebigen Gartenzaun anspucken würde, aber doch so knülle, dass ich eigentlich nicht
mal ans Autofahren denken dürfte. Ich habe sogar in Er-
wägung gezogen, Helmuth zum Abschied einen Zungen-
kuss zu geben. Das sagt nun wirklich alles über meinen
akuten Alkoholpegel. Helmuth bietet an, mich zu fahren.
Aber bevor ich bei einem Betrunkenen ins Auto steige,
fahre ich lieber selbst betrunken. Obwohl ich garantiert
meinen Führerschein los bin, wenn ich in eine Kontrolle
gerate. Jahrelang wollte ich immer gerne mal kontrolliert
werden, damit ich mich dann als Frau Sauberfrau über
den Pöbel erheben könnte. Wie doof von mir. Wenn man
einen im Tee hat – so ist es jedenfalls bei mir –, sieht man
so einiges schnörkelloser und kann sich sogar von sich
selbst distanzieren. So, als würde man neben sich stehen
und sehen, was die Person – die man ja selbst ist – da an
Quatsch so treibt. Ist das irgendwie wirr? Ja. Ich sagte
doch schon: ich habe echt einen sitzen.

Übrigens – ich habe die Zunge weggelassen. Intuition,
siebter Sinn, oder auch nur Augen im Kopf – ich weiß
nicht, was mich letztlich davor bewahrt hat, Helmuth die
Mandeln zu kraulen. Ich könnte das. Ohne angeberisch
zu sein. Ich habe eine irrsinnig lange Zunge. In der Schule habe ich damit sogar Geld verdient. Wer sehen wollte,
wie ich mit der Zunge die Nasenspitze berühre, hat dafür

163

bezahlen müssen. Wenn ich heute noch einen Hauch von der Geschäftstüchtigkeit aus meiner Grundschulzeit übrig hätte, könnte ich froh sein.

Als ich gegen viertel vor drei bei uns zu Hause ankomme, ist alles dunkel. Christoph sitzt nicht im Wohnzimmer und wartet auf mich. Er liegt nicht, wie ich, verstört auf der Couch – nein! –, sondern ganz normal im Bett. Und was macht er? Wälzt sich schlaflos vor Kummer hin und her? Keineswegs! Er schläft, tief und fest. Und nicht ein Anruf, nicht mal eine SMS den ganzen Abend auf meinem Handy. Wofür mache ich das alles? Zeigt der etwa so seine Eifersucht? Geht dieses stoische Verhalten bei Männern als Gefühlsregung durch? Oder hat er gar keine Gefühlsregung, weil er kein bisschen eifersüchtig ist, sondern im Gegenteil sehr froh, sehr froh (oh Gott, ich fange an zu reden wie Helmuth), dass ich mich ablenke und vor allem ihn mit meiner Hysterie, Eifersucht und dem gesamten zickigen Rest, der in mir steckt, in Ruhe lasse. Oder es ist Raffinesse. Er will nicht zeigen, wie verletzt er ist. Eines ist auf jeden Fall klar, meiner Logik sind der Alkohol und auch die Tageszeit nicht zuträglich.

Ich schlafe auf der Couch. Wir haben uns schon richtig angefreundet, die Couch und ich. Kein Wunder, ich verbringe mehr Nächte mit ihr als mit meinem Mann. Jedenfalls in letzter Zeit. Zweimal muss ich nachts raus. Mann, ist mir schlecht. So gedemütigt über der Schüssel gehangen habe ich schon lange nicht mehr. Und auch für meine Frisur ist diese Schüsselhängerei kein Gewinn. Aber wenigstens war der Wein billig und ich spucke kein Vermögen aus.

4

Am nächsten Morgen hat Christoph die Sprache wiedergefunden. Er motzt mich an. »Oh, du kannst ja sprechen«, sage ich und stecke in diesen kleinen Satz so viel Ironie, wie ich heute Morgen aufbieten kann. Er holt tief Luft: »Allerdings. Und dein Verhalten finde ich langsam nicht mehr lustig. Was soll das?« Er redet mit mir wie mit einem Kind. Und das in meinem Zustand. Ich fühle mich kaum in der Lage, aufrecht zu gehen, bereue jedes Glas Retsina und möchte einfach nur meine Ruhe. »Lass mich. Mir geht's nicht gut!«, fahre ich ihn an. »Darf man denn mal fragen, wo du eigentlich warst?«, geht das Gemecker weiter. »Frag doch«, sage ich und weiß, dass das wirklich ein wenig kindisch ist, aber irgendwie gefällt es mir, wie sauer er ist. Schließlich bedeutet das doch, dass es ihm nicht vollkommen egal ist, wo ich mich rumtreibe. Ist es vielleicht sogar Eifersucht? Umso besser, dann sieht er mal, wie einen dieses Gefühl peinigen kann. Wenn er noch ein bisschen so weitermacht, falle ich ihm um den Hals und alles wird wieder gut.

Aber er trollt sich. Schnauft mehrfach laut und deutlich und stapft in die Küche. Dann soll er halt noch einen Tag schmoren. Außerdem – er hätte ja mal fragen können, wie meine Arbeitssuche ausgegangen ist. So viel Interesse an der potenziellen Karriere des Partners ist doch wohl nicht zuviel verlangt.

Die Kinder sind auch ein wenig seltsam heute Morgen. Claudia fragt sogar, ob ich ab heute Abend wieder zu

Hause wohne. Da sieht man es mal wieder: Die Kinder
sind so daran gewöhnt, dass ich rund um die Uhr verfüg-
bar bin, dass sie schon panisch werden, wenn Mutti mal
einen Abend aus dem Haus ist. Andererseits ist die Frage
auch irgendwie rührend und ich umarme und knuddele
meine beiden Süßen, als sie das Haus Richtung Schule
und Kindergarten verlassen, so als sei es ein Abschied für
immer. Christoph sagt immerhin »tschüs«. Das heißt ja
wohl, dass er die Absicht hat, heute Abend wieder hier
aufzukreuzen.

Als er mit Mark und Claudia an der Hand zum Auto
geht, wallen die ganz großen Emotionen in mir auf. So
viel Gefühl, dass man locker vier Rosamunde-Pilcher-Fil-
me daraus hätte machen können. Was für eine wunder-
bare Familie! Ich könnte losheulen. Es ist ein intensives
Familiengefühl, eigentlich genauso wie früher am Schluss
bei den Waltons, wenn alle im Bett sind und dann eine
Stimme »Gute Nacht, John-Boy« sagte. Genau genommen war das der einzige Moment in meinem Leben, in
dem ich mich nach sieben Geschwistern gesehnt habe.
Ob Christoph Ähnliches durch den Kopf geht? Ich hoffe
es. Schließlich waren wir mal sooo glücklich und sooooo
verliebt. Wieso unterliegen diese großen Gefühle solchen
Schwankungen? Ist es wie mit Joghurt? Hat alles nur eine
bestimmte Haltbarkeit – und die ist eben begrenzt? Andererseits – Bundeswehrzwieback könnte man bestimmt
noch nach 80 Jahren Atomkrieg essen und er würde dann
sicher auch kaum anders als vor Kriegsausbruch schmecken! Also ist es wohl eher die Frage, was man will. Etwas
sehr, sehr aufregend Leckeres, was aber schnell gegessen

werden muss, oder etwas, was nie wirklich prickelnd ist, sich aber dafür ewig hält. Das ist es wahrscheinlich, was es bei der Männerwahl zu berücksichtigen gilt.

Ist Christoph etwa ein Zwiebackmann? Würde ein Zwiebackmann eine sicherlich leicht verderbliche Ware wie Belle Michelle anschmachten? Eine Jakobsmuschelfrau sozusagen. Und gerade als ich zum Auto rennen will, um meiner Kleinfamilie meine unbändige Liebe zu gestehen, rauschen sie auf und davon.

Mist, ich habe vergessen, Christoph zu sagen, dass ich heute Abend nochmal was vorhabe. Sollte ich Sabine absagen und den Abend für ein vernünftiges und klärendes Paargespräch nutzen? Mich verhalten wie eine Erwachsene und rationale Person? Ich werde drüber nachdenken. Zunächst mal brauche ich Ruhe und vor allem Aspirin in Mengen. Gerade als ich die Tabletten auflösen will, piepst mein Handy. Das wird Christoph sein, wie süß. Gedankenübertragung.

Von wegen, es ist eine SMS von Helmuth: »War toll mit dir. Wann sehen wir uns wieder?« Ach du je, was mache ich denn jetzt mit dem? Das hat Zeit, beschließe ich – erst mein Kopf, dann Helmuth.

Ich schleppe mich durch den Vormittag wie in Zeitlupe. Heike ruft an, um den aktuellen Stand der Beziehungskrise zu erfragen. Ich schildere alles so ausführlich wie möglich. Mitten im Gespräch fällt es mir wieder ein. Heike wollte doch was von mir. Wegen des Kindes. »Was wolltest du eigentlich von mir? Ich sollte dir doch bei der Kinderfrage behilflich sein?«

Jetzt ist Heike in ihrem Element. »Na ja, also es wäre

toll, wenn du mit mir nach Südamerika fliegen könntest, nach Peru, um genau zu sein. Wenn möglich nächste Woche. Du weißt doch, die Lea hat so schlimme Flugangst und ich will gerne jemanden, dem ich hundert Prozent vertraue, dabei haben. Schließlich geht es ja um unser Baby. Und die Lea hat auch gesagt, es wäre das Beste, du würdest mitkommen. Wir zahlen natürlich deinen Flug. Kannst du das hinkriegen?« Was für eine tolle Einladung. Nach Peru. Zum Wollmützenshopping, Anden besichtigen und Baby aussuchen. Aber nächste Woche? Da sieht man wieder, wie wenig Heike vom Leben einer Mutter weiß. Eben mal nach Südamerika? Wie soll ich denn das machen? Außerdem fange ich morgen an zu arbeiten, und gleich übermorgen nach Urlaub zu fragen, erscheint mir doch ein wenig gewagt. Obwohl, wenn meine Schwiegereltern Zeit hätten, könnte so eine Reise durchaus eine tolle Sache sein. Vor allem, weil Reisen mit Heike immer äußerst erlebnisreich ist. Und weil sie eigentlich auch noch eine Reise bei mir gut hat.

Die letzte Reise, die ich mit ihr gemacht habe, war meine Hochzeitsreise. Christoph hatte leider keine Zeit (aber das ist eine ganz andere und höchst komplizierte Geschichte. Nur soviel: er hatte die Wahl, mit mir in die Karibik zu fliegen oder einen riesigen Sprung auf der Karriereleiter zu machen, und er hat – mit meiner Einwilligung allerdings – die Leiter gewählt!) und deshalb ist Heike eingesprungen. Sexuell gesehen natürlich unerfreulich. Ansonsten aber ist eine Reise mit der besten Freundin fast empfehlenswerter als mit dem Liebsten.

Eigentlich hatte Christoph eine Reise in die Karibik gebucht. »Wir aalen uns faul am Strand, trinken klebrige, süße Cocktails und nachts wälzen wir uns nackt und schön braungebrutzelt auf den Laken.« Ein nettes Programm für frisch Verliebte. Aber Heike hat einen höchst empfindlichen Teint, wird nicht braun, sondern erst rosa und dann tiefpink und wegen der sexuellen Präferenz (ich bin nun mal hetero) wird es mit dem Lakenrollen bei uns auch schwierig. Also beschließen wir umzubuchen, denn nur wegen klebriger Drinks in die Karibik zu fliegen, ist dann doch übertrieben. Weil Heike so lieb ist einzuspringen, sage ich, dass sie bestimmen darf, wohin wir fahren. »Geh ins Reisebüro und buch um. Ich lass mich überraschen«, ködere ich sie. Heike mag solche Spiele und nimmt sie auch wirklich ernst.

Ich weiß bis zwei Stunden vor dem Abflug nicht, wohin wir fliegen. Ich bettele und bittele, aber sie gibt mir nur Packanweisungen und kleine Hinweise. »Die Stadt, in die wir fliegen, fängt mit C an, es gibt viel Wasser und die Männer tragen lässige Kopfbedeckungen.« Ich bin mir sicher: da kommt nur Casablanca infrage. Cottbus ist ja nun wirklich nicht für lässige Kopfbedeckungen bekannt. Leider bin ich mir nicht mehr sicher, ob Casablanca in Marokko oder Algerien liegt. Auf jeden Fall in Afrika. Aber wieso ich auch warme Klamotten mitnehmen soll, verstehe ich deshalb allerdings nicht. Egal ob Marokko oder Algerien – ich habe offensichtlich wenig Ahnung von Afrika. Aber dass es dort warm ist, ist ja nun doch international bekannt. Und komische Kopfbedeckungen gibt es dort auch. Zum Beispiel dieses Modell, das aussieht wie ein umgekehrter Blumentopf aus Filz mit einer Kordel samt Bommel dran. Nennt man diese Art von Hut nicht Fes? Kroatien ginge eventuell auch noch, aber das schreibt man hier bei uns wohl eher mit K und ist ja auch keine Stadt. Ich spiele eine Art mentales Stadt-Land-Fluss. Chicago, Caracas, Cuxhaven (hat das überhaupt einen Flughafen?), oder etwa die Côte d'Azur mit Cannes? Ich zermartere mir mein Gehirn und bleibe bei Casablanca. Nicht nur wegen der einzigartigen Kopfbedeckung, sondern vor allem, weil »Casablanca« auch noch Heikes Lieblingsfilm ist. Wie oft habe ich mir von ihr anhören müssen, dass man den kleinen Wicht Humphrey Bogart besser rausgeschnitten hätte, denn für sie ist allein Ingrid Bergman »Casablanca«. »Was bildet der sich ein, zu einer wie der Bergman zu sagen, ›Schau mir in die Augen, Kleines‹, bei seiner Körpergröße? Das ist doch Größenwahn. Typisch Mann.«

Wahrscheinlich werden wir jeden Originalschauplatz besuchen müssen, deshalb auch die festen Schuhe, die ich dringend mitnehmen soll. Heike äußert sich zu keiner meiner Vermutungen. »Warte es ab«, sagt sie nur lapidar. Ich insistiere: »Brauche ich eine Impfung, Gelbfieber, Malaria-Prophylaxe, Hepatitis oder sogar Cholera?« Sie verneint, was natürlich auch daran liegen kann, dass Heike Impfungen generell für Quatsch hält. Wegen des eigenen Immunsystems. »Ich habe Kinder, ich kann kein Risiko eingehen. Wenn du dir Cholera leisten kannst – gerne. Ich bin nicht wild drauf«, beharre ich auf Information. »Keine Impfung. Du brauchst nur einen gültigen Reisepass. Das ist alles. Und mehr sage ich nicht. Nicht mal, wenn du dich bis zum Abflug nackt an deinen Gartenzaun kettest«, antwortet sie. Eine schöne Idee. Nackt am Gartenzaun. Wenn ich mal Langeweile habe und den Vorort in Wallung versetzen will, wäre das sicher eine Top-Idee. Vorher sollte ich aber mindestens fünf Pfund abspecken. So oder so, ich bin mal wieder erstaunt darüber, wie gut Heike die Klappe halten kann – ich wäre längst weich geworden. Ich verrate sogar Weihnachtsgeschenke vorab, weil ich so darauf erpicht bin zu sehen, wie sich jemand freut, und außerdem so beglückt bin, wenn ich glaube, ein passendes Geschenk gefunden zu haben, dass ich oft nicht bis Weihnachten warten kann.

Wir treffen uns am Flughafen und mittlerweile freue ich mich richtig auf Casablanca. Übrigens habe ich extra für die Reise einen dieser bodenlangen Kaftane erstanden, einen von der Sorte, den arabische Männer so gerne tragen mit ein wenig durchaus geschmackvoller Stickerei am V-Ausschnitt. Ich bin gerne landestypisch gekleidet. Man wirkt so polyglott und nicht wie ein typischer Tourist. Außerdem habe ich jede Menge Schickes für abends mit. Wenn wir in einem dieser Tausend-und-eine-Nacht-Hotels absteigen (und davon gehe ich insgeheim aus), will ich stilgerecht am fantastischen Büfett stehen. Ich habe drei Paar hochhackige Sandalen, mein Glitzertop, das kleine Schwarze und diverse Spaghettitops dabei. Für unsere Casablancagedächtnistour, um die ich garantiert nicht herumkomme, habe ich ein Paar Turnschuhe und einen Trenchcoat eingepackt. Mit anderen Worten: Ich bin für Afrika gerüstet.

Wir treffen uns im Terminal zwei des Frankfurter Flughafens und ich bin zweifach verwundert. Zum einen über Heikes Outfit:

Sie trägt Trekkingschuhe, eine Hose wie für eine Klettertour mit Hunderten von kleinen Täschchen und eine Fleecejacke. Das verunsichert mich. Wird es doch so frisch bei den Marokkanern? (Mittlerweile habe ich rausgefunden, dass Casablanca nach Marokko gehört.) Zum andern wird auf der gigantischen Anzeigetafel am Frankfurter Flughafen kein Flug mit dem Ziel Casablanca angezeigt. Heike umarmt mich zur Begrüßung und kichert über mein neues sandfarbenes Kostüm. Bis zum Check-in-Schalter lässt sie mich noch im Ungewissen.

Und dann steht da am Schalter London. Wir fliegen nach London? Ich bin leicht angesäuert. London schreibt sich beim besten Willen nicht mit C. Selbst Heike, die als Kind Legasthenie-Probleme hatte, sollte das wissen. »So you are flying via London to Calgary«, sagt die Frau vom British-Airways-Schalter, noch bevor ich Heike auf diesen Buchstabenkonflikt hinweisen kann. »Yes«, bejaht Heike diese Feststellung, dreht sich triumphierend zu mir um und strahlt mich an. Calgary. Aha. Ich bin wie vor den Kopf geschlagen. »Ja, aber Calgary ist doch nicht in Afrika«, stammle ich. »Habe ich das je behauptet?«, gibt sie keck zurück. »Wir fliegen nach Kanada, in die Rocky Mountains, Natur pur, Cowboys und endlose Weite.«

Gut, dass ich den bodenlangen Kaftan mithabe! Meine Einwände, bezüglich der Garderobe, findet sie kleinkariert. »Mach dich locker«, ist alles, was ihr dazu einfällt. Mehr bleibt mir auch nicht übrig, denn die Zeit reicht keinesfalls, um eben nochmal nach Hause zu fahren und umzupacken. Was soll's. Dann werden die Kanadier von nun an halt denken, deutsche Frauen tragen bodenlange Gewänder und dazu Sandaletten.

Der Urlaub ist dann trotzdem eine Wucht. Die Rockys sind tatsächlich großartig. Und wer sich was aus Tiergucken macht, ist hier bestens aufgehoben. Zwei Tiere gehören sozusagen zu den Must-haves jedes Touristen: der Bär und der Elch. Beides Tiere, die, bei genauer Betrachtung, so Heike, absolute Seelenverwandte des Mannes sind (Heike kann sehr streng mit Männern sein!). Zum Beispiel der Bär: Um sein Revier zu markieren, stellt er sich auf die Hinterbeine, reckt sich so weit er kann und ritzt dann mit seinen Krallen in einen Baum. Natürlich fragt man sich, was das soll. Selbstverständlich tun auch Bärenmännchen, so wie ihre menschlichen Geschlechtsgenossen, alles Mögliche, was völlig frei von Sinn und Verstand ist – aber in diesem Fall ist das eine Form der Großkotzerei. Der Bär zeigt nämlich dem potenziellen Rivalen, was er für ein Riesenkerl ist. Was bei Männern der Porsche oder die Yacht ist, ist beim Bären das Baumritzen. Auch bei der Nahrungsbeschaffung zeigt der Bär jede Menge Ähnlichkeit mit dem Menschenmännchen. Er ist dermaßen stinkfaul, dass er, statt mühsam nach Beeren zu suchen, auch einfach seinen eigenen Nachwuchs fressen würde. Zum Glück gibt es die Bärenmutter, die die Kinder beschützt und aufzieht. Man würde ja auch keinen Kannibalen bitten, mal einen Nachmittag auf die Kinder aufzupassen. Auch für das heimelige und wohnliche Ambiente ist im Bärenkosmos die Frau zuständig. Sie baut ein schönes Nest, dekoriert und staffiert aus, damit sie und die Kinder gut über den Winter kommen. Und der Kindsvater? Schmeißt sich für den Winterschlaf irgendwo hin und lässt sich zuschneien. Und fertig ist er, der Männerbär.

In den Rockys gibt es für den Bären sogar spezielle Brücken, damit er gefahrlos über die Autobahn kommt. Erst hatte man den Bären nämlich Tunnels gebaut, aber die hatten sie nicht gemocht. Die eigens begrünten Brücken findet der Bär besser und benutzt sie auch. Hätten wir damals im Biologieunterricht solche Themen behandelt, wäre ich sicher über eine Vier hinausgekommen.

Unter all den Bärengeschichten, die uns Einheimische erzählen, ist eine besonders beeindruckend: Japanische Touristen wollten ein Bärenfoto machen und dachten, es wäre eine tolle Idee, dem Bär ihre kleine Tochter auf die Schulter zu setzen. Der Bär war allerdings weniger begeistert und hat das Kind mit der Tatze runtergeschlagen. Das Kind ist gestorben. Schrecklich! Ob es stimmt – keine Ahnung. Ich hoffe nicht.

Jeder in Kanada kennt andere Gruselgeschichten vom Bären und wir sind für die Begegnung jetzt auf jeden Fall vorbereitet. Obwohl ich nach fünf bärenlosen Tagen die Geschichten rund um den Grizzly für Mythen halte. Wahrscheinlich reden die Kanadier soviel von den Bären, weil sie gar keine mehr haben, die Touristen aber im Glauben lassen wollen, dass da draußen zahlreiche Bären auf sie warten. Nach Bären Ausschau zu halten, beschäftigt den gemeinen Touristen. Man fährt durch die Gegend und schaut wie paralysiert in den Wald. Schließlich kann einmal weggucken bedeuten, dass man den einzigen Bären auf Zehntausenden von Quadratkilometern verpasst.

Etwa fünf Minuten nachdem ich Heike meine Bären-Theorie mitgeteilt habe, schreit sie auf und da steht einer.

Tatsächlich! Ein Grizzly direkt an der Straße. Einfach so. Wie ein lebender Beweis gegen mein Misstrauen. Ich bin tief beeindruckt. Wir fotografieren, bleiben aber brav im Auto, obwohl so ein echter Bär wirklich sehr harmlos aussieht – einfach knuddelig.

Innerhalb von Minuten halten zahlreiche Autos neben uns, aber der Bär bleibt stoisch stehen, so als hätte ihn das Fremdenverkehrsamt extra bestellt. Es würde einen nicht wundern, wenn er hinterher noch eine Autogrammstunde abhalten würde.

Das beste Zeichen dafür, dass ein Tier in der Nähe ist, sind parkende Autos am Straßenrand. Hält einer, halten alle. Das ist eine Lektion, die man in Kanada schnell lernt. Und ein Trick der so genannten Guides. Wenn sie Lust haben, Touristen auf die Schippe zu nehmen, halten sie an und nehmen ein Fernglas in die Hand. So amüsiert sich der Kanadier! Das hat uns einer abends in einer Bar erzählt und sich dabei kaputtgelacht. Das wiederum eint die Männer weltweit – sie lieben schlichte Scherze.

Jetzt zu den Elchen. Obwohl es an jeder Straßenecke und in jedem noch so piefigen Laden Elchmützen, Elchtassen und Elchkugelschreiber gibt, ist es fast noch schwerer, einen Elch zu sehen als einen Bären.

Wir machen eine geführte Radtour. »We take the very easy trail!«, verspricht uns ein Guide und wir schließen uns einer angeblichen Anfängergruppe aus Nordhessen an. Die Betonung liegt auf angeblich. Es geht von Anfang an nur bergauf. Ich frage schon nach knappen zehn Minuten, ob das hier wirklich der »easy trail« ist, denn ich bekomme schon jetzt kaum mehr Luft und schnaufe wie

eine Asthmakranke. Einer unserer Guides bleibt netterweise mit mir zurück. Selbst Heike, nicht gerade bekannt
für besondere Sportlichkeit, zieht an mir vorbei. »Ich
muss in meinem Rhythmus bleiben«, ruft sie mir noch zu
und weg ist sie. Es ist eine elende Plackerei und ich frage
mich minütlich, wie ich auf die dermaßen bescheuerte
Idee kommen konnte, da mitmachen zu wollen. Wald
und nochmal Wald und ein steiniger, steiler Aufstieg und
nach jeder Kurve die Hoffnung, dass es endlich mal nicht
mehr bergauf geht. Mein Personal-Guide Dino redet unermüdlich auf mich ein. Irgendwas von »Hold on – you
can make it«, oder so. Eine ziemlich einseitige Konversation, denn ich bin nicht mehr in der Lage zu antworten.
Irgendwann, es kommt mir vor wie nach einer Ewigkeit,
steige ich ab und schiebe. Dino ist entsetzt. Mir egal.
Ich gebe nicht gern auf, aber bevor ich auf dem Fahrrad einen Infarkt bekomme, blamiere ich mich lieber. Ich
behaupte, schon über 40 Jahre alt zu sein und nur verdammt jung auszusehen. Die restliche Gruppe ist wahrscheinlich längst beim Picknicken. Das ist ja das Allergrau-
samste, wenn man irgendwo hinterherhinkt: Die anderen
warten, ruhen sich aus und man selber schleppt sich mit
letzter Kraft hinterher. Kaum hat man aufgeschlossen,
geht es weiter, selbst hat man nicht mal eine kleine Ver-
schnaufpause und das ganze Spiel beginnt von vorne.
Ich bin unsicher, ob ich diesen Ausflug überleben werde.
Das Schlimmste – ich bin freiwillig auf diesem Rad und
habe sogar noch dafür bezahlt. Ich versuche, Dino zum
Umkehren zu überreden. Bergab zu radeln, traue ich mir
gerade noch zu. Dino will nicht. »The group is waiting
for us!« Und wenn schon! Die werden schon merken,

176

dass wir nicht kommen. Selbst schuld, wenn sie mich hier in der Pampa zurücklassen. Ich fühle mich jämmerlich, körperlich ausgelaugt und dazu noch peinlich berührt.

Auf einmal raschelt es neben mir und als ich mühsam meinen Kopf drehe (selbst der tut mir weh), sehe ich zwei gigantische Tiere neben mir auftauchen. Elche. Zwei Stück. Diese Viecher sind wesentlich größer als ich dachte. Sehen aus wie verwachsene Riesenpferde und haben nicht mal ein Geweih. Dino wird panisch: »Get on your bike, they can hurt you!«, brüllt er mich an und springt auf sein Rad. Ich würde ja auch gerne, nur ich kann nicht. Dino radelt ein Stück vor, nicht sehr heldenhaft, wie ich finde und schreit weiter: »Hurry up, Andrea, hurry up!« Ich stehe einfach nur da und die Elche schauen mich an – und ich sie.

Immerhin – wenigstens die Elche scheinen Mitleid mit mir zu haben. Sie lassen mich leben und verziehen sich zurück ins Unterholz. Vielleicht rieche ich auch schon dermaßen streng, dass ihnen jeglicher Appetit vergangen ist, oder sie mögen keine leichte Beute. Außerdem – sind die nicht Vegetarier? Was also soll an Elchen schon gefährlich sein? Dino klärt mich auf. Angeblich haben sie schon Menschen totgetreten. Ihre Hufe sollen wahnsinnig scharf sein. Und gerade jetzt, in der Zeit, in der die Elchkühe Junge haben, sind sie besonders rabiat. Uff. Glück gehabt. Oder es war Frauensolidarität. Dino ist ziemlich sauer. Ich hätte uns beide gefährdet. Das hätte böse enden können. Mag sein, aber erstens war er ja nun weit genug weg und zweitens habe ich dafür an diesem Abend die beste Geschichte von allen zu erzählen und bin bis zum Ende der Reise die Einzige, die Elche gese-

177

hen hat. Körperliche Schwäche wird manchmal doch belohnt. Alle sind neidisch und ich genieße den Ruhm. Ich bin die Elchseherin! Ätschi! Wen interessiert da noch, dass ich nicht ordentlich Fahrrad fahren kann. Keinen.

Neben der mit den Elchen gab es noch eine weitere unglaubliche Bekanntschaft in diesem Urlaub. Shigeru. Ein Japaner. Sein Name bedeutet: Üppiges Wachstum, prächtig gedeihen. Der Wunsch seiner Eltern, verborgen in diesem Namen, hat sich leider nicht erfüllt. Shigeru ist ein ziemlich kleines Kerlchen, ehrlich gesagt fast schon mickerig, aber sehr trendy gestylt und irrsinnig kontaktfreudig. Wir lernen ihn in Banff kennen. Banff ist ein netter kleiner Ort am Rande der Rockys. Sozusagen das Tor zu den Rocky Mountains. In Banff gibt es eine Hauptstraße und die ist voll mit Geschäften. Elch-T-Shirts, Mützen, Ahornsirup in jeder erdenklichen Verpackung, Bärenglöckchen, eben alles, was das Kanada-Touristenherz ersehnt. Und inmitten dieser Touri-Shops gibt es einen Louis-Vuitton-Laden. Beim ersten Blick wirkt er wie ein Fehler auf einem Suchbild. Nach dem Motto: Was gehört hier nicht her? Ein Louis-Vuitton-Laden in der Wildnis. Eigentlich vollkommen lächerlich, aber nicht dumm von Louis Vuitton, denn Banff ist ein klassisches Reiseziel für Japaner und die sind nun mal verrückt nach Louis Vuitton. In diesem Laden treffen wir dann auch auf Shigeru. Er will ein Foto von uns machen. Der Japaner an sich fotografiert nun mal gerne. Ich erzähle ihm sofort, dass ich schon zwei Elche gesehen habe, ganz aus der Nähe, lasse aber natürlich die blamable Radgeschichte weg. Er ist beeindruckt.

Dann reden wir über Louis Vuitton. Ich gebe damit an, dass ich eine Tasche von Vuitton habe. Gut, sie ist schon älter und auch nicht echt, aber alles muss man wildfremden Japanern ja auch nicht gleich sagen. Sein Englisch ist schlimm. Aber er gerät total in Ekstase, als ich ihm von meinem gebrauchten Täschchen erzähle. »Can I see it, buy it, used?«, fragt er mich aufgeregt. »We love used wear!«, fügt er noch hinzu und »I give you a lot of money«. Das klingt nicht übel. Lot of money für ein altes Fake-Täschchen. »How much?«, will Shigeru wissen. »How much and how many?« Jetzt heißt es, keinesfalls einen Fehler machen. Ich beschließe, total dreist zu sein und verlange 750 Kanadische Dollar und sage ihm auch ehrlich, dass es sich um ein kleines Modell handelt. »It's very little and used!«, betone ich, schließlich bin ich kein Schwein und will Shigeru, der ja nun wirklich ein freundlicher Zeitgenosse ist, nicht völlig bescheißen. »Used is best. Where is it? Can you show?«, fragt er weiter und scheint von meinen Preisvorstellungen kein bisschen schockiert. Ich bin sehr froh, dass ich das Täschchen mithabe und ärgere mich fast schon, dass ich nicht 1000 Kanadische Dollar verlangt habe.

Wir verabreden uns für den Abend und ich bestelle ihn ins Hotel. In der Öffentlichkeit solch unfaire Geschäfte zu tätigen, erscheint mir heikel. Wer weiß, ob Gebraucht-Taschen-Dealerei zu horrenden Preisen in Kanada erlaubt ist? »I come in hotel, you show it«, bestätigt er die Einladung und verspricht, abends gegen neun Uhr bei mir zu sein. Ich könnte mich kaputtlachen. Das wird das Geschäft meines Lebens. Welch eine Eingebung, dass ich die Tasche mitgenommen habe, aber sie ist die einzige, die einigermaßen zu meinem sandfarbenen Kostüm passt, das ich natürlich noch kein einziges Mal anhatte. Wo hätte ich es schon tragen können? Auch der Kaftan hat hier nur beschränkte Einsatzmöglichkeiten. Vielleicht kann ich den auch noch Shigeru andrehen. Heike dämpft meine Euphorie: »Das wird der merken. Diese Japaner kennen sich aus. Der macht doch keinen blöden Eindruck.« Wir werden sehen. Sie findet außerdem, dass ich ihm sagen muss, dass das Täschchen aus Tunesien ist und wahrscheinlich nicht mal echt ist. Ich weiß, dass es sich aus moralischen Gründen gehören würde, aber 750 Dollar sind ein sehr deutliches Argument dagegen.

»Mal abwarten«, beruhige ich Heike und wir gehen in eine echte Cowboybar zum Abendessen. Alles ist voll mit erwachsenen Männern, die Cowboyhüte tragen. Was bei uns, wenn überhaupt, an Fasching geht, ist hier völlig normal. Wenn ich Shigeru die 750 Dollar abluchsen kann, werde ich mir auch einen Hut kaufen. Sieht einfach lässig aus, so ein Cowboyhut. Wir essen gigantische Hamburger und kommen mit zwei Cowboys ins Gespräch. Der eine ist ein recht hübscher Kerl. So kernig, groß (kann natürlich auch an seinem Hut liegen) und bärtig. Heike vergrätzt die beiden, indem sie Lesbengeschichten zum Besten gibt. Ich bin ein wenig verärgert und wir streiten. »Das ist deine Hochzeitsreise, da kannst du dich doch nicht dermaßen angraben lassen. Das war nur zu deinem Schutz, dass ich denen erzählt habe, wir seien auf einer Lesbentour«, begründet sie ihre Vergraulgeschichte. Blöd von ihr, denn ich wollte den Cowboy ja nicht heiraten. Und außerdem – eine Hochzeitsreise ohne den Bräutigam hat ja wohl andere Spielregeln als ein ganz gewöhnlicher Honey Moon.

Heike ist beleidigt und kommt deswegen auch um neun nicht mit ins Hotel. »Mach deine krummen Geschäfte lieber allein, ich gehe noch ein wenig spazieren«, motzt sie. Soll sie doch. Beleidigt sein kann ich auch. Wenn ich ihr morgen einen Teil meiner 750 Dollar gebe, wird sie sich schon wieder abregen. Wir streiten eigentlich nie lange. Heike ist einfach ein wenig aufbrausend, aber es legt sich jedes Mal schnell wieder. Um viertel vor neun bin ich auf meinem Zimmer. Ohne Heike. Gerade rechtzeitig für Shigeru. Der kleine Kerl ist überpünktlich und ich habe die Tasche noch gar nicht rausgesucht. Es scheint ihm wirklich ernst zu sein, sonst wäre er ja nicht gekommen. Er hat sein tiefschwarzes Haar frisch gegelt und kaum ist er im Raum, fragt er: »Where is it, can I see?« Meine Güte, hat der es eilig. Ich biete ihm einen Drink an. Japaner vertragen ja angeblich nicht viel und wenn er leicht einen sitzen hat, merkt er vielleicht auch nicht, dass mein Täschchen nicht ganz echt ist. Obwohl – wer weiß? Schließlich hat mir der tunesische Verkäufer auch gesagt, es wäre ein »original bag«. Wenn Shigeru also merkt, was Sache ist, kann ich immer noch so tun, als wäre ich ein naives deutsches Mädchen ohne jegliche Markenkenntnis. Shigeru will zunächst nichts trinken. Ich muss ihn richtiggehend beschwatzen. Ich mache eine Flasche Rotwein auf und sage ihm, dass man in Deutschland Geschäfte nur so macht. »First drink, than business.« Er fügt sich und trinkt mit, allerdings recht zaghaft. Als er auf die Toilette muss, bittet er mich, solange vor der Tür zu warten. »Noise toilet very ashamed«, stammelt

181

er. Na gut. Ich habe schon mal irgendwo gelesen, dass die Japaner sehr schamhaft sind und es als peinlich gilt, die Toilettenspülung zu hören. Und das bei den kleinen Wohnungen, die die haben. Da steht ja ständig einer auf der Straße.

Nach zwei Gläsern Rotwein sieht er aus, als wäre er so weit. Ich zeige ihm die Tasche, er guckt seltsam und ich fange sofort an, mich zu schämen. Er merkt es. Verdammt! Ich verkrümle mich auf die Toilette und bitte ihn, ebenfalls solange vor der Tür zu warten. Jetzt kann er sich verziehen, ohne mir etwas erklären zu müssen, und wir beide sind aus der Nummer raus. Ohne Gesichtsverlust für mich. Ich habe richtig Angst, dass Shigeru sauer wird. Grund dafür hätte er, vor allem bei der Vorfreude, die er offensichtlich hatte. Aber schlagen wird er mich hoffentlich nicht. Ich glaube, er hätte nicht mal gegen mich eine Chance. Ich warte etwa vier Minuten im Badezimmer und betätige mehrfach die Spülung, damit er auf jeden Fall vor der Tür bleibt. Als ich zurück ins Zimmer komme, ist er tatsächlich weg und mein Louis-Vuitton-Täschchen auch. Auf dem Tisch liegt Geld. Ich zähle es. 1000 kanadische Dollar. Ich kann es nicht glauben und zähle noch einmal. Es sind wirklich 1000 Dollar. Ist der komplett verrückt? Für das Geld könnte er sich eine nagelneue, echte Tasche kaufen. Und vor allem, wieso ist er weggelaufen? Merkwürdiges Geschäftsgebaren. Aber fremde Länder – fremde Sitten. Haben schon meine Eltern immer gesagt.

Trotzdem – gut, dass wir morgen wieder Richtung Calgary fahren, es wäre mir doch sehr unangenehm, Shigeru nochmal zu treffen. Ich trinke zur Feier den Rest des Rotweins, und als Heike wiederkommt, erzähle ich ihr die Geschichte. Sie hat Shigeru noch auf der Hauptstraße getroffen. »Und war er komisch, hat er was gemerkt?«, frage ich ängstlich. »Nee, ich glaube nicht, er hat sich sogar bedankt und geschwärmt. ›Good business, fair price‹ hat er gesagt.« Unglaublich. Schade, dass ich nicht noch mehr Fake-Täschchen mithabe. Heike und ich vertragen uns wieder und nachdem Shigeru nicht mehr auftaucht, können wir beide sehr über die Geschichte lachen. Noch im Bett giggeln wir vor uns hin und beschließen, in Calgary von dem unerwarteten Geldsegen richtig schön shoppen zu gehen.

Heike vergeht das Lachen am nächsten Morgen, als sie aus der Dusche kommt und ihren Beutel mit der Schmutzwäsche sucht. Weg. Ihre Plastiktüte mit der Dreckwäsche hat sich anscheinend in Luft aufgelöst. Während ich noch überlege, wo wir sie gelassen haben, sagt Heike nur: »Mein Gott. Used wear! Von wegen Louis-Vuitton-Tasche! Jetzt ist mir alles klar. Deshalb hat der auch soviel gelatzt. Der ist ein Unterwäschefetischist. Und er hat meine mitgenommen. Wahrscheinlich weil die hier so günstig lag. Also her mit den 1000 Dollar. Die Tasche war nur ein Pseudogeschäft. Zur Tarnung.« Ich bin absolut fassungslos. Shigeru soll Heikes Schmutzwäsche geklaut haben? Hat er etwa dafür 1000 Dollar bezahlt? Wie widerlich ist das denn? Jetzt ist mir auch schlagartig klar, warum er wie vom Erdboden verschwunden war, als ich aus dem Badezimmer kam. Ich bin schockiert. »Du hast einfach nur keine Ahnung. Das ist ein Renner in bestimmten Kreisen in Japan«, bleibt Heike ziemlich cool. Sie habe da mal einen Artikel gelesen. 1000 Dollar für Unterwäsche – used. Gebrauchte Wäsche! Bah! Eklig. Aber ziemlich lukrativ. Ich biete Heike an zu teilen. Schließlich wäre ohne mich das Geschäft nicht zustande gekommen und er hat ja nun auch das Täschchen mitgenommen. Insgeheim bin ich sehr froh, dass er sich versehentlich für Heikes Unterwäsche entschieden hat. Der Gedanke daran, was Shigeru mit der Wäsche treibt, macht mich äußerst verlegen. Im Detail will ich mir das überhaupt nicht vorstellen. Heike willigt ins Halbe-halbe-Geschäft ein, ich fühle mich wie eine Schmuddelagentin und nach der ersten Aufregung freut sie sich. Jetzt hat sie mehr Platz in ihrem Koffer, außerdem war es auch keine besonders feine Wäsche und die Chance, Shigeru je jenseits von Kanada wiederzusehen, ist nun auch eher gering. Heike ist einfach eine praktische Frau. Man kann von ihr lernen.

Soweit die wichtigsten Vorkommnisse unserer kleinen Hochzeitsreise ohne Bräutigam.

Ich beschließe, heute mal richtig fleißig zu sein, und in drei Stunden habe ich das Haus wieder in einem einigermaßen vorzeigbaren Zustand. Ich hätte noch mehr geschafft, wenn nicht zwischendrin meine Schwiegermutter aufgekreuzt wäre. Ein spontaner Besuch, gerade als ich am Feucht-Durchwischen bin. Eine Tätigkeit, die ich gerne mal unterbreche.

»Hör mal, Herzschen, mir mache uns immer noch Gedanke wesche dieser merkwürdigen Beingeschichte. Was is en eischentlich los?«, bestürmt sie mich direkt mit Fragen. An sich hätte ich Lust, ihr die ganze vertrackte

Misere zu beichten – von Anfang an, auch um mich zu erleichtern. Man fühlt sich oft schon besser, wenn man mal alles loswerden kann. Ähnlich wie nach einem Abend mit zu viel Alkohol. Sich einmal zu übergeben ist unangenehm, aber das Gefühl danach macht einiges wett.

Aber Inge ist der Typ Frau, der sich so richtig – mit Haut und Haar – Sorgen macht. Und das will ich nicht. Dazu habe ich sie zu lieb. Der Gedanke, dass sich das mit Christoph weiter so schlecht entwickeln könnte und wir uns eventuell, im schlimmsten aller Fälle, vielleicht wirklich trennen, würde ihr das Herz brechen. Und mir gleich mit. Meine Schwiegereltern sind wundervoll. Um mich herum höre ich immerzu Klagen über nervige Schwiegermütter. Ich bin von Anfang an sehr zufrieden mit meiner. Sie ist – so pathetisch das auch klingen mag – ein guter Mensch. Einem guten Menschen bewusst weh zu tun, gehört sich nicht. Also lasse ich es und handle somit absolut uneigennützig, was mir wiederum ein gutes Gefühl verschafft. Ich beruhige sie und rede nur von einem großen, sehr großen Missverständnis und betone immerzu, wie gesund und munter die Kinder sind. Inge guckt skeptisch und man sieht ihr an, dass sie mir nicht wirklich glaubt. Aber sie ist keine Schwiegermutter, die dann weiterbohrt. Dazu ist sie zu höflich. Sie rollt ein ganz kleines bisschen mit den Augen, seufzt demonstrativ und sagt: »Gut, Andrea, wenn du es sachst, will ich es ma glaube. Abä sollte was sein, kannst du immä mit mir drüber spreche.«

Nach einer langen Dreiviertelstunde macht sie sich wieder auf den Weg. Ich frage sie noch, ob sie morgen (an meinem ersten Arbeitstag – hurra!) die Kinder abholen kann, und Inge willigt freudig ein, so als hätte ich ihr gerade einen Lottogewinn überreicht. Von meinem Job sage ich noch nichts. So gesprächig wie Inge ist, glaube ich kaum, dass sie es verstehen könnte, wenn ich ihr sagte, dass ich ihrem Sohn davon noch nichts erzählt habe. Sie fragt auch nicht weiter nach, warum ich jemanden für die Kinder brauche – dazu freut sie sich zu sehr. Ihr ist jeder Anlass recht. Sie würde die Kinder auch für Monate nehmen. Sollte ich mich also je dafür entscheiden, die Sahara zu durchqueren oder eine Polarstation zu übernehmen, die Kinderbetreuung wäre gesichert. Inge und Rudi finden sogar, dass sie viel zu selten auf die beiden aufpassen dürfen. Man höre und staune: dürfen! Herrlich, oder? Trotzdem haben Christoph und ich gemeinsam beschlossen, diese Bereitwilligkeit nicht überzustrapazieren.

Ich bringe Inge noch zur Tür und kaum ist sie draußen, nimmt das Unheil seinen Lauf. Tamara, meine Nachbarin, verlässt quasi zeitgleich ihr Haus gegenüber und kommt sofort auf Inge zu. Ich versuche das Schlimmste zu verhindern, trete schnell auch vor die Tür und gebe Tamara, hinter Inges Rücken gestikulierend, Zeichen. Lege mir den Finger auf den Mund und schüttle den Kopf. »Halt ja die Klappe. Kein Wort von der Thrombose«, soll das heißen. Ich hätte es mir schenken können. Für subtile Zeichen ist Tamara leider nicht die richtige Ansprechpartnerin.

»Sie Arme, Sie. Das ist ja alles furchtbar«, begrüßt sie Inge. Die ist, verständlicherweise, irritiert. Ich muss dringend eingreifen, denn wenn Tamara jetzt richtig loslegt, wird Inge glauben, ich sei geisteskrank, und aus diesem Schlamassel wieder rauszukommen, wird dann echt schwierig. »Hallo Tamara«, reiße ich das Gespräch an mich, »der Inge geht's prima«, gerade so, als wäre meine Schwiegermutter taubstumm. Tamara schaut erstaunt. »Na, das ging aber schnell. Ich kannte mal jemanden, der hat da jahrelang mit rumgemacht.« Bevor die bösen Wörter Thrombose, Bein oder Krankenhaus fallen, muss Inge hier weg sein. Am liebsten würde ich Tamara den Mund zuhalten und sie zurück in ihr Haus schieben. Und noch dazu bin ich selbst schuld an der Situation. Ich hätte es wissen müssen! Mit bizarren Lügengeschichten kommt man eben nicht weit. »Inge, wegen der Kinder. Denkst du dran, die morgen pünktlich zu holen?«, lenke ich vom Thema ab. Wenn die Kinder ins Spiel kommen, vergisst Inge für gewöhnlich alles andere. »Natürlich, Andrea. Isch weiß gar net, warum de des extra sachst, mer warn doch nie zu spät, odä?« Wie wahr. Inge und Rudi sind im Gegenteil überpünktlich. Aber bei Tamara scheint der Groschen gefallen zu sein. »Wie nett, Sie nehmen trotzdem die Kinder, das ist ja toll von Ihnen.« Bis auf das trotzdem ging der Satz. Inge guckt erst mich und dann Tamara an und man merkt, dass sie sich sehr wundert. »Das Wettä bekommt mir aach net so gut«, sagt sie ganz freundlich, und ich glaube, das soll heißen: »Ihr spinnt, aber ich hoffe, es ist das Klima und ihr seid weder wahnsinnig noch drogensüchtig hier in dieser Siedlung.« So oder so – unsere Konversation war ein klassisches, wirres Aneinandervorbeireden. Aber immerhin hat niemand das Wort Thrombose gesagt. Inge, sonst einem guten Schwatz nie abgeneigt, geht. Freiwillig. Vielleicht hat sie Angst, sie könnte sich bei uns anstecken oder sie will einfach nur schnell ihren Sohn anrufen, um zu fragen, warum seine Frau so von der Rolle ist. Egal – Hauptsache sie ist erst mal weg.

»Was war denn das?«, fragt mich Tamara neugierig. Ich schwindele ein wenig weiter, erzähle was davon, wie ungern Inge über ihre Thrombose spricht und dass ich ihr deshalb versprechen musste, mit keinem darüber zu reden. Tamara ist erstaunt, weil sie Inge ganz anders eingeschätzt hätte (zu Recht!), glaubt mir aber (gut, sie glaubt schnell mal was – insofern ist sie eine, die man recht einfach beschwindeln kann!) und gibt deshalb auch Ruhe.

Als ich mich verabschiede – schließlich wartet mein Boden darauf, fertig gewischt zu werden und Christoph sollte ich auch dringend noch anrufen, wegen meiner Vernissage-Verabredung mit Sabine –, macht es bum. Meine Tür ist zu. Und ich stehe draußen. Und das ohne Schlüssel. In meiner Thrombose-Panik habe ich ihn drinnen hängen lassen. Die Person, die einen Schlüssel zu unserem Haus hat, ist gerade fünf Minuten weg und besitzt auch kein Handy. Inge. So ein verdammter Mist! Das hat mir gerade noch gefehlt. »Ich sag ja immer, du solltest uns einen Schlüssel geben. Es ist einfach sinnvoll, bei den Nachbarn einen Schlüssel zu hinterlegen«, sagt Tamara und bietet mir trotzdem netterweise sofort Asyl. Was nun? Auch mein Autoschlüssel hängt fein säuberlich am Schlüssel-brett, wo er hingehört, und ich muss in Kürze meinen Sohn abholen.

»Ruf doch Christoph an, ob er eben vorbeikommt!«, schlägt Tamara vor und hält mir ihr Telefon hin. Was nun? Zugeben, dass wir seit Tagen nur noch notdürftig kommunizieren und dass er deshalb bestimmt keine riesige Lust hat, schnell mal nach Hause zu fahren, um seiner dusseligen Frau die Tür aufzuschließen? »Ich glaube, der ist am Gericht, da hat der sein Handy nicht an«, lüge ich weiter, aber Tamara bleibt beharrlich. »Ruf doch wenigstens in der Kanzlei an, damit sie ihm Bescheid sagen können, wenn er sich meldet.« Dazu fällt mir keine einigermaßen gescheite Ausrede mehr ein.

Ich rufe an. »Kann ich bitte meinen Mann sprechen. Schnidt hier, Andrea Schnidt«, sage ich und hoffe, dass er zufällig vielleicht wirklich bei Gericht ist. Pech gehabt. Er ist da. »Ja, hallo«, sagt er zur Begrüßung. Eine Stimme frei von jeglicher Emotion. Er klingt so, als sei ich ein x-beliebiger Mandant. Nicht kühl, aber extrem sachlich. Nüchtern. Erschreckend. Schnippisch oder wütend wären immerhin Regungen – das aber klingt nach gar nichts und macht mir deswegen auch ein bisschen Angst. »Ich habe mich ausgesperrt. Kannst du eben mal vorbeikommen und mir aufschließen?«, bitte ich ihn so freundlich wie ich kann. »Andrea, das passt gerade so gar nicht. Moment mal. Ich klär da mal was ab. Vielleicht kann ich es ermöglichen.« Ihro Gnaden hat gesprochen. Vielleicht kann er es ermöglichen? – Was ist das für ein Ton! Ich würde am liebsten auflegen, aber da Tamara mich so erwartungsvoll anstiert, unterdrücke ich den Impuls. Christoph lässt mich in der Leitung hängen und ich höre mir eine gute Minute lang die doofe Warteschleifenmusik der Kanzlei an. So ein seichtes Fahrstuhlgedudel. Dann erbarmt sich mein Mann: »Gut, ich komme vorbei«, sagt er und ich kann seinen Unwillen überaus deutlich heraushören.

Das ist keine Überraschung. Begeisterung hatte ich auch nicht erwartet. »Soll ich Mark gleich mitbringen?«, fragt er mich noch. Immerhin – ein Pluspunkt: er erinnert sich noch daran, dass er Kinder hat, und weiß sogar, dass die Abholzeit im Kindergarten naht. Das ist ein äußerst gutes Zeichen. Das habe ich mal in einer Frauenzeitschrift gelesen. Väter, die wissen, wie die Freunde ihrer Kinder heißen, die die Klassenlehrer identifizieren können und die eine annähernde Idee davon haben, was ihre Kinder nachmittags so treiben, haben angeblich Interesse an ihrer Familie. Ich bejahe seine Abholfrage und er verspricht mir, bald da zu sein. Das war unser längstes Gespräch seit Tagen! »Es klappt. Er kommt«, informiere ich Tamara und höre mir die nächsten fünfzig Minuten neue Hochbegabtengeschichten von ihrem Wundersohn Emil an. Aber immer noch besser, als auf der Straße zu stehen.

Tamara entdeckt sie zuerst. »Wen hat dein Mann denn da im Auto, auf dem Beifahrersitz?«, will sie wissen. »Na, Mark wahrscheinlich, aber der darf eigentlich nicht vorne sitzen.« »Die sieht nicht aus wie ein Kind. Und wie Mark schon gar nicht«, sagt Tamara nur und hat dabei einen so komischen Unterton in der Stimme, dass ich sofort vom Küchentisch aufschrecke. Ich trete neben Tamara, die am Fenster steht, und sehe gleich, was sie meint. Vielmehr – wen sie meint. Belle Michelle steigt aus Christophs Auto. Beine und nochmal Beine und oben dran hängt Belle Michelle. Obwohl ich sie noch nie in echt gesehen habe, erkenne ich sie sofort. Sie ist tatsächlich schöner als auf Sabines Fotos und von weitem machen die Nagerzähnchen wirklich überhaupt nichts aus.

Ich könnte mich spontan übergeben. Schockkotzen sozusagen. Jetzt ist Christoph komplett übergeschnappt. Was erlaubt der sich? War das mit meinem vergessenen Schlüssel die optimale zufällige Gelegenheit, um der gierigen Schlange schon mal den Sohn vorzustellen? Oder will die Königin der Kanzlei nur mal schauen, wo sie bald wohnen wird? Soll ich sie auf der Stelle töten? Egal, warum sie aus dem Auto meines Mannes steigt – allein die Tatsache ist schon unverzeihlich! »Wer ist das denn? Die sieht ja doll aus«, schüttet Tamara unbewusst noch ordentlich verbalen Spiritus in meine offene Wunde. »Ach, die«, sage ich so beiläufig wie möglich, »eine Kollegin. Christoph hat mir eben schon gesagt, dass sie mitkommt. Die müssen dann noch zum Gericht.« Eine weitere meiner mittlerweile unzähligen Lügen. Reiner Selbstschutz. Wie gerne würde ich jetzt stattdessen schreien und heulen.

Und wie ich aussehe! Im Putzdress (Schlabberhose und ausgeleiertes T-Shirt!) und Belle Michelle dazu im Vergleich wie auf Staatsbesuch – im knappen Kostüm, olivfarben, mit passenden Pumps und großen goldenen Kreolen in den Ohren. Jetzt hebt diese miese Männerjägerin meinen Sohn aus seinem Kindersitz. Es reicht! Erst der Mann – dann der Sohn. Ich stürme zur Tür raus und laufe zum Auto.

»Das ist mein Kind«, schreie ich wenig gelassen. Belle Michelle lacht, kommt auf mich zu (sie läuft auf ihren hochhackigen Schuhen so entspannt wie ich in Hausschlappen, die ich übrigens leider auch noch anhabe) und sagt: »Ich weiß. Hallo. Ich bin übrigens die Michelle.« Zur Begrüßung entblößt sie ihre winzigen Schneidezähnchen. Sie sehen besser als auf dem Foto aus. Ich unterdrücke den ersten Impuls, ihr das zu sagen, und auch den, überhaupt nicht mit ihr zu sprechen, sondern besinne mich auf meine Erziehung und sage: »Andrea, Andrea Schnidt – die Frau von Christoph. Hallo.« Nur, um nochmal in aller Deutlichkeit klarzustellen, wer hier welche Rechte hat. Wer weiß, vielleicht hat diese Frau doch noch Reste von Moral und Anstand. »Ich freue mich, dass wir uns endlich kennen lernen«, ergänzt sie noch. Aber bei all meiner Erziehung, diese Nettigkeit zu erwidern, das schaffe ich einfach nicht. Christoph, dem ich einen Blick zuwerfe, bei dem Eskimos frieren würden, überreicht mir den Hausschlüssel. »Ich habe dir ja schon von Michelle erzählt. Wir müssen eh auf einen Termin und da dachte ich, dass es schlau wäre, gleich alles in einem Aufwasch zu erledigen.« Sehr schlau! Geradezu nobelpreisverdächtig. Ich schnappe den Schlüssel und meinen Sohn und schließe auf.

Nachdem ich mir meinen eigenen Schlüssel vom Brett genommen habe, gebe ich ihm seinen zurück und sage, unter Zuhilfenahme aller mir zur Verfügung stehenden Contenance: »Vielen Dank, Christoph. Und wo ich gerade die Gelegenheit habe – ich muss heute Abend nochmal weg, mit Sabine. Kannst du gegen sieben zu Hause sein? Wegen der Kinder?« Er stöhnt. Ein Geräusch, das ich ansonsten, in anderen Lebensbereichen, lange nicht mehr gehört habe. Er dreht sich zu Belle Michelle um, die auf unserer kleinen Vortreppe steht und sagt: »Könnten wir das auch hier erledigen? Diese Rendschmer-Sache?« Sie nickt: »Kein Problem. Wenn deine Tochter genauso süß ist wie der Kleine hier, sogar sehr gerne.« (Während sie das sagt, krault sie das Haar meines Sohnes, der offensichtlich davon auch noch begeistert ist!) Was soll das bedeuten? Habe ich das jetzt richtig verstanden? Wollen die sich hier, während ich mit Sabine auf einer Vernissage rumstehe, einen duften Abend machen? »Gut, Andrea, da Michelle so nett ist, geht das von mir aus klar. Wir sind um sieben hier.« Fehlt nur noch, dass er sagt, dass ich noch ein paar Schnittchen richten und das Bett frisch beziehen soll.

Ich will mich auf den Boden werfen und mit den Beinen strampeln. Ärgerlich, dass das als Erwachsene nicht geht. Kann ich ihr einfach so ein paar knallen? Oder sollte ich mir nicht zuerst meinen Mann vornehmen? In meinem Kopf laufen sehr unschöne Bilder ab. Wäre das ein Film, dann auf keinen Fall einer für Zuschauer unter 18. Christoph sagt noch abschließend: »Dann ist ja alles klar. Und übrigens – wenn du heute Abend weg willst, solltest du dich vielleicht noch umziehen.« Kröte Belle Michelle zieht an ihrer Kostümjacke und kichert ganz leise. Ich bin so fassungslos, dass ich nicht mal mehr zu einer Reaktion fähig bin. Für dieses Verhalten ist dreist ein geradezu läppischer Ausdruck. Das ist eine Art verbaler Steinigung.

Als ich mich kommentarlos abwende und ins Haus gehe, kommt er hinterher. Sie allerdings auch. »Ihr entschuldigt mich«, sage ich und konzentriere mich darauf, regelmäßig ein- und wieder auszuatmen, »ich muss eben mal hoch ins Bad.« Ich nehme Mark an der Hand, der sich eher widerwillig von mir mit nach oben zerren lässt.

Etwa fünf Minuten verharre ich im ersten Stock. Höre weit entfernt mein Handy piepsen, sitze in Marks Kinderzimmer und glotze stoisch auf das Playmobilpiratenschiff, so als hätte ich es nie zuvor gesehen. Ich bin wie betäubt. Mark merkt, dass irgendwas nicht stimmt, und fragt: »Bist du krank?« Als ich nicht antworte, fängt er an, mir was von Michelle zu erzählen. Irgendwas von »toll schön und toll lieb«. Was hat diese Frau an sich, dass alle Männer (selbst solche im Kindergartenalter) schon beim ersten Kontakt zu hypnotisierten, verzauberten Kaninchen mutieren und spätestens dann, wenn sie die Pubertät hinter sich gelassen haben, anfangen zu sabbern?

Als die Tür unten ins Schloss knallt – keiner der beiden hat »tschüs« gesagt – und wenige Sekunden später der Motor aufheult, fange ich an zu weinen. »Ich bin deine Mama«, schluchze ich und mein Sohn schaut mich mit großen Augen an. Als er seine kleinen Arme um mich legt und nur »ja klar« sagt, ist es restlos um mich geschehen. Ich weine eine gute Viertelstunde, bis es an der Tür klingelt. Claudia ist da. Ich ziehe sie ins Haus und schmatze sie ab, so als wäre sie gerade von einem mehrwöchigen Heimaufenthalt zurückgekommen. Die lasse ich mir nicht auch noch abspenstig machen. Claudia ist verwirrt. Ganz so theatralisch ist meine Begrüßung sonst normalerweise nicht.

Jetzt geht es mir schon besser. Ich muss die Kinder nur noch ordentlich auf heute Abend einstimmen. Den zwei Turteltäubchen werde ich ihren lauschigen Abend schön versauen. Mit den Kindern muss ich heute Nachmittag etwas unternehmen, dass sie gegen Abend so richtig durch den Wind sind. Belle Michelle soll sehen, was sie sich da Lustiges angelacht hat. Dass mein Mann einfach so, ohne sich zu verabschieden oder nochmal hochzukommen, abgerauscht ist, ist ein eindeutiges Signal.

Für heute Nachmittag lade ich ein paar Freunde der Kinder ein. Ich überlege lange und suche mit Bedacht die chaotischsten und unordentlichsten von allen aus. Für jedes Kind gleich drei Freunde. Acht Kinder sollten reichen, ein schönes Durcheinander anzurichten. Den Müttern sage ich, dass es reicht, sie erst gegen viertel nach sieben wieder abzuholen. Alle sind hocherfreut. Einen freien Nachmittag zu haben, begeistert die meisten Mütter (alle die, die noch bei Verstand sind jedenfalls!). Ein bisschen ärgerlich ist nur, dass ich erst heute das ganze Haus geputzt habe. Wenn diese Horde von Kindern hier durchgezogen ist, wird man davon sicherlich nichts mehr sehen. Schon deshalb beende ich sofort die Putzarbeiten im Haus und widme mich meinen ganz persönlichen Putzarbeiten am eigenen Körper. Belle Michelle wird staunen, welche Metamorphose ich an einem Nachmittag vollziehen kann. So wie vorhin wird die mich nie mehr sehen. Das war ja eine Szene wie aus Aschenputtel.

Schon wieder piepst mein Handy. Eine weitere SMS von Helmuth. »Warum antwortest du nicht? Das tut mir weh, weh!« Der gebärdet sich ja gerade so, als hätte ich ihm die Ehe versprochen und er mir schon Dutzende SMS geschrieben. Aber stimmt – vorhin in meiner Kinderzimmerheulphase hat das Handy schon mal gepiept. Ich öffne den Mitteilungsspeicher und tatsächlich – da ist mir eine durch die Lappen gegangen. »Ich vermisse dich, du Hübsche, Hübsche! Dein Helmuth.« Aber warum ist die

195

im Speicher? Meine Technikkenntnisse sind zwar nicht sehr profund, aber ich weiß, dass man eine Mitteilung erst gelesen haben muss, bevor sie in den Speicher wandern kann. Wer hat meine SMS gelesen?

War das etwa Christoph? Geht der einfach so an mein Handy? Wenn er es war, dann erklärt das allerdings einiges. Zum Beispiel, warum er, ohne sich zu verabschieden, aus dem Haus gegangen ist. Ich stelle mir vor, ich hätte bei ihm auf dem Handy eine SMS gelesen mit: »Ich vermisse dich, du Hübscher, Hübscher.« Ich glaube, da wären mir auch alle Sicherungen durchgebrannt. Auf der anderen Seite, sein Erscheinen mit Belle Michelle, seine blöden Bemerkungen – das war auf jeden Fall alles passiert, noch bevor er die SMS gelesen hat. Sollte ich ihm eine Erklärung liefern? In mir rumort es. Wenn ich ihm alles erkläre, muss ich ihm auch sagen, dass ich ab morgen früh seine neue Kollegin sein werde und dass Helmuth mein Zeitarbeitsvermittler ist. Das allein erklärt natürlich noch nicht, warum ich dann direkt mit ihm ausgegangen bin und er mir jetzt heißblütige SMS sendet. Eine komplizierte Geschichte. Außerdem bin ich ja nur mit Helmuth ausgegangen, weil Christoph diese merkwürdige Belle-Michelle-Geschichte am Laufen hat. Und ehrlich gesagt: Schon für den heutigen Auftritt hat er einiges verdient. Gibt es Schlimmeres, als die potenzielle Rivalin einfach so ins Haus zu schleppen? Nein.

Ich entscheide mich deswegen, Christoph nicht anzurufen und keine Erklärung abzugeben. Wenn er was wissen will, kann er ja fragen. Oder – je nachdem, wie die Begrüßung heute Abend ausfällt, entscheide ich, ob er weitergehende Informationen erhält oder eben nicht.

Der Nachmittag ist wesentlich entspannter als sonst. Ich kümmere mich einfach nicht darum, was die Kinder machen. »Nehmt euch Süßigkeiten aus der Schublade, was immer ihr wollt, ihr könnt drinnen und draußen spielen, mit allem, was in den Zimmern so zu finden ist.« Die Kinder, meine eigenen eingeschlossen, schauen sehr verwundert. Ich gelte ansonsten als eher streng. Und dann so was! Aber Botschaften wie »ihr dürft machen, was ihr wollt« lassen sich Kinder nicht zweimal sagen. Aber eine Regel für den Nachmittag gebe ich dann doch noch aus: »Das Einzige, woran ihr euch halten müsst: Ihr lasst mich in Ruhe und macht kein offenes Feuer!« Alle nicken und können es kaum abwarten, bis ich mich verziehe.

Es ist schwer, nicht alle fünf Minuten nach unten zu laufen, um zu schauen, was die Bande so treibt. Die Geräusche lassen auf Schlimmes schließen. Ich höre Wasser und hoffe, dass sie nicht ganze Etagen fluten. Ich fühle mich keineswegs entspannt, was bei dem Lärmpegel auch nahezu unmöglich ist, aber ich schaffe es, nicht hinzurennen und rumzuschreien. Vielleicht ist das überhaupt die Lösung bei Kinderbesuch – einfach in Ruhe lassen und dafür eine halbe Stunde zur Beseitigung der gröbsten Unordnung einzukalkulieren. Dann regt man sich nicht permanent auf, sondern nur einmal geballt.

Es wird tatsächlich ein netter Nachmittag. Ich muss zweimal Kinderhintern – fremde! – abputzen, ansonsten bleibe ich verschont. Zwischendrin, während ich mir mal wieder die Beine rasiere (wenn nur alles so gedeihen würde wie meine Behaarung), habe ich kurz ein schlechtes Gewissen. Der arme Christoph. Kommt extra wegen mir heim und zum Dank erwarten ihn acht Kinder und

197

ein Saustall. Bevor ich zu mitleidig werde, rufe ich mir nochmal schnell die Begebenheit mit Belle Michelle in Erinnerung. Ich bin – das muss ich gestehen – eine Frau mit Hang zur Rachsucht. Aber im Vergleich zu anderen geht es eigentlich noch. Ich habe schon von Frauen gelesen, die das Auto ihres Mannes angesteckt haben, seine Klamotten zerschnitten oder seine komplette Sammlung von Modellflugzeugen bei E-Bay vertickt haben. Dagegen bin ich fast schon sanftmütig. Es hätte ihn also wesentlich schlimmer erwischen können. Okay – er hat nicht mal Modellflugzeuge, die ich verkaufen könnte, aber ein brennender BMW – nämlich seiner – würde ihn schon sehr treffen.

Gegen halb sieben traue ich mich erstmals an diesem Nachmittag ins untere Stockwerk. Ich bin erstaunt. Die Kinder haben wesentlich weniger Dreck gemacht als erhofft und hocken kollektiv vor der Glotze. Man gibt ihnen die Chance, all das zu tun, was sie wollen, und sie schauen fern. Insgesamt sieht es eigentlich noch recht manierlich aus. Jedenfalls im Wohnzimmer. Die Küche hingegen ist ein wahres Schlachtfeld. Alles steht voll mit benutzten Gläsern, überall liegen Verpackungsreste, Kekskrümel, und quer über die Arbeitsfläche zieht sich eine Spur aus Müsli und Marmelade. Mein erster Impuls ist es, zum Lappen zu greifen. Ich muss mich richtiggehend beherrschen, aber eigentlich ist es so geradezu perfekt. Christoph wird mit Belle Michelle ins Haus kommen, zuerst das Wohnzimmer sehen und dann wartet diese nette kleine Überraschung in der Küche auf ihn. Bevor er sich seiner Belle Michelle widmen kann, hat er auf jeden Fall noch gut was zu tun. Der Gedanke macht mir Spaß. Ich gehe aus und Christoph kann sich der Küche annehmen. Belle Michelle mit Spüllappen und Kehrschaufel – eine schöne Vorstellung.

Sabine hat am Nachmittag nochmal angerufen und gesagt, ich solle mich für die Vernissage richtig in Schale werfen, und so haben wir in einem halbstündigen Gespräch unsere Outfits abgestimmt. Sabine ist gerne mal overdressed. Sie hat mir mehrfach gesagt, dass so eine Vernissage eine wirklich schicke Angelegenheit ist. Sie selbst wird ein pinkes Top und pinke Pumps und dazu eine schwarze Röhrenjeans tragen. Ich solle ja nicht in meinem Vorstadt-Mutti-Look auflaufen. Vorstadt-Mutti-Look? Ich bin fast ein bisschen beleidigt. Die tut ja gerade so, als würde ich rund um die Uhr in Leggings und Gesundheitslatschen rumrennen. Ganz so ist es ja nun nicht.

Ich gebe allerdings zu, nicht zu den Müttern zu gehören, die sich schon für die Fahrt zum Kindergarten aufbrezeln, als ginge es zu einem Date. Das ist mir einfach zu mühsam. Vielleicht bin ich auch nur zu faul. Ich finde, das ist aber auch einer der wenigen Vorteile des klassischen Hausfrauendaseins. Sich nicht schon morgens auf die geschwollenen Augen kunstvoll Lidschatten auftragen zu müssen. Für mein Leben an der Leggingsfront langt ein Hauch Wimperntusche, etwas Lipgloss (wenn er gerade zur Hand ist) und ein Haargummi für die Spaghettihaare, die übrigens ziemlich schlimm aussehen. Etwa so wie ich mich fühle. Meine Haare – Abbild meines Lebens. Sie hängen trostlos in Kinnhöhe rum, sind nicht zipfelig fransig, sondern sehen angefressen aus, und das Einzige, was positiv auffällt, sind die verschiedenen Farbschattierungen. Dabei habe ich mir wirklich Mühe mit ihnen gegeben – nach dem Duschen jedes Stylingprodukt aufgetragen, das ich besitze. Aber so kann ich definitiv nicht gehen. Ich halte den Kopf kurz entschlossen wieder unter die Brause (eine heikle Angelegenheit, wenn man schon fertig geschminkt ist) und beschließe, es mit Lufttrocknen zu versuchen.

Als Sabine klingelt, stehe ich mit nassem Haar da. »Oh, wet look«, begrüßt sie mich, »sieht sexy aus!« Ich packe eine Tube Gel in meine Handtasche, falls die Luft-Trocken-Version doch nichts wird. Farblich stehe ich Sabine heute Abend in nichts nach. Ich bin ganz in Türkis. Ohrringe, Schuhe (so hoch, dass ich Chancen hätte, einen Basketball-Korb ohne Sprung zu erreichen) und ein knappes Oberteil mit herrlichem Ausschnitt. Dazu eine weiße Hüfthose und eine kleine Jeansjacke. Wir sehen aus wie zwei Vorstadtfrauen, reif für die Disco. »Können wir los, Andrea?«, fragt Sabine mich. »Christoph ist noch nicht da«, bremse ich sie und wir setzen uns noch einen Moment ins Wohnzimmer. »O mein Gott«, sagt Sabine nur, als sie die Horde Kinder sieht. Sabine behauptet, Kinder zu mögen, aber mehr als zwei auf einem Haufen jagen ihr Angst ein. »Die sind so unberechenbar«, findet sie, »und so laut und so klebrig.«

Als ich Christophs Auto höre, verabschiede ich mich von meinem kleinen privaten Kinderhort, der seit etwa zehn Minuten beharrlich nach Nahrung verlangt. »Gleich kommt Papa, der macht euch was«, sage ich, wissend, dass europäische Vorstadtkinder selten so ausgehungert sind, dass es auf Minuten ankommt. Mein Sohn Mark fragt noch, kurz bevor ich zur Tür gehe, ob die liebe schöne Frau von heute Mittag mal wieder käme, und ich könnte meinen Kopf einfach so gegen die Wand schlagen. Mark, der normalerweise schon auf dem Weg ins Obergeschoss vergisst, was er dort eigentlich wollte, erinnert sich nach einem zehnminütigen Zusammentreffen noch an Belle Michelle! Diese Frau ist tatsächlich eine fortwährende Prüfung für mich.

Ich trete mit Sabine schon mal vor die Tür, um mir jegliche Diskussionen im Haus zu ersparen. Wenn Christoph sieht, was da los ist, bezweifle ich, dass er mich einfach so gehen lässt. »Hallo Andrea, hallo Sabine«, sagt er nur und mustert mich gründlich. Gerade so, als müsse er mich später bei der Kripo beschreiben. Ein Blick, der durch Mark und Bein geht. Ob ihm gefällt, was er sieht, kann man allerdings an seinem Gesicht nicht ablesen. »Wo ist deine Michelle?«, ist das Einzige, was mich momentan interessiert. »Die musste noch was erledigen. Wenn überhaupt, kommt sie später«, informiert er mich und sieht dabei ganz traurig aus. Warum bloß? Weil ich weggehe oder weil Belle Michelle ihn hat hängen lassen? Hat die doch so was wie ein Gewissen oder hat ihr unser Haus nicht gefallen? Jetzt wäre der Moment da, um zu sagen: »Schatz, ich bleibe bei dir.« Ein Wort von ihm und ich lasse die Vernissage sausen. Es kommt aber nichts. Wir beide sind schlecht darin, den ersten Schritt zu machen. Brauchen wir eine Therapie? Eheberatung? Eben professionelle Hilfe? Oder interpretiere ich in seine offensichtlich schlechte Stimmung nur das rein, was mir am liebsten wäre? Wenn ich wüsste, ob er Helmuths SMS gelesen hat, wäre ich mir sicherer. Aber wenn ich ihn das frage, ist der Abend mit Sicherheit gelaufen. Wieso ist dieser Mann nur so störrisch? Wieso kann der nicht mal über seinen Schatten springen? Merkwürdigerweise erwartet man von anderen gerne Dinge, die man selbst nicht bereit ist zu tun. Das muss ich allerdings schon zugeben.

»Tschüs, ihr zwei«, sagt Christoph und ich sage, schon halb auf der Straße, nur noch schnell: »Die anderen Kinder werden in einer viertel Stunde abgeholt. Spätestens.« Damit er schon mal eine leise Ahnung davon bekommt, was ihn drinnen erwartet. Wir gehen, aber ich fühle mich schlecht. Irgendwie mies. Der Saustall war für die Kombination Belle Michelle und Christoph gedacht. Ihm allein hätte ich das sicherlich nicht zugemutet. Obwohl – schon für die Absicht, die Qualle mitzubringen, hat er das verdient.

Ich bin wankelmütig. In der einen Minute möchte ich ihn in die Arme schließen, ihn abküssen und wünsche mir, dass alles wieder gut ist. In der nächsten Minute schmiede ich neue Rachepläne und lechze danach, ihn büßen zu lassen.

Sabine lenkt mich ab. Im Auto drückt sie mir voller Stolz die Vernissage-Einladung in die Hand. Zeichnungen und Installationen von Philipp Marker und Boris Heizner, zwei Absolventen der Kunsthochschule. Junge Künstler. Oh, das lässt ja einiges erwarten. »Gibt's auch was zu essen?«, frage ich, da ich erstmals nach dem Sirtaki-Besuch wieder so etwas wie Appetit verspüre. Sabine hat keine Ahnung. »Was weiß ich. Ich gehe doch sonst nie auf Vernissagen. Wir werden es sehen. Sonst gehen wir danach

202

eben noch was essen. Und außerdem würde es uns auch nicht schaden, einen Abend mal nichts zu essen.« So gesehen hat sie sicherlich Recht. Außerdem ist mir immer noch ein bisschen mulmig im Magen.

Als wir den Raum betreten – eine kleine Galerie in der Braubachstraße, gleich beim Römer –, ist eines offensichtlich. Sabine und ich haben keine Ahnung davon, was in der Kunstszene angesagt ist. Wir stehen da – in Pink und Türkis – und sehen aus wie Farbflecken in einer ansonsten komplett schwarzen Umgebung. Eine Frau trägt eine dunkelrote Brille, aber das war's dann auch schon an Farbe. Ansonsten macht es allerdings stark den Anschein, als hätte sich hier eine Trauergemeinde versammelt. Warum bloß habe ich mich von Sabine in puncto Klamotten beschwatzen lassen? Schon beim Betreten der Räumlichkeiten ziehen wir alle Aufmerksamkeit auf uns. Wir hätten nicht mehr im Mittelpunkt stehen können, selbst wenn wir nackt gewesen wären. Alles starrt uns an. Ich mache versuchsweise ein ganz freundliches Gesicht und sage »Guten Abend« in die Runde. Das kann ja als Einstieg so verkehrt nicht sein. Ich ernte ein leichtes Nicken von einigen der Anwesenden. Der Rest tut allerdings geradezu so, als hätte er überhaupt nichts gehört. Das wird ja ein Spitzenabend! Ich habe mich selten hinterwäldlerischer gefühlt. Hier gucken alle so ernst, als wäre jeder Einzelne von ihnen mindestens eine Art Reich-Ranicki der Kunstszene und würde von früh bis spät die internationalen Feuilletons studieren. Oder gar selbst schreiben.

»Lass uns wieder gehen«, versuche ich, Sabine zu überreden. Zu spät. Sie hat in der hintersten Ecke des Raumes potenzielle Beute erspäht. Ihr Blick verrät das Objekt der

203

Begierde: ein großgewachsener Schlaks mit Ziegenbärtchen. Ich gebe mich geschlagen, denn ich weiß, wenn Sabine auf der Pirsch ist, hält sie nichts und niemand auf. »Ich schau mich mal um«, sagt sie nur und steuert zielstrebig auf ihr Opfer zu. Sie ist eine Art menschliche Kriebelmücke – sondiert die Lage, umkreist dann ihr Opfer und ehe es sich versieht, hat sie zugeschnappt. Kriebelmücken stechen nicht, sie beißen kleine Stückchen raus und sind sehr, sehr anhängliche Tierchen.

Merkt Sabine denn nichts? Spürt die denn diese Atmosphäre hier nicht? Ich komme mir vor wie eine Kader Loth unter Nobelpreisträgern und ärgere mich über meine Unsicherheit. Was bilden diese Typen sich eigentlich ein? Ich nehme mir ein Glas Weißweinschorle vom Büfett. Mehr gibt es auch nicht. Wasser, Weißwein oder eben Schorle. »Was nun, Schnidt?«, denke ich. Ich stehe erst mal nur da, mein Glas in der Hand, und versuche, so unauffällig wie möglich zu sein. Sabine ist wesentlich hemmungsloser als ich. Sie hat es tatsächlich geschafft, das Ziegenbärtchen in ein Gespräch zu verwickeln. Nach einiger Zeit des Rumstehens, die sich wie eine Ewigkeit anfühlt, ohne dass irgendjemand auch nur ein Wort an mich gerichtet hätte, beschließe ich, mir dann eben doch mal die Kunst anzuschauen. Wenn ich schon hier bin, kann ich ja wenigstens was für die Erweiterung meines Horizonts tun.

Die Zeichnungen sind sehr schlicht gehalten. Bleistiftlinien auf weißem Papier. Sehr gerade Linien, wie mit dem Lineal gezogen. Manchmal bilden sie ein Dreieck, manchmal kreuzen sich die Linien, aber es sind immer Linien. Dazu kommt auf jedem Blatt ein Satz. Getippt.

Im Dreieck steht zum Beispiel: »Der Ball ist rund.« Mmh. Ich bin ratlos. Ich hasse es, wenn Menschen, wie mein Vater zum Beispiel, so blöde sagen: »Das könnte ich auch« oder: »Das malen ja Vorschulkinder besser«, aber ich muss gestehen, es fällt mir schwer, genau diese Gedanken zu unterdrücken. Ich will ja moderne Kunst mögen, aber bei diesen Werken erscheint mir das kaum machbar. Wie sagt man so schön: Ich finde irgendwie keinen Zugang.

Ein grauhaariger Mann um die Fünfzig, im schwarzen Cordjackett, erhebt die Stimme. Es ist offensichtlich der Galerist. »Liebe Kunstfreunde«, begrüßt er die Versammelten und ich fühle mich direkt ertappt. Von wegen Kunstfreundin. Banausin wäre wohl treffender. Er sei stolz, die beiden Künstler hier bei sich präsentieren zu dürfen, denn auf sie warte eine große Zukunft. Beim Wort Zukunft passiert es. Mein Handy klingelt. In höchster Lautstärke und mit meiner neuen Melodie, der von »Desperate Housewives«. Alle glotzen mich an. So entsetzt, als hätte ich auf die Kunstwerke gespuckt. Ich versuche, ohne hinzuschauen, die Austaste zu erwischen, aber das Chaos in meiner Handtasche will das nicht zulassen. Ich wispere »Entschuldigung« und renne raus. Gott, ist das alles peinlich. Bis ich draußen bin, hat das Klingeln wieder aufgehört. Wer mich so grauslich blamiert hat, kann ich nicht erkennen. Rufnummerunterdrückung. Jetzt kann ich entweder hier draußen dumm rumstehen, bis Sabine mit dem Ziegenbärtchen einig ist, oder aber all meinen Mut zusammennehmen und wieder reingehen. Ich weiß gar nicht, warum mich diese Art Leute so zornig macht. Arrogante Kotzbrocken. Man hätte doch auch lachen können über die kleine Handypanne.

Schließlich war es ja kein Staatsbegräbnis, das ich kurz gestört habe – aber alle haben so geschaut als ob. Eine gewisse kritische Selbstbetrachtung würde dieser Bagage auch nicht schaden, denke ich, raffe mich auf und gehe zurück in die Galerie. Ich, Andrea Schnidt, habe schon Peinlicheres erlebt und überstanden.

Die Ansprache ist mittlerweile beendet und Sabine noch immer eifrig im Gespräch mit dem langen Ziegenbart. Ich setze meine Betrachtungsrunde fort und ein ganz nett aussehender Typ gesellt sich zu mir. »Und, mögen Sie es?«, fragt er mich. Ich gucke ihn mir gründlich an. Er sieht nicht ganz so verschroben und pseudointellektuell wie der Rest der Vernissage-Besucher aus. Eigentlich sogar recht sympathisch. Er trägt Jeans und hat ein verwaschenes T-Shirt und ein dunkles krumpeliges Samtjackett an. Seine Haare sind schulterlang, wie meine etwa, aber ungefähr doppelt so dick. Welch eine Verschwendung. Wozu braucht der so viel Haar? Er hat einen Dreitagebart, was ich sonst eigentlich ungepflegt finde, bei ihm aber durchaus markant. Zudem ist er einer der wenigen, der keine schwarzgerahmte Brille trägt. »Na ja«, antworte ich vorsichtig, »es ist schon irgendwie interessant.« Er blickt mir ins Gesicht und grinst. »Interessant?«, fragt er mich. Mit so einem Unterton. Als würde er sich über die Bilder lustig machen. Oder über meine Bemerkung. Interessant ist wirklich eine sackblöde Äußerung. Sagt man nicht immer interessant, wenn man etwas eigentlich abscheulich findet, es aber nicht zugeben will? »Würden Sie denn eines der Bilder kaufen und es sich ins Wohnzimmer hängen?«, fragt er weiter und kichert so, als sei das wirklich eine abstruse Vorstellung.

Ich sehe mir eines der Bilder nochmal genauer an. Diesmal sind es drei parallel verlaufende Bleistiftstriche, schnurgerade und dazu der Spruch: »Alles hat ein Ende.« Unten steht ganz klein der Preis. 480 Euro. Der Galerist ist ja wohl von allen guten Geistern verlassen. Ich meine – nichts gegen Kunst, aber knapp 500 Euro für drei Striche und einen ziemlich profanen Satz ist doch übertrieben. Ich entschließe mich, die Wahrheit oder wenigstens annähernd die Wahrheit zu sagen: »Nee, ich würde das auf keinen Fall kaufen. Das hat so was von den Kritzeleien hormongeschüttelter Teenies in der zwölften Klasse, die gerade voll auf Hermann Hesse abfahren und sich für geniale Künstler halten.« Hormongeschüttelte Teenies, die auf Hermann Hesse abfahren – das war auf jeden Fall geistreicher als interessant. Er grinst immer noch. Ich glaube, ich habe einen Gleichgesinnten gefunden. Jetzt lege ich nochmal nach. »Das ist mir zu wenig Kunst. Ich mag es, wenn jemand malen kann. Oder tolle Fotos macht. Aber das hier. Das ist doch irgendwie albern. Drei Linien ziehen.« Ich strecke ihm meine Hand hin und sage: »Übrigens, ich bin Andrea, Andrea Schnidt. Schön Sie zu treffen, hier in diesem Haufen.« Als er mir antworten will, ruft der Galerist: »Philipp, kannst du mal kommen? Da will jemand noch was Genaueres über deine Bilder wissen.« Er lacht laut, dreht sich um und sagt: »Danke für Ihre Meinung. Sehr aufschlussreich«, und weg ist er. Philipp. Großartig! Ich habe gerade dem Künstler höchstpersönlich gesagt, dass er pubertäres Zeug macht und ich etwas Derartiges niemals kaufen würde.

Es ist jetzt wirklich höchste Zeit zu gehen – Ziegenbart hin oder her. Ich gehe zu Sabine, packe sie am Ärmel und ziehe sie zu mir. Leider stolpert sie ein wenig – kein Wunder bei ihren Mörderpumps – und stößt mit dem Fuß gegen ein schiefes Kinderkorbstühlchen, das an der Wand lehnt. Ich rücke es schnell wieder gerade und sehe dann das Schild. Kinderstuhl – Installation von Boris Heizner. Ich glaube, gleich fliege ich hier raus. Wegen Erregung öffentlichen Ärgernisses. Erst beleidige ich Künstler Nummer eins und dann zerstörte ich noch ein Kunstwerk von Nummer zwei. Sabine scheint mir anzusehen, dass es wirklich besser ist zu gehen. Sie schreibt dem Ziegenbart noch ihre Telefonnummer auf und dann verlassen wir die Galerie. Philipp, mein Künstler, ruft mir sogar noch »Tschüs« hinterher. Hat der vielleicht Humor? Weiß er vielleicht sogar selbst, welchen Käse er da macht? Egal – ich will nur noch weg.

Bis zum Auto schwärmt Sabine ein bisschen vom Ziegenbart. Ben heißt er und arbeitet als Lektor in einem Verlag. »Meine Güte, so gebildet, unglaublich. Und dabei so nett. Wir werden uns wiedersehen.« Immerhin – zumindest für eine von uns war der Ausflug ein Erfolg. Ich hingegen habe mich so gut wie möglich blamiert. Ist das etwa die Strafe für mein häusliches Fehlverhalten? Selbst meine Pumps drücken. So als wäre alles – sogar meine Schuhe – dagegen, dass ich mich amüsiere. »Ich glaube, ich will am liebsten heim, außerdem habe ich einen Mörder-Hunger«, sage ich zu Sabine und sie sieht sehr enttäuscht aus. »Jetzt schon? Ach, Andrea, auf keinen Fall. Lass uns zu mir fahren und wenigstens noch ein bisschen chatten. Bitte. Ich hab mich so auf heute Abend gefreut und jetzt musste ich schon wegen dir einen super Typen stehen lassen. Das bist du mir schuldig.« Sie hat nicht ganz Unrecht, aber wohl schon verdrängt, dass sie es war, die dieses vermeintliche Kinderstühlchen, sprich die Skulptur, umgeschmissen hat. Der Abend kann an sich eigentlich nur noch besser werden. Ich willige ein, vor allem weil Sabine verspricht, etwas zu essen zu zaubern.

Wir fahren zu ihr nach Hause. Sie wohnt in der Stadt, da wo Singles eben so wohnen. In Sachsenhausen. Umso netter von ihr, dass sie mich extra abgeholt hat. Raus aus der Stadt und wieder rein. Allerdings bin ich so auch ein wenig abhängig von ihr. »Du wirst sehen, chatten ist puppenlustig. Ich habe da einen kennen gelernt, der echt einen guten Eindruck macht«, freut sie sich. Sabine ist leicht entflammbar. Schnell brennbares Material sozusagen. Eine Art Polyester des Kennenlernens, ich hingegen bin eher Typ Baumwolle. Sie kann sich für Männer begeistern, auf die ich nicht mal einen zweiten Blick werfen würde. Außerdem hat sie die Theorie, dass die eher unscheinbaren Typen so richtig dankbar sind, wenn man sie schlussendlich erhört. Das mag schon sein, aber Dankbarkeit allein ist ja nun nicht alles.

Wir fahren über den Main. Sachsenhausen ist ein schöner Stadtteil, wie ich finde, der schönste in Frankfurt. Sollte ich je wieder allein stehend sein, würde ich dort wohnen wollen. Es gibt viele Apfelweinkneipen, Cafés und eine richtige, eigene Einkaufsstraße. Man kann in Sachsenhausen alles besorgen, ohne in die Innenstadt zu müssen. Sabine hat eine kleine Altbauwohnung im vierten Stock mit einem winzigen Balkon.

Kaum haben wir uns hochgeschleppt (beide barfuß mit den Pumps in der Hand) schaltet sie den Computer ein. Nach wenigen Minuten keucht sie: »Er ist da. Er ist online. Komm her. Lass endlich deine Haare in Frieden.« Ich bin, in Sabines Wohnung angekommen, erst einmal ins Bad gerannt, um meine Kopfmisere zu begutachten. Und ich bin überrascht: Das Luftgetrocknete da auf meinem Kopf sieht wesentlich besser aus als gedacht. Gut, nicht unbedingt wie nach dem Friseurbesuch, aber doch annähernd passabel. Und das ohne jegliches Föhnen und Sprayen. Vielleicht ist das das Geheimnis. Ich widme meinen Haaren zuviel Aufmerksamkeit. Ich muss sie einfach in Ruhe lassen. Ich bin sofort wesentlich besser gelaunt. Wenn dieser Abend auch sonst bisher kein Highlight war, immerhin hat er mir diese Erkenntnis beschert und das ist doch was. Außerdem habe ich heute gelernt, dass man auf Vernissagen sein Handy ausmacht und niemandem, von dem man nicht ganz genau weiß, wer er ist, seine wahren Ansichten mitteilt.

»Da ist er«, schreit Sabine aufgeregt, als hätte sie eine Erscheinung, und ich ziehe mir einen zweiten Stuhl vor den PC. »Hallo, meine Schöne«, steht da auf dem Bildschirm, »endlich bist Du da. Ich habe schon sehnsüchtig gewartet.« Was ist denn das für einer? Ein schleimiger Hobbylyriker? »Ist der nicht süß?«, fragt Sabine und guckt mich erwartungsvoll an. Soll ich jetzt einen Kerl anhand von zwei kleinen Sätzen beurteilen? Sätze, von denen man nicht einmal weiß, ob er sie überhaupt selbst geschrieben hat und ob er sie nicht dauernd benutzt. Wahnsinnig viel Persönliches steht ja nun nicht drin. Wie schnell und einfach wir Frauen zu beeindrucken sind! Ich will sofort loslegen und Sabine diesbezüglich einen kleinen Vortrag halten, doch der Gedanke an die SMS-Nachrichten von Helmuth macht, dass ich mich gerade noch so beherrschen kann. Bin ich nicht genauso auf dessen Komplimente angesprungen? Waren die nicht ebenso gewöhnlich? »Er will uns treffen, heute noch«, überschlägt sich Sabines Stimme. »Ich dachte, wir hängen hier ein bisschen ab und chatten. Und vor allem gibt's was zu essen«, versuche ich, ihre Begeisterung zu bremsen. »Du bist so eine richtige Mutti geworden«, trifft sie mit viel Geschick meine empfindliche Stelle. Ich bin gerne Mutter (meistens jedenfalls), aber deswegen noch lange keine Mutti. Die spinnt wohl. »Das hat damit gar nichts zu tun«, werde ich ärgerlich. »Ich habe einfach nur keine Lust, durch die Gegend zu fahren, um einen Wildfremden aus dem Internet zu treffen, und außerdem knurrt mein Magen.« »So kenne ich dich gar nicht«, schwenkt Sabine um und ändert ihre Taktik. »Du bist doch sonst immer abenteuerlustig gewesen und ich kann den doch nicht allein treffen. Nachher ist der gefährlich oder so.« Gefährlich klingt seine Mail eher weniger und das sage ich ihr deshalb auch. »Willst du etwa jetzt schon nach Hause? Ich dachte, du zeigst es deinem Christoph heute mal so richtig«, probiert sie eine weitere Variante.

Die Mischung aus allem macht es. Ich bin keine Mutti, durchaus abenteuerlustig – jedenfalls in meiner Erinnerung – und habe auch nicht vor, jetzt schon nach Hause zu fahren. »Gut, hör auf, ich komme mit. Aber nicht lange. Wir gucken uns den Kerl an und wenn er nichts ist, machen wir sofort die Biege«, schlage ich ihr vor. Eins muss ich, bei Sabines merkwürdigem Männergeschmack noch hinzufügen: »Ob er was ist oder nicht, entscheide

211

ich. Okay?« Sie willigt ein und drückt mir, vor lauter Begeisterung, einen dicken Schmatzer auf die Wange. »Du bist ein Schatz und ehrlich gesagt kein bisschen muttimäßig.« Sie hackt in die Tasten und sagt: »Ich kläre nur noch, wo wir uns treffen. Bin total gespannt.«

Wenige Minuten später ist alles klar. In einem Lieblingsclub von ihrem Chatfreund Kai-Uwe findet heute Abend eine Wahnsinnsparty (laut Aussage von Kai-Uwe) statt. Eine Party mit Büfett. Er bringt auch extra für mich noch einen Freund mit. Sabine hat die Adresse und nachdem ich nochmal schnell mein Gesicht überarbeitet habe, können wir los. Es geht nach Offenbach. Ein Wahnsinns-Club in Offenbach ist etwa so wahrscheinlich wie ein Top-Restaurant auf der Mainzer Landstraße – aber bitte, ich lasse mich gerne vom Gegenteil überzeugen und das Büfett lockt mich. In Sabines Kühlschrank, in dem ich bereits nach Nahrung gesucht habe, gibt es, neben einem Glas saurer Gurken, einer Flasche Sekt und zwei Naturjoghurts, nichts. Gähnende Leere. Ein Grund mehr, zur Party zu fahren.

Ich muss, mit dem Stadtplan auf dem Schoß, Sabine den Weg weisen und nach einer halben Stunde landen wir in einer kleinen Seitenstraße in einer wenig anregenden Gegend. Sabine ist mittlerweile auch ziemlich wortkarg. Selbst sie merkt, dass das hier nicht gerade viel versprechend aussieht. »Gut, dass du dabei bist«, zollt sie mir endlich den angemessenen Dank dafür, dass ich sie begleite, »irgendwie gefällt mir das alles nicht. Wenn du willst, können wir wieder heimfahren.« Eben noch die kesse Lippe riskiert und jetzt dermaßen kleinlaut. Wer ist

212

denn hier die Mutti von uns beiden? Ich weiß, dass ich genau das jetzt sagen und ein wenig auftrumpfen könnte, lasse es aber sein. Erstens ist Sabine meine Freundin und zweitens habe ich vor allem Hunger. »Hast du nicht gesagt, da gibt es warmes und kaltes Büfett?«, frage ich noch einmal nach. »Ja, wieso?«, steht sie leicht dusselig auf der Leitung. »Sabine, jetzt sind wir hier, ich habe Hunger und nun will ich auch sehen, was für ein Kerl uns hierher in diese Gegend lockt.« Sabine zögert. Die tut ja gerade so, als wären wir inmitten der Bronx und nicht etwa in Offenbach City. Es sind Menschen unterwegs, es gibt Straßenlaternen und nirgendwo brennt eine Mülltonne. »Gut, wenn du meinst«, sagt sie zögerlich und parkt ein.

Wir sind an einer Straßenecke verabredet. Von einem Wahnsinns-Club ist weit und breit nichts zu sehen. Aber zwei Typen kommen auf uns zu. Das muss Kai-Uwe mit seinem Freund sein. »Elfe, bist du das?«, ruft einer der beiden. »Elfe?«, ich schaue Sabine fragend an. »Elfe ist mein Name im Netz«, gesteht sie. Manchmal fällt es sogar schwer, Freundinnen zu verstehen. Elfe! Meine Güte. Ziemlich albern. Die Männer kommen auf uns zu. Ich bin überrascht. Einigermaßen angenehm überrascht. Auf den ersten Blick, jedenfalls im Dämmerlicht, sind keine nennenswerten Makel zu sehen.

Ich mache den ersten Schritt. »Hallo, ich bin Andrea«, begrüße ich die zwei. »Kai-Uwe, hallo«, antwortet der Größere der beiden und gibt mir die Hand. Immerhin – er kennt die Grundregeln einer Begrüßung. Das kann man heutzutage nicht von jedem behaupten. »Bist du die Elfe?«, fragt er und ich höre einen erstaunten Unterton heraus. Gut, ich bin nicht direkt eine Elfe, aber so weit entfernt davon nun auch wieder nicht. »Ich bin's, Elfe«, kommt Sabine hinter mir hervor und guckt verschüchtert wie eine Dreijährige am ersten Kindergartentag. Man kann kaum glauben, dass es sich um die gleiche Frau handelt, die eben noch vor dem Computer so forsch dahergeredet hat. Kai-Uwe scheint zu gefallen, was er sieht. »Elfe«, sagt er begeistert und schließt Sabine in seine Arme. Kai-Uwe ist groß. Bestimmt ein Meter neunzig. Eine Art Offenbacher Michael Ballack. Gutaussehend – keine Frage, aber irgendwie doch etwas gewöhnlich. Ich finde ja auch den Ballack nicht besonders umwerfend, bin mit dieser Meinung aber allein auf weiter Flur. Sabine scheint nämlich durchaus sehr angetan. Sie strahlt und wirft ihren Kopf in den Nacken. Ein untrügliches Zeichen, dass ihr gefällt, was sie sieht.

Sein Freund, gut einen Kopf kleiner, ist unauffällig und hat was von Helmuth. Bei genauer Betrachtung hat er nicht nur was von Helmuth – es ist Helmuth. Der Helmuth, der mir vorhin noch schmachtende SMS geschickt hat. »Helmuth, du hier?«, ist meine wenig souveräne Begrüßung. Da hat sich einer aber schnell getröstet. Eben noch hat er mich schrecklich vermisst und schon trifft er sich, mitten in der Nacht, mit fremden Frauen. Dass ich eine davon sein würde, hat er mit Sicherheit nicht angenommen. Der lässt ja wirklich keine Gelegenheit aus. Obwohl Helmuth nun wirklich jenseits meines Beuteschemas ist, bin ich dennoch leicht verschnupft. Das gehört sich irgendwie nicht. Helmuth ist es auch peinlich. Ich sehe es ihm an. So gut kenne ich ihn mittlerweile schon. »Na, Helmuth. Hätte ich nicht gedacht, dich hier zu sehen«, begrüße ich ihn bedeutungsvoll. »Sabine, das ist Helmuth. Ich habe dir schon von ihm erzählt«, stelle ich die beiden vor. Kai-Uwe ist verwundert. »Ihr kennt euch schon?«, fragt er. Helmuth nickt und gibt uns brav die Hand.

»Ja. Dann können wir ja los. Wo ist denn der wundersame Club?«, bringe ich ein wenig Bewegung in die Sache. »Also, na ja, der ist hier direkt um die Ecke«, stottert Helmuth, »ich war auch noch nicht da, aber Kai-Uwe geht oft hin und hat mir einiges erzählt.« Er wirkt ziemlich verlegen. Geschieht ihm recht. Wir stapfen los. Sabine ist schon wieder mal Feuer und Flamme. Ihr Ziegenbart-Flirt ist anscheinend schon vergessen. Ich mache ihr ein kleines Zeichen, streiche mir übers Kinn und lache. Sie lacht zurück. »Flexibilität ist das Zauberwort der Singles«, kontert sie und ich weiß nicht, ob ich das bewundern oder doch eher blöd finden soll. Kai-Uwe bleibt vor einem kleinen Häuschen stehen. »Hier ist es«, sagt er. Kein Schild, keine Neonreklame – das scheint ja ein wirklicher Geheimtipp zu sein. »Ist das nur für geladene Gäste oder eine Privatparty?«, will ich wissen. Oder schleppt der uns etwa einfach zu sich nach Hause? Kai-Uwe antwortet gar nicht und drückt auf einen Klingelknopf. Die Tür hat ein Guckloch und man merkt, dass sich gleich dahinter was tut. Irgendwie schon aufregend.

Die Tür geht auf und eine Frau in Unterwäsche steht vor uns. Es ist ein lauer Abend – aber so heiß, dass man sich die Klamotten vom Leib reißen muss, ist es nun doch nicht. »Willkommen im Wunderhäuschen!«, sagt die Halbnackte in der Tür. »Kommt schnell rein!« Bevor ich irgendwelche Bedenken anmelden kann, sind wir schon drin. Also ein Trendclub ist das garantiert nicht! Es sieht wesentlich spießiger aus als in allen Reihenhäusern unserer Siedlung (und das will was heißen). »Männer fünfzig Euro, Frauen haben freien Eintritt«, erklärt uns die Frau in Unterwäsche – in roter Unterwäsche, roter, sehr winziger Unterwäsche. Kai-Uwe zieht einen Hunderter aus der Tasche und gibt ihn ihr. »Ich bin die Ronja«, sagt sie und lächelt mich an. »Seid ihr das erste Mal hier bei uns im Wunderhäuschen?« Ich nicke, sage aber ansonsten keinen Piep, obwohl mir zahlreiche Fragen durch den Kopf schießen. Was ist das hier? »Gibt es Büfett?«, ist die erste Frage, die ich dann doch noch artikuliere. »Klar, wir haben heute warmes und kaltes, alles selbst gemacht«, bejaht sie. Immerhin. Was auch immer das hier ist – ich habe einfach nur tierischen Hunger. Sabine guckt wie ein verschrecktes Huhn. »Andrea, also ich glaube, wir sollten gehen!«, schlägt sie mit ganz leiser Stimme vor. Kai-Uwe lacht. »Elfe, das wird ein toller Abend, entspann dich. Esst doch erst mal was.« Sie schaut mich an. Entscheidungen sind nicht Sabines Spezialität. »Gut. Lass uns essen und dann weitersehen«, bestimme ich. »Kostet das Essen was?«, frage ich noch schnell Miss Unterwäsche. »Nee, keinen Euro, alles umsonst. Hier sind eure Schlüssel, lasst es euch schmecken. Es sind schon irre viele da«, antwortet sie und wendet sich ab.

Da stehen wir vier nun. Helmuth hat den Kopf so tief gesenkt, dass ihm keiner in die Augen schauen kann. »Ist das ein Puff oder was?«, fragt Sabine und klingt ziemlich sauer. Eine Elfe in einen Puff auszuführen gehört sich aber nun wirklich nicht. Ich finde das alles mittlerweile ganz lustig. »Quatsch«, beruhigt sie Kai-Uwe, der Offenbacher Ballack, »das ist doch kein Puff. Das ist, na ja, also so ne Art Privatclub.« Ein Privatclub? »Kommt, wir gehen rein und wenn es euch nicht gefällt, könnt ihr ja wieder gehen!«, sagt er dann und öffnet die Tür vom Flur zum nächsten Raum. »Wenn es euch nicht gefällt, könnt ihr ja wieder gehen« – das ist reichlich dreist, wenn man genau hinhört. Das heißt ja wohl, dass der auf jeden Fall hier bleibt – Elfe hin, Elfe her. Sabine will gehen. Ich bin unsicher. Jetzt, wo wir doch schon mal da sind, könnten wir uns doch wenigstens mal umsehen. Spannend ist es allemal. »Wer ist denn jetzt hier die Vorstadt-Mutti?«, frage ich, schon weil ich weiß, dass Sabine leicht zu provozieren ist. Sie liebt Herausforderungen. Helmuth sagt gar nichts mehr. Er schämt sich still vor sich hin. »Wenn Sie gehen wollen, gehe ich mit«, schlägt er sich unvermutet auf Sabines Seite. Wessen Verehrer ist das denn? Jetzt geht es aber los! Sabine freut sich über diese vermeintliche Ritterlichkeit. »Nee, ist schon gut. Dann gehen wir halt da rein und essen was«, reagiert sie auf die Mutti-Bemerkung.

Kai-Uwe reicht jedem von uns einen Schlüssel. »Für eure Spinde, da drin ist es warm.« Hä? Stehe ich jetzt komplett auf der Leitung? Wieso brauche ich einen Spind, nur weil es warm ist? »Ihr müsst euch ausziehen«, lacht er und fängt direkt damit an. In Sekundenschnelle steht er in Unterhose vor uns. Einem Tanga. Ich glaube auf der internationalen Peinlichkeitsskala gibt es nichts Schlimmeres als einen Mann im Tanga. Immerhin ist er einfarbig. Das Allerschlimmste sind bedruckte Tangas – mit Tiermotiv, Mottoaufdruck oder Leopardenmuster.

Ich habe mal von einer Freundin erzählt bekommen, dass ihr One-Night-Stand einen Tanga anhatte, auf dem vorne »Voll die Härte« draufstand. Dagegen ist der von Kai-Uwe fast schon geschmackvoll. Und auch die Füllung des Tangas ist recht ansehnlich. Um nicht zu sagen – beeindruckend. Auch Sabine wirft einen kurzen Blick. Helmuth hat mittlerweile einen Kopf, der dermaßen glüht, dass man das Licht ausmachen könnte. Die Beleuchtung ist sowieso recht spärlich. »Los, Helmuth, runter mit den Klamotten«, feuert Kai-Uwe seinen Freund an. Bei Helmuths Klamottengeschmack kann es das eigentlich nur besser machen. Ich bin gespannt, was er unten rum trägt. »Mach halt«, sage ich streng und er beginnt, sich auszuziehen. Ich bin auch in diesem Fall überrascht. Helmuth hat eine echt schicke Unterhose an. Vielleicht hat er doch genau gewusst, was auf dem Plan für heute Abend steht, und sich vorbereitet. Helmuths Unterhose ist schwarz, eng anliegend, und er hat eine bessere Figur als erwartet. Nicht athletisch, aber durchaus appetitlich. Er ist am Körper weit weniger gräulich, als ich vermutet hätte.

»So, Mädels, jetzt seid ihr dran«, wendet sich Kai-Uwe an uns. Ich überlege fieberhaft, was ich untendrunter trage und vor allem, ob es vorzeigbar ist. Sabine hat einen Jetzt-erst-recht-Blick drauf und sagt nur: »Gut. Dann ziehe ich mich halt aus. Auch wenn das bei Verabredungen normalerweise andersrum läuft. Erst das Essen und dann das Ausziehen. Aber bitte. Ich bin ja keine Spießerin.« Niemand antwortet, aber ich glaube, sie spricht sich sowieso nur selbst Mut zu. Ihr BH ist – wie ihr Top – pink. Mit Spitze. Und ihr Slip passt auch dazu. Nicht gerade das, was man dezent nennt, aber durchaus hübsch. Jetzt bin nur noch ich übrig. Ich könnte noch gehen, was aber, bei meinen vorherigen Bemerkungen, natürlich doppelt peinlich wäre. Also beiße ich in den sauren Apfel und entledige mich meiner Kleidung. Ich tröste mich mit dem Gedanken, dass man im Schwimmbad ja auch nicht mehr anhat.

Mein BH ist ein klassisches Modell. Ein Push-up in Schwarz. Nichts, womit man immenses Aufsehen erregt, aber auch nichts, wofür man sich schämen muss. Leider habe ich keine passende Unterhose dazu an. Ich trage einen ziemlich normalen Baumwollschlüpfer, immerhin wenigstens keines meiner Bauch-weg-Höschen. Es ist eine Unterhose aus einem Set, das ich mir vor zwei Wochen aus sentimentalen Gründen gekauft habe. Eine Wochentagshose. Mit Aufschrift. Habe ich mir in Erinnerung an meine Schulzeit gekauft. Die sind anscheinend zurzeit wieder in und außerdem waren sie im Angebot. Und so stehe ich dann da: in schwarzem Push-up und weißem Schlüpfer mit Mittwochsaufdruck. Hätte schlimmer kommen können. Ich beschließe hier und jetzt, auf jeden Fall in den nächsten Tagen mal meine Wäsche auszusortieren. Man sieht ja, wie schnell es gehen kann und man in Unterwäsche dasteht.

Kai-Uwe verteilt Masken. Solche Larvenmasken, wie sie im Karneval getragen werden. »Macht die Sache aufregender«, erklärt er uns und brav setzen wir sie auf.

Wir beäugen uns gegenseitig und ich versuche, so wenig wie möglich einzuatmen, um den Bauch in einer einigermaßen akzeptablen Form zu präsentieren. Helmuth schaut weiterhin nur unter sich, gerade so, als wäre der

Fußboden eine wirkliche Attraktion. Wir deponieren unsere Sachen in den dafür vorgesehenen Spinden und betreten das Wohnzimmer, in dem etwa fünfzehn Erwachsene in Unterwäsche rumstehen. Ich erinnere mich an einen Satz, den mal eine Freundin über solche Clubs gesagt hat: »Alles kann – nichts muss.« Also kann ich mich auch beruhigen. Und aufs Essen freuen. Wenn ich jetzt nicht bald was bekomme, bin ich unterzuckert, und was dann passiert, möchte ich mir gar nicht ausmalen. Unterzuckert in einem Swinger-Club. Oder ist es ein Pärchenclub? Oder ist das das Gleiche? Insgesamt eine verdammt bizarre Situation. Ein Haufen entkleideter Menschen und an der Längsseite des Raums eine Theke, wie in einem Partykeller der siebziger Jahre.

Ronja kommt auf uns zu. Sie steht direkt unter einer Glitzer-Discokugel, die von der Decke hängt. Und das in einem Wohnzimmer mit Schrankwand! Ein, bis auf Kugel und Theke, völlig gewöhnliches Wohnzimmer. Eines, wie es auch meine Schwiegereltern Inge und Rudi haben. »Fein, dass ihr es geschafft habt. Auf der Theke steht das Büfett. Getränke bekommt ihr von mir. Nur harte Sachen kosten extra, aber du weißt ja Bescheid, Kai-Uwe.« Sieht ganz so aus, als würde Sabines Internet-Freund einen Großteil seiner Lebenszeit hier in diesem Etablissement verbringen.

»Ich esse was«, teile ich den anderen mit und gehe zur Theke. Endlich bekomme ich, wonach mir wirklich der Sinn steht. Bevor ich die Flatter mache, werde ich mir den Bauch vollschlagen und hoffen, dass mich währenddessen hier keiner erkennt. Aber wie sollte das auch gehen? Ich habe eine neue Frisur (zum Glück) und außerdem eine Maske auf. Wer kennt mich schon in diesem Aufzug? Und wer würde mich hier vermuten? Keiner, hoffentlich. Ich kann mir auch keinen meiner Bekannten und Freunde in diesem Ambiente hier vorstellen. Das Büfett passt perfekt zur Schrankwand. Kein Sushi oder anderes Fingerfood, sondern eher Deftiges wie Frikadellen, Käsehäppchen und Brezeln. Auch gut. Hinter der Theke steht Ralf, der sich mir sofort vorstellt (er ist Ronjas Mann) und mehrfach betont, wie gerne er mir, nach dem Essen, mal persönlich den ersten Stock ihres kleinen Häuschens zeigen würde. »Eins nach dem anderen«, sage ich und lade mir meinen Teller ordentlich voll. Nach etwa zehn Minuten fühle ich mich gar nicht mehr so unwohl. Man gewöhnt sich ans Nacktsein und die Raumtemperatur ist dermaßen hoch, dass man sich in normaler Bekleidung wahrscheinlich wie in einer Sauna fühlen würde.

Sabine setzt sich neben mich an die Theke. In Unterwäsche auf Kunstlederpartyhockern – das ist gewöhnungsbedürftig. »Ich will hier weg, Andrea. Nenn mich Mutti oder was auch immer, aber das ist nichts für mich.« »Iss erst mal was. Jetzt sind wir eh halbnackt und alle haben uns gesehen. Ich will wenigstens in Ruhe essen und dann können wir, von mir aus, gehen«, gebe ich mich total entspannt und lässig. In erster Linie, weil das Essen sehr lecker ist. Ich lasse sogar den Bauch einfach hängen – so wie er nun mal hängt. In meinem Hinterkopf schwirrt immer noch Sabines Mutti-Vorwurf. Den will ich nach dem heutigen Abend nie mehr hören. Allerdings habe auch ich mich schon wohler gefühlt. Aber so, mit dem Rücken zum Raum, geht es.

Nachdem ich die dritte Frikadelle in mich reingestopft habe, tippt mir jemand von hinten auf die Schulter. »Andrea«, sagt eine Stimme. »Schnidt, an der Unterbuxe erkenne ich dich überall. Dass du die immer noch hast«, redet diese, mir vage bekannte Stimme, weiter. Was nun? Einfach nicht antworten? Ich merke, wie ich anfange zu schwitzen und das trotz meiner luftigen Bekleidung. Wer kann das nur sein? Ich will mich nicht umdrehen, denn ich ahne Schreckliches. Es kann nur irgendjemand aus meiner Schule sein. Ansonsten weiß ja niemand von meiner unsäglichen Wochentagsunterhosengeschichte. »Was für ein Zufall, nach so langer Zeit. Wo wir beim Klassentreffen ja kaum miteinander gesprochen haben«, geht es hinter mir weiter, »da freue ich mich aber.« Ohne mich umzudrehen, sage ich mit ganz tiefer Stimme: »Ich glaube, da liegt eine Verwechslung vor. Entschuldigen Sie mich bitte.« »Ha, ha«, lacht es da aus vollstem Hals und ich kann mir gut vorstellen, dass die gesamte Mannschaft schon auf uns starrt, »ich kenn doch meine Pappenheimer. Ich sage nur ein Stichwort: ›Südamerika‹.«

Jetzt drehe ich mich doch um. Ich war schließlich in meinem ganzen Leben noch nicht in Südamerika, und deshalb, bin ich mir sicher, muss es sich wohl um eine Verwechslung handeln. Außerdem – was soll's. Ich kann mich ja schlecht in Luft auflösen oder über die Theke in die Versenkung hüpfen. Mein Gegenüber hat, genau wie ich, eine Larvenmaske auf. Aber auch mit Maske erkenne ich den Mann sofort. Es ist Herr Girstmann, mein ehemaliger Erdkundelehrer. Der war doch damals schon alt. Wie kann das denn möglich sein? Dass der überhaupt noch lebt. Was für ein Lustgreis! Wie widerlich. Ich habe

222

mir bisher nie Gedanken darüber gemacht, wie Herr Girstmann wohl in Unterwäsche aussieht, aber nun steht er genauso vor mir. Kein besonders angenehmer Anblick. Von der Form her eine Art Mittelgebirge. Welkes Fleisch wohin man auch schaut. Gruselig. »Südamerika, ha, ha, die Andrea«, kriegt der Kerl sich gar nicht mehr ein und sein Bauchfleisch wippt bei dem grandiosen Witz auch noch mit.

Ich erinnere mich dunkel an etwas, das er mit Südamerika meinen könnte. Eine mündliche Erdkundeprüfung in der achten Klasse. Ich musste an die Tafel kommen und sollte die Lage der Malediven bestimmen. Ich hatte nicht den blassesten Dunst, wo die liegen könnten. Mit meinen Eltern bin ich nie dort gewesen (ich bin kein Millionärskind!) und ich habe auch nicht zu den Kindern gehört, die tagelang über irgendwelchen Landkarten gebrütet haben. Also habe ich die Malediven kurzerhand nach Südamerika verlegt. Vor die Küste Südamerikas, an die Ostküste. Herr Girstmann hat sich darüber gar nicht mehr beruhigen können. Was an einem kleinen Fehler so spaßig sein kann, ist mir bis heute unerklärlich.

»Die Malediven sind im Südwesten von Indien, Herr Girstmann«, sage ich also zur Begrüßung und er freut sich sichtlich, weil er natürlich denkt, das sei bei mir wegen seines herausragenden Unterrichts hängen geblieben. Totaler Quatsch, ich weiß es nur, weil Heike und ich mal einen Ayurveda-Urlaub machen wollten. Und das kann man nicht nur in Sri Lanka und Indien, sondern eben auch auf den Malediven machen. War uns aber zu teuer und deshalb sind wir für ein Wochenende nach Bad Salzschlirf in der Rhön gefahren. Ein Wochenende lang ranzige Butter über den Kopf geschüttet zu bekommen, hat mir dann auch gelangt. Ich finde Butter gehört aufs Brot. Ich mag auch lieber fertige Kuren für die Haare, als mir aus Öl, Eiern und Ähnlichem was anzumischen. Dieses Öl-Ei-Gemisch hatte ich damals erst nach viermaligem Haarewaschen halbwegs wieder raus. »Südwesten, richtig, Andrea«, antwortet der Girstmann und lacht noch immer. »Ich habe dich hier ja noch nie gesehen. Ich bin jedes Wochenende da. Ist doll hier. Warst du schon mal oben?«, fragt er und leckt sich die Lippen. Ich verneine. Ich bin mir nicht sicher, was oben sein könnte, ahne aber, dass es irgendwas nicht Jugendfreies ist.

»Wollen wir mal hochgehen, wir zwei Hübschen?« fragt mich doch tatsächlich der Girstmann. Ist der übergeschnappt? »Moment«, unterbricht ihn da der Theken-Ralf, der Mann von Ronja, »Klaus, ich habe zuerst gefragt. Einer nach dem anderen.« Girstmann heißt also Klaus. »Gut«, fügt sich der dann auch gleich dem Hausherrn Ralf, »so eine junge schöne Frau hat ja Ausdauer genug, erst dich und dann mich glücklich zu machen.« Jetzt ist meine Ekelschwelle erreicht. »Danke sehr, die Herren, ich bin eine verheiratete Frau«, weise ich die zwei in ihre Schranken und rutsche vom Partyhocker. Ich muss hier weg. Schnell weg.

Wo ist Sabine? In meiner Frikadellenbegeisterung habe ich sie doch glatt aus den Augen verloren. »Sabine«, rufe ich in den Raum. Keine Sabine weit und breit. Auch Kai-Uwe und Helmuth sind wie vom Erdboden verschwunden. Ohne Sabine habe ich kein Auto. Und Sabine hat den Spindschlüssel. Wie soll ich denn jetzt dem Girstmann und dem aufdringlichen Ralf entkommen?

Ein Taxi rufen und in Unterwäsche und ohne einen einzigen Euro nach Hause fahren? Unvorstellbar. Allein der Gedanke: Ich betrete in Push-up und Mittwochsschlüpfer unser Haus und da sitzen Belle Michelle und mein Mann und ich muss ihn um Taxigeld bitten und erklären, dass ich gerade aus einem Swinger-Club komme, dass das aber nichts zu bedeuten habe und vollkommen harmlos sei und ich eigentlich nur Hunger hatte und wegen der Frikadellen geblieben bin. Und all das, wo ich doch morgen früh meinen ersten Arbeitstag habe! Was wird Belle Michelle dann in der Kanzlei über mich erzählen?

Nein, das ist unmöglich. Ich brauche Sabine, den Schlüssel und das Auto. Ich mache mich auf die Suche und frage die Menschen um mich herum. »Entschuldigung, haben Sie eine Frau in pinkfarbener Unterwäsche gesehen?« Wie entwürdigend. Demnächst lasse ich mich lieber Mutti nennen und bleibe solchen Clubs fern. Man lernt eben nie aus. Eine ältere Frau, in einer lila Korsage (wo gibt's eigentlich so was?), glaubt Sabine gesehen zu haben. »Die ist hoch, in die Mat-Etage«, teilt sie mir mit.

Als ich mich bei ihr bedanke und noch darüber nachdenke, was Mat-Etage heißen könnte, steht auf einmal der Girstmann neben der Korsagenfrau und tätschelt ihre Schenkel. »Na, Andrea, gefällt dir meine Frau?«, fragt er mit sehr schlüpfrigem Unterton. »Das ist die Luitgard«, stellt er sie mir vor. Luitgard Girstmann. »Sehr erfreut«, sage ich und bin entsetzt. Die Frau meines Erdkundelehrers in lila Korsage mit Strapsen und einer Frisur wie Helga Beimer aus der Lindenstraße. Das ist zu viel für mich. »Gut, also ich gehe dann mal meine Freundin suchen, weil, also, ich wollte gar nicht hierher. Das war ein

Zufall, ich wusste gar nicht, was das hier ist«, versuche ich, noch schnell klarzustellen, dass ich keineswegs aus freien Stücken hier bin, sondern dass es sich nur um ein sehr großes Missverständnis handelt. »Beim ersten Mal sind alle so gschamig«, lacht der Girstmann und schiebt eine Hand in die Korsage seiner Luitgard und knetet ihre Brust. Ich hätte nicht gedacht, dass bei einer dermaßen engen Korsage noch eine Hand reinpassen würde. Muss einen hohen Stretchanteil haben, diese Korsage. Wie schamlos der Girstmann ist. Und seine Frau erst. Statt ihm auf die Pranken zu hauen, kichert sie und sagt: »Früher haben wir abends ferngesehen, jetzt machen wir unsere eigene Show.« Um zu demonstrieren, was für eine, greift sie ihrem Gatten zwischen die Beine. Ich glaube, gleich wird mir schlecht. Ich verabschiede mich, Herr Girstmann und Gattin Luitgard lächeln freundlich, gerade so, als wäre das eine völlig normale Situation und wir hätten uns bei einem Sonntagsspaziergang getroffen. Herr Girstmann pult die Hand aus der Korsage und will sie mir zum Abschied geben. Das geht zu weit! Eben noch in den Abgründen einer lila Korsage wühlen und jetzt mich anfassen wollen.

Ich gehe und sehe aus den Augenwinkeln noch, wie sich Frau Girstmann aus der Korsage pellt. Ja, ich bin eine Spießerin und ich will auch eine bleiben. Das hier ist definitiv nicht meine Welt! Dass es so was gibt, war mir schon irgendwie klar. Aber in Offenbach? Jedenfalls nicht mit mir! Ich renne die Treppe ins erste Stockwerk hoch, um mir Sabine oder wenigstens den Schlüssel zu schnappen. Meine drei Begleiter können sich ja schlecht in Luft aufgelöst haben.

Ich stolpere in ein Matratzenlager und sehe in dem diffusen Licht Dinge, die ich nicht sehen will. Das sieht hier aus wie in einem Karnickelstall. Alle auf- und untereinander. Ich rufe einmal zaghaft »Sabine«. Eine Stimme, allerdings nicht Sabines, ruft zurück: »Schneckscher, komm her, mir habe noch Platz!«, und ich renne die Treppe in Höchstgeschwindigkeit wieder runter.

Egal wie – ich fahre jetzt nach Hause. So gut kann nicht mal eine Frikadelle sein, dass ich so was ertrage. Ich betrete den Vorraum mit den Spinden und da sitzt Sabine. Nicht allein, sondern mit Helmuth, der auf sie einredet und ihre Hand hält. »Gott sei Dank«, sagen wir fast zeitgleich und ohne groß Worte zu verlieren, fallen wir uns in die Arme. Sabine schließt den Spind auf und wir sind innerhalb weniger Minuten komplett angezogen. »Nehmt ihr mich mit?«, fragt Helmuth und ich zögere. Hat er uns nicht hierher geschleppt? Sollte er nicht auf seinen Freund warten? Bevor ich antworten kann, sagt Sabine: »Klar, Helmuth. Schließlich hast du netterweise mit mir auf Andrea gewartet. Zieh dich schnell an. Nichts wie weg hier.«

Drei Minuten später stehen wir auf der Straße. Sabine ist die Erste, die anfängt zu lachen. Fast schon hysterisch. Helmuth und ich stimmen ein. Wir sind erleichtert, fühlen uns, wie der Hölle entronnen. Dabei – das muss ich ehrlich sagen – hat uns ja keiner was getan. »Wer nicht will, der muss nicht«, hat mir Ralf, der Thekenmann und Herrscher über die verdammt guten Frikadellen, zugeflüstert und er hat Recht behalten.

Obwohl es praktischer wäre, zuerst Helmuth heimzufahren, entscheidet sich Sabine dafür, mich als Erste abzuliefern. Gibt's da etwas, das ich wissen müsste? Bahnt sich da, zwischen Graugesicht und meiner zweitbesten Freundin, was an? Wäre ja eigentlich recht praktisch – zwei Fliegen mit einer Klappe sozusagen. Zwei Problemsingles, so genannte Schwervermittelbare, gleichzeitig vom Markt. Obwohl Sabine eigentlich was Besseres als Graugesicht-Helmuth verdient hat. Aber, wie schon erwähnt, hat sie einen Hang zu Männern, die, auf den ersten Blick jedenfalls, nicht viel hermachen.

Aber darum werde ich mich morgen kümmern. Jetzt heißt es, mich der häuslichen Wahrheit zu stellen. Ob Belle Michelle doch noch gekommen ist und wenn – was haben die zwei in meinem Haus und im Beisein meiner Kinder da wohl getrieben?

Alles ist dunkel, als ich aufschließe. Ich laufe auf Zehenspitzen durch den Flur und das Wohnzimmer. Erst in der Küche traue ich mich, Licht anzumachen. Es sieht gut aus. Fast besser, als wenn ich aufgeräumt hätte. Auf dem Herd liegt ein kleiner Zettel. »Danke für die Arbeitsbeschaffungsmaßnahme.« Bissige Ironie oder netter Scherz? Im Endeffekt egal. Hauptsache, er hat klar Schiff gemacht.

Ich überprüfe die Spülmaschine. Wenn Belle Michelle hier gewesen ist, wird er ihr wohl ein Getränk angeboten haben. Christoph ist schließlich ein höflicher Mann, oder besser gesagt, er kann ein höflicher Mann sein. Nichts. Die Maschine ist leer. Ich begebe mich auf die Suche nach leeren Flaschen. Vielleicht war er schlau genug, die Gläser per Hand zu spülen, aber Leergut würde ihn dann doch noch verraten. Wieder nichts. Keine leeren Rotwein- oder Bierflaschen weit und breit. Trinken Frauen wie Belle Michelle überhaupt Alkohol? Oder haben die zwei das gar nicht nötig und turteln schlicht bei Mineralwasser?

Nachdem ich die Küche gründlich inspiziert habe, nehme ich mir das Wohnzimmer vor. Auch hier ist alles makellos. Ich sollte öfters abends ausgehen. Christoph zeigt Qualitäten, die ich bisher an ihm nicht kannte. Wie sagt man so schön: Der Mann wächst mit der Aufgabe. Scheint was dran zu sein.

Ich schleiche mich ins Schlafzimmer und da liegt er. Der Mann. Er schläft. Und schnarcht. Also eigentlich alles wie immer. Ich ziehe mich aus und lege meine Klamotten zu seinen auf den Haufen. Hemd und Jackett hat er zum Lüften aufgehängt. Brav. Als ich sein Hemd auf dem Bügel zurechtziehe, steigt mir ein Duft in die Nase. Ein fremder Duft. Nicht schlecht, nicht muffig, aber eindeutig nicht Christophs Geruch. Wonach riecht dieses Hemd? Ich schnüffele daran rum, als wäre ich eine klebstoffsüchtige Sechzehnjährige, die dringend einen neuen Schnuff braucht. Zitronig, aber nicht herb, riecht das Teil. Ein angenehmer Duft. Ein Duft, der perfekt zu Belle Michelle passen würde. Wieso riecht das Hemd von Christoph nach dieser Frau? Hat sie ihr schönes Köpfchen an seine Brust gelegt? Sich in meinen Mann gekuschelt?

Ich nehme mir das Jackett vor und überprüfe die Taschen. Schon während ich das tue, fühle ich mich schlecht. So blöd wäre Christoph niemals und außerdem, wenn da was ist, ist er über das Zettel-in-der-Jacke-Stadium längst hinaus. Er lädt sich seine Geliebte ja schon ins Haus ein. Da muss man sich ja nun wirklich keine versteckten Botschaften mehr zustecken.

Ich überlege, mich wieder aufs Sofa zurückzuziehen. Aber mein Bett – unser Bett – sieht zu verlockend aus. Außerdem sollte ich morgen früh einigermaßen frisch sein. Schließlich ist morgen mein erster Arbeitstag. Ich freue mich. Vor allem auf die Gesichter des Bürotraumpaars. Mit diesem herrlichen Gedanken schlafe ich ein.

5

Um halb sieben geht unser Wecker. Ich drehe mich vorsichtig zu Christoph um und versuche zu erspüren, wie die emotionale Lage im Reihenhäuschen ist. Nach einem ersten Blick in sein Gesicht würde ich sagen: mittelmäßig. »Schönen Abend gehabt?«, fragt er mich. »Hmm, hmm, ja schon«, sage ich und gehe nicht ins Detail, sondern frage direkt zurück. »Und selbst? War's nett mit deiner Michelle?« »Die war nur kurz hier und ehrlich gesagt, sie nervt ein bisschen«, antwortet mein Mann, grunzt nochmal und schwingt sich dann aus dem Bett.

Warum diese seltsame Behauptung? Aha, womöglich hat er seine Taktik geändert. Will er mein Misstrauen besänftigen? Wird sie ihm zu aufdringlich? Verlangt sie vielleicht sogar eine Entscheidung? Ich meine, ich bin nun wirklich nicht auf ihrer Seite (das wäre wohl auch zuviel verlangt!), aber in der Hinsicht könnte ich sie sogar verstehen. Die Geliebte eines verheirateten Mannes zu sein, ist mit Sicherheit eine äußerst undankbare Angelegenheit. Vor allem auf Dauer. Steht ja auch so in allen Ratgebern: »Wenn er sich nicht in den ersten Wochen entscheidet, seine Familie zu verlassen, wird er es nie mehr tun.« So schlau, das zu wissen, wird Belle Michelle garantiert auch sein. Oder es ist alles nur eine Finte. Er will, dass ich Ruhe gebe. Auch seltsam ist, dass er bisher kein Wort über den gestrigen Schweinestall verloren hat. Das passt nicht zu ihm. Ich hatte zumindest eine kleine Predigt erwartet – von wegen: »Ich arbeite und du bist zu

Hause und dann so was.« Aber er erwähnt die Sache mit keinem Wort. Rätsel über Rätsel.

»Ich wecke die Kinder, du kannst liegen bleiben. Ich mache Frühstück und nehme sie mit, wenn ich ins Büro fahre.« Noch ein Rätsel. Nimmt der Valium oder irgendeine Hallo-das-Leben-ist-so-schön-Wundertablette?

Liegen bleiben – schön wäre das schon. »Nein, ich habe einiges zu tun heute. Ich muss auch raus«, sage ich nur und denke: »Du wirst schon noch sehen, was ich zu tun habe.« Ich muss kichern, weil ich mich dermaßen auf sein Gesicht freue, wenn er mich in seiner heiligen Kanzlei entdeckt.

Es ist ein ruhiger Morgen, aber unterschwellig kann man spüren, dass irgendwas nicht stimmt. Die Kinder scheinen besondere Antennen dafür zu haben. Verwunderlich, neigen sie doch ansonsten nicht zu besonderer Sensibilität.

Ich halte es sowieso für ein Gerücht, dass Kinder sensibler sind als Erwachsene. Im Gegenteil. Die meisten Kinder, die ich kenne, meine eigenen eingeschlossen, sind reichlich robuste Naturen, die ungehemmt sagen, wozu sie Lust haben, ohne Rücksicht auf die Befindlichkeiten anderer.

Aber heute Morgen sind sie quasi handzahm, betonen immer wieder, wie toll es gestern Abend war und zu meinem Leidwesen (ich glaube auch zu Christophs – er rutscht nämlich nervös auf seinem Stuhl rum) erzählt Mark dann noch in aller Ausführlichkeit, wie schön Belle Michelle sei und dass sie ihm sogar eine Geschichte vorgelesen habe. »Die Frau ist sooo lieb«, sagt er mehrfach und ich muss mich sehr beherrschen, um nicht zu sagen:

»Es langt. Ich will diesen Namen in meinem Haus nicht mehr hören.« Müsste sich mein Sohn heute Morgen entscheiden, bei wem er den Rest seiner Kinder- und Jugendzeit verbringen wollte, ich hätte Bedenken, ob das Ergebnis zu meinen Gunsten ausfallen würde.

Claudias Urteil ist mir wesentlich sympathischer. Sie findet, dass Belle Michelle eine Schleimerin ist. »Und sie stinkt«, ergänzt sie noch. Christoph sagt: »Na, das ist aber übertrieben, Claudia.« Aber ich würde ihr für diese Äußerung am liebsten das Taschengeld erhöhen.

Als die drei das Haus verlassen haben, bleiben mir noch genau zwanzig Minuten, um mich für meinen ersten Arbeitstag in Schale zu werfen.

Zwischendrin piepst mein Handy. Helmuth mit einer seiner unzähligen SMS. Der entwickelt sich langsam zu einer absoluten Nervensäge. Er will die Telefonnummer von Sabine. Wie schnell der umschwenken kann. Eben noch wollte er meine Kinder adoptieren und sein restliches Leben mit mir verbringen und jetzt will er nur noch eins von mir: Sabines Nummer. Ich bin ein ganz klein bisschen beleidigt, nicht etwa, weil ich meine Zukunft gerne mit Helmuth verbringen möchte, sondern einfach nur, weil man gerne die erste Wahl ist. Insgeheim kann ich ihn natürlich verstehen. Wer will schon eine Frau mit Kindern und Ehemann, wenn man auch eine komplett ohne Altlasten bekommen kann? Ich schicke ihm Sabines Nummer, in der Hetze allerdings, ohne Sabine vorher zu fragen. Soll sie sehen, wie sie den wieder los wird oder was sie sonst mit ihm anstellt. Nach dem Ausflug gestern Abend mit ihrer grandiosen Interneteroberung Kai-Uwe habe ich schließlich noch einen gut. Und es sah ja auch

233

so aus, als wäre Sabine nicht wirklich abgeneigt, was Helmuths Avancen angeht. Sollen die zwei sehen, wie sie zurechtkommen, ich muss zur Arbeit.

Pünktlich, eine dreiviertel Stunde vor Arbeitsbeginn, verlasse ich das Haus. Ich trage, wie immer für offiziellere Anlässe und da gehört Arbeiten ja allemal dazu, meinen dunklen Hosenanzug. Darunter ein weißes T-Shirt. Und ich finde, wenn man bedenkt, wie hektisch die letzten Tage waren, dass ich wirklich gut aussehe. Okay – ich brauche etwa die dreifache Menge Aufhellpaste – so genannten Concealer – um die Augen herum, um nicht auszusehen wie eine schwer Nierenkranke. Und über die Frisur könnte man geteilter Meinung sein. Aber immerhin spart mir die Lufttrocken-Variante jede Menge Zeit, und Haare wie Belle Michelle kriege ich, egal bei welchem Arbeitsaufwand, sowieso nicht. Ich habe mich damit abgefunden. Wunder auf meinem Kopf sind nicht mehr zu erwarten. Ein gewisser Sinn für Realität macht das Leben doch leichter.

Ich fahre mit der S-Bahn in die Stadt. Wenn alles zufriedenstellend verläuft, kann ich vielleicht mit Christoph gemeinsam nach Hause fahren. Ich fühle mich ein bisschen wie beim Countdown eines Raketenstarts. Jetzt wird entschieden, wie alles weitergeht. Entweder es klappt oder alles ist hin. Konfrontation pur.

Ich betrete die Kanzlei sogar fünf Minuten zu früh. Perfekte S-Bahn-Anbindung. Ich kann nicht verstehen, dass Christoph die nicht nutzen will und darauf beharrt, mit dem Auto ins Büro zu fahren.

Ich bin nervös. Ausnahmsweise weniger wegen meines Mannes oder Belle Michelle, sondern wegen des Arbeitens. Werde ich zurechtkommen? Wird es Spaß machen? Beim wem muss ich mich überhaupt melden?

Am Empfang steht eine junge Frau, die ich nicht kenne. Die meisten von Christophs Kollegen und auch seinen Chef habe ich schon mal getroffen. »Ich bin Klara«, begrüßt sie mich, »und Sie, Sie sind meine Rettung.« Ich erinnere mich. Klara. Christoph hat sie mal erwähnt. Klara ist Azubi. Sie will Rechtsanwalts- und Notargehilfin werden. Schwerpunkt Insolvenzen. »Endlich kann ich hier weg«, freut sie sich und räumt direkt ihren Arbeitsplatz hinter dem Tresen. »Ich hole Doktor Langner, damit der Sie begrüßt und erklärt, was zu tun ist«, sagt sie und beruhigt mich auch gleich: »Ist aber alles ganz leicht.«

Doktor Langner ist überrascht, als er mich sieht. »Ja, Frau Schmidt, was machen Sie denn hier? Ich dachte, unsere Aushilfe von der Zeitarbeit wäre da«, dreht er sich fragend zu Klara um. Die zuckt mit den Schultern und wirkt ratlos. »Ja, also ich dachte, das hier ist die Aushilfe«, sagt sie. »Bin ich doch auch«, kläre ich die Lage. »Hallo, Doktor Langner, ich freue mich«, begrüße ich dann den Kanzleichef und schleime mich gleich ein bisschen ein: »Gut sehen Sie aus.« »Danke, danke, Frau Schmidt, so was aber auch«, lacht der daraufhin, »also Ihr Mann, der ist ja ein alter Fuchs, nicht ein Wort hat der mir gesagt.« »Konnte er auch nicht«, nehme ich Christoph in Schutz. »Es ist auch für ihn eine Überraschung und außerdem auch ein kleiner Zufall. Sagen Sie ihm noch nichts«, bitte ich Doktor Langner, »ich freue mich schon seit Tagen auf sein Gesicht, wenn er mich hier sieht.« Herr Langner willigt sofort ein. Er ist ein Mann mit Sinn für Überraschungen – hat auch schon mal bei einer Überraschungsparty für Christoph eine denkwürdige Rolle gespielt.

»So oder so, ich bin froh, dass wir wieder jemanden für den Empfang und das Telefon haben. Klara, unsere Azubine, kann Ihnen alles erklären. Schön, dass Sie da sind und uns unter die Arme greifen. Klara, Sie machen das. Zeigen Sie Frau Schnidt alles und danach melden Sie sich bei Frau Michels.« Das war es schon mit der Einführung. Klara rollt mit den Augen. »Die Michels«, zischt sie und ich habe das Gefühl, gerade eben eine Verbündete kennen gelernt zu haben. Das lässt sich doch ganz gut an. Klara findet meine Überraschung lustig. Meine Arbeit klingt recht einfach. Telefonieren kann ich, »Guten Tag« sagen auch und Post sortieren klingt auch nicht wahnsinnig anspruchsvoll. Viel mehr ist hier am Empfang nicht zu tun. Wie man innerhalb der Kanzlei verbindet, erklärt mir die nette Klara auch. Die Kanzlei ist zweigeschossig. Inmitten des Empfangsraums führt eine Wendeltreppe nach oben. Langner, der König der Kanzlei, sitzt hier unten. Die meisten der Angestellten und auch die Juniorpartner, wie mein Mann, arbeiten im Stockwerk über dem Empfang. Sehr günstig für meine kleine Überraschung.

Nach einer Stunde lässt mich Klara widerstrebend allein. »Ich muss zur Michels«, nörgelt sie, und ich frage total scheinheilig: »Und wie ist die denn so, diese Michels?« Meine Frage ist eine Art Ventilöffner. Aus Klara sprudelt es nur so heraus: »Die hält sich für was total Besonderes. So eine wie mich nimmt die überhaupt nicht wahr. Arrogante Kuh.« Als sie merkt, was sie da im Überschwang herausposaunt hat, bekommt sie einen dunkelroten Kopf. »Entschuldigung, also ich habe das gar nicht so gemeint, ich glaube, na ja, die hat irgendwie private Probleme«, versucht sie, sich rauszureden. »Aber Ihr Mann ist echt nett«, wechselt sie schnell das Thema. Was soll die Arme auch sagen? Etwa: »Ihr Mann ist genauso ein arroganter Furz wie Belle Michelle«? »Fein, das ist gut zu hören«, antworte ich und könnte vor Freude auf der Stelle hüpfen. Belle Michelle – beliebt bei den Kerlen, aber verhasst beim Bodenpersonal. Immerhin. Das ist doch mal ein Einstieg. »Übrigens, wenn Sie Lust haben, ich habe heute Halbzeit, in der Ausbildung, und deshalb gibt's nachher oben ein bisschen Sekt und so«, lädt sie mich gleich an meinem ersten Arbeitstag ein. »Da können Sie auch super alle kennen lernen, Frau Schnidt.« »Ich bin die Andrea«, biete ich ihr das Du an. Schon weil uns unsere herrliche Abneigung gegen die Schönheitskönigin der Kanzlei eint. Ich verspreche, in jedem Fall auf ein Glas vorbeizuschauen, und Klara geht hoch. Da sitze ich nun allein an meinem Arbeitsplatz. Die ersten Anrufe kommen von Langners Gattin. Sie erkennt mich nicht und klingt so, als würde es sie auch nicht weiter interessieren, wer hier den Hörer abnimmt. Auch ihre Begrüßung ist kurz. »Langner, meinen Mann!«, ist alles, was sie sagt. Bei den Kindern würde ich so was nicht durchgehen lassen. Ein kleines »Guten Tag« oder wenigstens ein »Bitte« wäre schon angebracht, aber ich bin nun mal nicht die Erziehungsberechtigte der Cheffrau. Nach zwei Stunden in der Kanzlei immer noch keine Spur von meinem Mann. Auch kein Anruf für ihn. Aber wer sollte ihn auch anrufen? Seine Frau sitzt im gleichen Büro, seine Kinder sind bestens verwahrt und seine Belle Michelle ist sicherlich ganz in seiner Nähe. Wie nah möchte ich gar nicht wissen.

Eine weitere Stunde später dann endlich das heißersehnte Zusammentreffen. Es poltert auf der Wendeltreppe und als Erstes sehe ich mal wieder Beine. Beine, die ich bald überall und sofort erkennen würde. Es sind die von Belle Michelle. Sie trägt einen ziemlich kurzen Rock – in einem Büro mit Wendeltreppe recht provozierend. Als sie mich sieht, kommt sie freudig auf mich zu. »Na, das ist ja ein Ding«, begrüßt sie mich und ich lege den Finger auf meine Lippen, damit Christoph keinerlei Vorwarnung bekommt. Sie hat verstanden und nickt. »Kommst du, Christoph«, ruft sie sogar noch in Richtung Treppe. Entweder ist die ein vollkommen abgebrühtes Miststück oder absolut angstfrei. Wenn ich nichts über sie wüsste, hätte ich sie heute sicherlich sogar nett gefunden. Achtung Schnidt, nicht einlullen lassen! Am Ende sitzen wir noch gemeinsam bei uns auf der Terrasse, obwohl sie mir den Mann weggeschnappt hat. Es gibt ja so friedfertige Naturen. Die, die alles verzeihen können und stets nur ans Wohl der Kinder denken.

»Ich habe einen mords Hunger, gab mal wieder kaum was zum Frühstück«, sind die ersten Sätze, die ich von meinem Mann hier an meinem neuen Arbeitsplatz höre. »Mal wieder nichts zum Frühstück!« Bevor ich mich darüber angemessen aufregen kann, steht er vor mir. Sein Mund klappt nach unten, was ihn nicht unbedingt attraktiver macht. Er trägt schon wieder diese bescheuerte längsgestreifte Krawatte. Hatte er die heute Morgen schon an? Nee. Ganz sicher nicht, das wäre mir mit Sicherheit aufgefallen. »Andrea, was tust du da?«, ist seine erste Reaktion. »Ich halte euren Empfang besetzt und fordere Lösegeld«, gebe ich ihm zur Antwort. »Witzig«, sagt er nur. »Mal im Ernst, was soll das?« »Ich bin die Aushilfskraft, von der Zeitarbeit. Und wenn du ab und an mal fragen würdest, was ich so tue, wüsstest du das auch«, gebe ich ihm noch einen klitzekleinen Hieb mit. Ich weiß, die Bemerkung hat einen leicht beleidigten Unterton, aber ich schaffe es nicht, sie mir zu verkneifen. »Was ist mit den Kindern?«, ist seine zweite Frage. »Im Heim, wo sonst«, antworte ich patzig. Das läuft hier anders als erhofft. Ich dachte, wenn er mich sieht, wird er mir in die Arme fallen und sagen: »Ja, du bist es. Wie konnte ich nur so blind sein.« Oder so ähnlich. Die Heim-Bemerkung war eventuell ein bisschen krass. Obwohl Michelle ziemlich laut kichert – ich also immerhin einen Teilerfolg landen konnte. Also teile ich ihm mit, dass die Kinder natürlich genau da sind, wo sie immer um diese Zeit sind – im Kindergarten und in der Schule. Wo auch sonst, schließlich sind keine Ferien. »Und dann?«, fragt Christoph. »Dann hole ich den einen ab, die andere kommt zu Fuß nach Hause und alles läuft wie immer. Ich bin nur halbe Tage hier und heute kümmert sich deine Mutter ums Abholen«, beruhige ich den ach so engagierten Vater. »Immerhin«, gibt er Ruhe und wendet sich wieder seiner Belle Michelle zu. »Dann können wir ja los.« Sie zögert, wenigstens ihr scheint die Situation peinlich zu sein. Meinem Mann weniger. Er sagt nur: »Bis später dann. Wenn Anrufe kommen – ich werde ungefähr in eineinhalb Stunden wieder hier sein. Tschüs.« Belle Michelle wirft mir einen Blick zu, in den man tatsächlich so etwas wie weibliches Mitgefühl reindeuten könnte, verabschiedet sich dann und sagt noch: »Wir haben die Handys dabei, falls was Dringendes sein sollte.« Keiner von beiden denkt daran, mich zu fragen, ob ich vielleicht mitkommen will. Nicht mal die Frage, ob sie mir etwas mitbringen können. Mein Mann behandelt mich wie Personal. Keine besonders schöne Erfahrung. Am liebsten würde ich hinterherrennen und ihn zur Rede stellen.

Aber ich lasse es. Das erledige ich lieber ohne Belle Michelle an seiner Seite. Stattdessen rufe ich Inge an, um sie zu bitten, noch ein wenig länger als ursprünglich geplant auf die Kinder aufzupassen. Ich will auf jeden Fall noch bei Klaras Sektempfang dabei sein. Ab heute hat Christoph jedenfalls innerhalb der Kanzlei kein so leichtes Spiel mehr mit seiner Miezi.

Inge ist begeistert. »Gern, Andrea, nur zu gern. Die könne aach hier schlafe, wenn de willst«, bietet sie mir sogar noch an. Ich lehne dankend ab. »Sah ja schlimm aus bei euch, gestärn«, sagt sie dann. Mir schwant da was. Diese herrliche Ordnung! Was für ein Muttersöhnchen. Von wegen toll geputzt! Das hat er vor Jahren schon mal gemacht. Mami angerufen und sie zum Aufräumen bestellt. Weil er selbst zu faul war! Wie hemmungslos und unverschämt. Dass Inge sich das gefallen lässt. Meine Mutter würde sich kaputtlachen. Allein über den Gedanken. Ich entschuldige mich bei Inge, bedanke mich mehrfach und lege auf.

Bis auf zwei Anrufe für Langner – einer davon ist schon wieder von seiner Frau – ist die Mittagspause sehr ruhig. Ich jage Post durch eine Stempelmaschine, keine besonders anspruchsvolle Tätigkeit, und denke nach. Über mich, meinen Mann und das Leben an und für sich. Da muss was passieren. Heute Abend werde ich alles klären und endlich alles aus- und ansprechen. Zwischendrin eine SMS von Sabine: »Juhu – treffe mich mit Helmuth.« Es sei ihr gegönnt. Auch ich werde spätestens heute Abend wissen, woran ich bin.

Christoph und Belle Michelle kommen aus der Mittagspause zurück. »Können wir reden, heute Abend«, bitte ich meinen Mann. Er sieht mich an, hat einen unsicheren Blick und sagt nur: »Gerne. Wann immer du willst. Übrigens, deine Haare, die sehen gut aus.« Was ist denn da in der Mittagspause passiert? Hat Belle Michelle ihm die Leviten gelesen? Hat sie ihm geraten, freundlicher zu mir zu sein? Und wenn, warum nur? Vielleicht ist sie auch nur so nett, um mich in Sicherheit zu wiegen, um dann umso heimtückischer zuzuschlagen und mich völlig unvorbereitet zu treffen. Oder sie will Christoph nach gestern aus irgendeinem Grund nicht mehr. Die ganze Angelegenheit wird ständig verworrener. Man weiß gar nicht mehr genau, wer auf welche Seite gehört und wen man somit bekämpfen muss. Ist Michelle vielleicht nicht mehr meine Feindin?

Nach der Mittagszeit ist mehr los. Ständig rufen irgendwelche Mandanten an, die Termine wollen. Und Frau Langner könnte eigentlich gleich eine Standleitung zu ihrem Mann legen lassen, bei der Häufigkeit, mit der sie anruft. Was die ständig zu besprechen haben – ein weiteres Mysterium. Gegen 14 Uhr 30 – ich habe seit einer halben Stunde Feierabend, will aber an meinem ersten Tag nicht zu pingelig erscheinen – kommt Klara und sagt, dass der kleine Umtrunk beginnt. »Alle, bis auf die Michels, kommen«, ist sie ganz aufgeregt. »Wieso kommt die nicht?«, frage ich, sogar ein wenig enttäuscht, schließlich wollte ich den Umtrunk nutzen, um meinen Mann und Belle Michelle im Umgang miteinander zu beobachten. »Der Langner und die müssen noch arbeiten. Irgendeine hochgeheime, vertrackte Geschichte«, informiert mich die kleine Klara und lächelt mich an. »Ist doch perfekt. Auf die beiden kann ich eh gut verzichten«, stellt sie dann noch klar. Ich schalte die Telefonanlage mit Klaras Hilfe auf automatische Weiterleitung und helfe ihr ein bisschen mit den Häppchen.

Es gibt mal wieder Frikadellen, und zur Abwechslung muss ich mich nicht ausziehen, um eine zu essen. Außer Christoph, Klara und mir sind noch Frau Trundel (Vorzimmer von Christoph und Belle Michelle – die beiden teilen sich eine Sekretärin), sowie Frau Ludwig (Notargehilfin) und Frau Pilscher (nicht wie die Rosamunde, sondern mit sch!), der Drachen von Doktor Langner, mit von der Partie. Christophs Kollege Heinzmaier ist im Urlaub. Er ist Referendar und hat somit kein Anrecht auf eine Sekretärin. Frau Pilscher ist die, die hier das Sagen hat, das merkt man schnell. »Sie kann eine Hexe sein«, flüstert mir Klara, meine neue Büroinformantin zu, »aber dir wird sie nichts tun, weil du ja die Frau Schnidt bist.« Glück gehabt. Frau Pilscher ist eine Art Pferdfrau. Groß, breit, haarig und ein wenig Furcht einflößend. Dazu ist sie augenscheinlich in einer Zeit groß geworden, in der es keine Zahnspangen gab. Ihre Zähne schieben sich vorne fast aus dem Mund heraus und sind so dominant wie bei Bugs Bunny.

Christoph stellt mich all seinen Kolleginnen vor. Richtig freundlich. So, als wäre alles zwischen uns in bester Ordnung. Das als Zeichen zu deuten, könnte allerdings gewagt sein. Immerhin ist mein Mann Anwalt – und Anwälte wissen recht gut, wie man sich verstellt. Außerdem ist Christoph auch nicht der Typ Mann, der es gerne vor anderen zum Eklat kommen lässt. Fassade ist ihm schon wichtig. »Privates ist privates und sollte es auch bleiben«, lautet sein Credo und daran hält er sich auch meist. Wenn alle es so machen würden, wäre das Leben ziemlich langweilig. Sehr ehrenwert, aber doch sehr fade. Klatschfrei sozusagen.

Frau Pilscher ist quasi das Gegenteil von dem, was man diskret nennt, und fragt mich richtiggehend aus. Will alles wissen, vor allem, ob die Kinder, die armen Kleinen (wieso arm – sie sollte doch wissen, dass Christoph wirklich nicht schlecht verdient!) nicht furchtbar leiden, jetzt wo ich als Mutti (da ist es schon wieder, dieses Wort) arbeiten gehe. Sie schaut streng und ich fühle mich wie unter Rechtfertigungszwang. Christoph springt in die Bresche. »Frau Pilscher, wir sind ein modernes Paar. Jeder hat ein Recht zu arbeiten. Den Kindern schadet das nicht. Da werde ich eben zu Hause mehr übernehmen.« Frau Pilscher staunt. Ich auch. War das eben mein Mann, der so engagiert dahergeredet hat? Belle Michelle hat in der Mittagspause anscheinend ein Wunder vollbracht oder eine Art Gehirnwäsche betrieben. Das Ergebnis ist jedenfalls vorbildlich. Und beeindruckt sogar die Pilscher. Sie trollt sich und bewegt sich in Richtung Fenster.

Frau Trundel und ich plaudern ein bisschen, bis wir durch einen jähen Aufschrei unterbrochen werden. Die

Pilscher kreischt: »Nein, das ist unglaublich, das ist doch, also, das ist, da ist Langner, ich meine, der Arsch von Langner.« Erstaunen macht sich breit. Frau Pilscher, die treue Seele, bezeichnet ihren Chef als Arsch. Das passt nicht. Gar nicht. Eine Frau, die ansonsten sehr steif ist und deren Sprache eher vornehm antiquiert ist, der traut man ein dermaßen herzhaftes »Arsch« einfach nicht zu.

Kein Wunder, dass die gesamte Kleingruppe zum Fenster stürzt, um zu sehen, was Frau Pilscher so aus der Fassung bringt. Und wir alle können sehr deutlich sehen, was Frau Pilscher so empört und aufregt. Im Fenster gegenüber, eine Etage tiefer, da wo vormittags Berufsschüler schwitzen, spiegelt sich Langners Büro – geradezu perfekt wegen der dunklen Jalousie der Berufsschulklasse. Und was man dort erkennt, hat wenig mit klassischer Büroarbeit zu tun. Ein halbnackter Mann mit großem weißen Po – imposant geradezu – stützt sich auf seinem Schreibtisch ab und etwas unter ihm bewegt sich rhythmisch. Und wegen der Mähne, die über den Schreibtischrand hängt, kann jeder sehen, dass es sich um Belle Michelle handelt. Auffallendes Haar hat doch auch Nachteile.

Ich glaube, ich bin die Einzige im Raum, die das, was sie da sieht, wunderbar findet. Bedeutet es doch, dass Belle Michelle sehr wahrscheinlich nichts mit Christoph hat. So unmäßig kann nicht mal die sein. Außerdem spricht auch Christophs Reaktion dagegen. Er grinst und das würde er wohl kaum tun, wenn sie ihn da quasi gerade mit Langner betrügen würde.

Frau Trundel ist diejenige, die uns vom Fenster wegdirigiert. »Ich glaube, wir haben genug gesehen. Darauf sollten wir lieber noch einen trinken«, sagt sie und geht als Erste wieder zurück in die Raummitte. Wie können die beiden so blöd sein und die Jalousien offen lassen? Wie unvorsichtig. Andererseits – die Räume gegenüber sind nachmittags leer und wenn die beiden soviel Ahnung von physikalischen Dingen haben wie ich, kann ich gut verstehen, dass sie nicht auf die Jalousien geachtet haben. Dass Licht solche Kunststücke vollbringen kann, ist fantastisch. Sonniges Wetter hat so seine Tücken. Jetzt wird mir auch klar, warum die Langner-Frau dauernd hier anruft. Die wird eifersüchtig sein und ahnen, dass da was nicht stimmt. Sie hat im Gegensatz zu mir allerdings eine Berechtigung.

Mittlerweile sind alle vom Fenster weg. Frau Pilscher kann sich kaum beruhigen. Sie zittert. Der ganze Körper schwingt und sie brabbelt vor sich hin: »Seit dreiundzwanzig Jahren arbeite ich für den. Das ist ein Skandal, ekelhaft. Wie kann ich je wieder mit Frau Langner sprechen?« Ich kann sie verstehen. Man möchte seinen Chef nicht gerne unten ohne sehen, vor allem nicht mit einer Kollegin. Vielleicht ist die Pilscher sogar seit Jahren in den Langner verliebt. Kommt ja häufiger vor, so was. Die Stimmung ist ein wenig gedämpft. Jeder der hier Anwesenden macht sich so seine Gedanken. Auch ich. Ich gehe auf Christoph zu.

»Du Hübsche, Hübsche«, sagt er und schaut mich fragend an. War das nicht genau das, was mir Helmuth als SMS geschickt hat? Ich glaube, das ist Christophs Art um Aufklärung zu bitten. Ich ziehe ihn in eine Ecke und fange an. Erzähle ihm, wo ich Helmuth kennen gelernt habe und dass da natürlich nichts ist, Helmuth sogar eigentlich an Sabine interessiert ist. »Ich dachte, du hättest was mit

Belle Michelle«, gestehe ich schließlich und Christoph schüttelt verwundert den Kopf. »Klar gefällt die mir, aber dass ich bei der nicht landen kann, ist doch offensichtlich.« Nicht ganz die Antwort, die ich erhofft habe. Heißt das umgekehrt nicht: Wenn ich gekonnt hätte, hätte ich auch zugeschlagen? Das genau herauszufinden, ist eine Aufgabe für die nächsten Tage.

Geräusche auf der Treppe unterbrechen alle Gespräche. Belle Michelle und Langner kommen zusammen zur kleinen Betriebsparty, gerade so, als wäre nichts geschehen. Eines muss man ihnen zugute halten: Sie ahnen ja nicht, dass wir alles wissen. Die Stimmung ist betreten, nur Klara kann gar nicht aufhören zu kichern. Langner merkt nichts. Typisch für einen Chef. Ich würde sofort denken: »Die lacht doch über mich!« Männer wie Langner kommen gar nicht erst auf so eine Idee. Meine Güte, ist das peinlich! Dagegen sind meine kleinen Zwischenfälle in den letzten Tagen ja geradezu lächerlich. Aber niemand sagt was. Frau Pilscher guckt, als würde sie ihrem Chef am liebsten eine ordentliche Backpfeife geben. Oder noch lieber Belle Michelle.

Langner ist derjenige, der schließlich das Wort ergreift: »Ja, liebe Klara, wir freuen uns, dass Sie bei uns sind, und hoffen, es geht so weiter. Die Stimmung und das Miteinander in der Kanzlei sind mit Sicherheit fast einzigartig.« Nach dem, was wir eben gesehen haben, ist einzigartiges Miteinander nicht übertrieben und gewinnt eine völlig neue Bedeutung. Langner bedient sich am Büfett und plaudert ein wenig mit Frau Trundel und Christoph.

Belle Michelle folgt mir in den Waschraum: »Alle sind irgendwie so komisch. Was ist hier los?«, fragt sie mich. Was nun? Lügen, alles abstreiten oder ihr sagen, welches gewaltige Schauspiel wir da gerade gesehen haben. »Also«, entschließe ich mich für die Wahrheit, »wir haben euch gesehen.« Ich mache eine kleine Pause, um ihre Reaktion abzuwarten. »Wie, ihr habt uns gesehen? Wen denn?«, fragt sie zurück und zeigt sich ein wenig begriffsstutzig. Ich habe angefangen und jetzt gibt es kein Zurück mehr: »Wir haben gesehen, wie du mit dem Langner, na ja, auf dem Schreibtisch, du weißt schon.« »Scheiße«, sagt sie nur. »So eine Scheiße.« Ja, das trifft es ziemlich genau. An ihrer Stelle würde ich die Toilette nicht mehr verlassen, mich einschließen und warten, bis alle nach Hause gehen. Belle Michelle ist anders.

Sie schnüffelt einmal kurz und fängt dann an, mir ihr Herz auszuschütten. Langner will sich nicht trennen. Noch nicht. Wegen seiner Kinder. Die sind zwar schon erwachsen, aber sein Sohn heiratet bald und das muss er mindestens noch abwarten. Außerdem läuft mit seiner Frau seit Jahren nichts mehr und sie versteht ihn natürlich auch nicht. Aber wenn er sich trennt, muss er zahlen. Dass eine Frau wie Belle Michelle auf diese Standardausreden reinfallen würde, hätte ich nicht gedacht. Vor allem ist mir schleierhaft, was eine Frau wie Belle Michelle von so einem alten Sack wie Langner will? Mir sind diese Art Beziehungen immer suspekt. Angeblich geht es da ja nie um Geld oder Macht. Ha, ha.

Aber: Vertrauen gegen Vertrauen. Ich erzähle ihr, dass ich seit Wochen überzeugt war, sie hätte was mit Christoph. Diese Idee bringt ein Lächeln auf ihr Gesicht zurück. »Der ist ganz süß, dein Christoph. Aber, Andrea, ich bin zielstrebig. So jung, dass ich unten anfangen könnte, bin ich nun auch nicht mehr. Ich bin eine Frau für Alphatiere.« Hat Belle Michelle da gerade meinen Mann beleidigt? Egal, Hauptsache, sie hat ihn nicht angerührt. Und nachdem ich den Hintern von Langner gesehen habe, verzichte ich gerne auf ein Alphatier. Jeder setzt seine Prioritäten.

Als wir zurückkommen, geht Frau Pilscher gerade und sagt nur sehr spitz: »Noch viel Vergnügen allerseits. Ich habe genug.« Langner kommentiert ihren Abgang auch noch: »Ach, die Pilscher ist heute in schlechter Verfassung. So verändert. Missmutig. Ja, die Wechseljahre. Ich kenne das nur zu gut. Frauen in dem Alter!«

Eigentlich müsste jetzt jemand vortreten, ihm sagen, dass er ja wohl noch älter sei, seine Prostata sicher auch schon bessere Tage gesehen habe, oder ihn anspucken – so eklig ist seine Bemerkung. Direkt die Gattin anrufen, wäre auch eine Variante. Männer wie Langner sind oft auch noch erbärmliche Feiglinge und ziehen ihren sonst sehr aktiven Schwanz ganz schnell ein, wenn sich Ärger anbahnt. Aber keiner tut was. Langner ist eben der Chef. Nur Belle Michelle geht auf ihn zu. Ganz langsam quer durch den Raum. Eine Szene wie aus »Zwölf Uhr mittags«.

Bevor es hier zu einem grauenvollen Showdown kommt, schnappe ich mir Christoph und wir verabschieden uns. »Bis morgen, Frau Schnidt, schön, dass Sie an Bord sind«, ruft der Langner und da fällt es mir wieder ein. Ich bin seit heute ja wieder eine berufstätige Frau. Der erste Arbeitstag war auf jeden Fall sehr erkenntnisreich. »Bis morgen und danke, Klara«, rufe ich in die Runde und wir gehen.

Vor der Kanzleitür der erste Kuss nach langer Zeit. Herrlich. »Was da oben wohl jetzt abgeht?«, fragt mich Christoph. »Morgen werden wir es wissen«, sage ich und er sieht mich erstaunt an. »Willst du weiterhin kommen?«, will er wissen. So als wäre das nur mal eine kleine Einlage gewesen. Hat er nicht kapiert, dass es mir ernst ist mit dem Wiedereinstieg ins Berufsleben? Eine weitere Sache, die in den nächsten Tagen dringend geklärt werden muss, genauso wie die Ich-hätte-ja-wenn-ich-eine-Chance-gehabt-hätte-Sache und die Herkunft seiner längsgestreiften scheußlichen Krawatte. Aber eins nach dem anderen. Ehrlich gesagt bin ich froh, dass, jedenfalls oberflächlich betrachtet, eine Art Frieden herrscht. Möglicherweise ist es auch nur ein Waffenstillstand, aber ich bin damit erst mal glücklich.

Wir fahren auf direktem Weg zu Inge und Rudi, um die Kinder zu holen. Inge freut sich, uns zu sehen und will Mark und Claudia gar nicht herausgeben. »Macht euch doch en nette Abend, ich bring die moin dahin, wo se hinmüsse«, schlägt sie uns vor.

Claudia berichtet begeistert, dass ihr Intimfeind Emil, der Sohn unserer Nachbarin Tamara, auf die Hochbegabtenschule gehen und sie ihn so, nach dem Sommer, endgültig los sein wird. Schon in diesem Alter kann es die Stimmung sehr aufhellen, wenn man den falschen Mann los ist.

Mark, unser Sohn, wirkt hingegen auffallend still. »Ist was, Liebling?«, frage ich ihn. Er bekommt einen roten

Kopf, den er vehement schüttelt. »Nein«, ist alles, was ich aus ihm herauslocken kann. Verdächtig. Inge zieht mich zur Seite. »Also Andrea, irschendwas is da sehr wohl vorgefalle. Die im Kinnergarte habe gesacht, sie wollte euch spreche. Dringend. Mir habe se nix gesagt, nur des es so ja echt net weitergeht.« Wäre ja zu schön gewesen, wenn heute alles glatt laufen würde. »Wenn's geht, sollt ihr heut noch komme«, sagt mir Inge noch. Das klingt gar nicht gut. Ich schnappe mir Mark und starte ein kleines Verhör. Er ist bockig und will nichts sagen. Dann soll er es lassen. Ich habe bisher noch alles rausbekommen. »Wir müssen noch zum Kindergarten«, teile ich meinem Mann mit und er sagt nur: »Wenn du meinst.«

Inge findet es toll, dass ich wieder arbeiten gehe: »Großartisch, Andrea. Isch gratulier dir. Isch freu misch werklisch.« Allerdings aus völlig anderen Gründen als ich. Eigentlich entspricht das nämlich keineswegs ihren Vorstellungen von der idealen Familie. Da tickt sie eher sehr traditionell. »Die Klaane brauche ihre Mutter, wofür kriescht mer denn Kinner, wenn mer se dann abschiebe muss.« In diesem speziellen Fall allerdings mag sie die Abschiebung. »Mer könne uns gern mehr um die beide kümmern«, bietet sie mir an. »Sehr gerne, Inge«, sage ich und bin wirklich dankbar. Mit Inge über moderne Familienstrukturen zu diskutieren, bringt nichts. Ich habe es aufgegeben. Rudi, mein Schwiegervater, drückt mich besonders fest beim Abschied. »Is bei euch alles in Ordnung, Andrea?« fragt er dabei und sieht mir in die Augen. »Ja, Rudi, besser als zuvor«, sage ich und habe erstmals seit Tagen bei diesem Thema nicht gelogen. Die Stimmung heute ist allemal besser als noch gestern oder vorgestern.

Wir fahren nach Hause und halten noch kurz am Kindergarten. Ich glaube zwar nicht, dass es etwas wirklich Dramatisches ist, bin aber zu neugierig, um bis morgen zu warten. Außerdem ist es schlau, kurz vor Feierabend zu kommen, dann haben auch die Erzieherinnen keine Lust mehr, ewig rumzureden.

Unterwegs klingelt mein Handy. Es ist Birgit, meine Schwester. Die fehlt mir noch. »Was ist los, Andrea? Die Mama sagt, ihr habt Streit?«, kommt sie ohne Umschweife auf den Punkt. Eines muss man sagen: Die stille Familienpost funktioniert einwandfrei. »Alles Quatsch«, sage ich, »nur ein kleines Missverständnis. Wir kommen zum Grillen.« Dann würge ich sie ganz schnell ab, denn wenn Birgit mal loslegt, sollte man vorher einen freien Tag beantragen.

Im Kindergarten werden wir schon erwartet. Mark zieht es vor, im Auto zu bleiben. Er weigert sich standhaft, auszusteigen. Ich interpretiere es als erstes Schuldeingeständnis und lasse ihn im Wagen. Claudia, seine Schwester, genießt die Situation und spekuliert wild, welches Vergehen ihr Bruder wohl begangen haben könnte. »Der hat jemanden verkloppt!«, ist ihr Tipp. Wie selbstverständlich will sie mit aussteigen. »Du bleibst bei deinem Bruder. Wir sind gleich wieder da«, beschließt Christoph und wie immer, wenn Papa etwas sagt, fügt sich Claudia, wenn auch mit Motzgesicht.

Die Leiterin höchstpersönlich begrüßt uns. »Familie Schmidt, endlich. Kommen Sie bitte in mein Büro.« »Was ist denn eigentlich los?«, frage ich, langsam ein bisschen nervös. »Haben Sie persönliche Probleme, in der Familie?«, fragt sie zurück. Ich schaue meinen Mann

an, er mich und unisono sagen wir: »Nein. Wieso?« Ob
das jetzt schlau war? Ich meine, je nachdem was Mark
verbrochen hat, könnten wir es auf unsere häusliche Situation schieben und so für eine gewisse Rehabilitation
sorgen. Aber zu spät. Nein ist nein. Ich fühle mich wie
auf der Anklagebank und jetzt spricht die Kindergarten-
staatsanwältin: »Ihr Sohn Mark hat heute im Garten auf
die Rutsche gepinkelt. Vor allen anderen Kindern.« Sie
blickt uns streng und erwartungsvoll an. Christoph fängt
doch tatsächlich an zu lachen. Nicht ganz die Reaktion,
die Frau Schneider erwartet hatte: »Ich wüsste nicht, was
daran witzig sein könnte!«, rüffelt sie Christoph. »Ist jemand verletzt?«, frage ich vorsichtig nach und muss mir
ein Grinsen verkneifen.

Mein Sohn – ein Rutschepinkler! Wie kommt der auf
so eine Idee? »Und wieso hat er auf die Rutsche gepinkelt?«, frage ich nach. »Das sollten Sie vielleicht besser
Ihren Sohn fragen!«, weist mich Frau Schneider zurecht.
»Werden wir«, schnaubt mein Mann zurück und sagt,
»Ja dann, schönen Abend noch.« Frau Schneider räuspert sich. »Moment, so einfach geht das jetzt auch nicht.
Die Mutter von Desiree ist ziemlich sauer. Die Desiree
ist nämlich reingerutscht ins Pipi Ihres Sohnes und hat
sich ihr neues Kleid komplett eingesaut.« Oh, das ist aber
sehr schlimm. Hat die etwa keine Waschmaschine? »Wir
werden für den Schaden aufkommen, müssen jetzt aber
leider gehen«, beendet Christoph diese unsägliche Unterhaltung. Frau Schneider ist nicht beglückt über diesen
schnellen Abgang. Sie hat mehr Reue erwartet, das sieht
man deutlich. »Wir werden auf dem Elternabend darüber
sprechen müssen«, sagt sie, während Christoph schon

252

zur Tür geht. »Sie sollten auch über eine Pressemeldung nachdenken«, schlägt er ihr noch vor. Jetzt muss ich lachen und Frau Schneider sagt mit eisiger Stimme nur noch: »Auf Wiedersehen.«

Da habe ich, mit Christophs Hilfe, sicherlich eine Freundin fürs Leben gewonnen.

Zurück im Auto sagt Christoph nur: »Zeit für ein Männergespräch« und setzt sich nach hinten zu seinen Kindern. Ich fahre. Mark hat den Kopf gesenkt und Christoph beginnt zu reden. »Ich weiß, was los war, du Rutschepinkler. Sag mir einfach nur: Warum hast du das gemacht?« Es dauert einen kleinen Moment und dann sprudelt es aus Mark heraus: »Die Desiree war meine Freundin und jetzt ist sie die Freundin vom Benny.«

Mark ist eindeutig mein Sohn. Eifersucht ist offensichtlich keine Frage des Alters.

Ich habe den Wagen voll. Mit meiner kleinen Familie. Leider ist nur der Wagen voll, nicht aber der Tank.

Ich halte an meiner Haus- und Hoftankstelle. Schon von weitem strahlt mich die Frau an der Kasse an. »Mir habbe die Pulsuhr wiedä – isch hab extra aane för sie uffgehobe.« Manchmal dauert es. Aber am Ende kriegt man doch, was man will. Oder man will, was man kriegt. Vielleicht ist sogar das die Lösung aller Probleme. »Sie müsse mir abä de Picknickrucksack wiedä gebe. Dann könne mer des unbürokratisch umtausche!«

Meinen Picknickrucksack? Für eine Pulsuhr? Niemals. Ich wollte ihn nicht – aber ich glaube, jetzt kann ich nicht mehr ohne ihn. So geht es eben manchmal. Ich

253

lehne ab. Ich will ihn nicht hergeben. Ich habe mich an ihn gewöhnt. Außerdem: Ist die Bedeutung eines Picknickrucksacks nicht im Endeffekt erfreulicher als die einer Pulsuhr? Das eine ist im weitesten Sinne Symbol für Entspannung – das andere für Anstrengung. Wer wählt da schon freiwillig die Anstrengung?

Die Frau ist verdattert und ich gehe zum Auto und freue mich. Über den Picknickrucksack, das Wetter und die Größe, mit der ich die eben noch ersehnte Pulsuhr ausgeschlagen habe.

Heute ist alles gut. Alles.

Aber wie hat schon Scarlett in »Vom Winde verweht« gesagt: »Morgen ist ein neuer Tag.«

Tausend Dank an Constanze. Ohne unsere täglichen Telefonate könnte ich niemals ein Buch schreiben. Conny, du bist schlau, lustig, kreativ und die beste Freundin, die man haben kann.

Danke an all die anderen guten Freundinnen (Huberta, Eva, Stef, Steffi, Kiwi, Puce, Claudi, Claudia, Christel, Barbara, Tamara …), die ich tatsächlich noch habe, obwohl ich so selten Zeit habe. Ich weiß das sehr zu schätzen und gelobe Besserung. Jedenfalls bis zum nächsten Buch. Hiermit lade ich euch alle zu einem großen Essen ein.

Danke an Leonie, die mich beim Schreiben verwöhnt, heiße Zitrone kocht und darauf achtet, dass ich meine Schilddrüsentabletten auch regelmäßig nehme.

Danke an Gert. Einfach so.

Danke an Papa – der mir immer unter die Arme greift.

Und natürlich Danke an Silke Reutler, für die Geduld, die man mit mir braucht und die sie netterweise immer wieder hat. Und Danke an alle im Verlag, die wissen, dass ich ein wenig Druck brauche, um tatsächlich mal fertig zu werden.

Susanne Fröhlich
FAMILIENPACKUNG
Roman
Band 15735

Wie kriegt man die drei großen Ks – Kinder, Küche und Karriere – mit den drei großen S' – Spaß, Spitzenfigur und Supersex, unter einen Hut? Bestsellerautorin Susanne Fröhlich weiß Bescheid: mit Witz, Humor und einer extragroßen Portion Selbstironie!

– Ein Roman mit Andrea Schnidt –

»Amüsant, sexy und gnadenlos ehrlich!«
Für Sie

Fischer Taschenbuch Verlag